DIE SCHWARZE GRÄFIN

GEHEIMNISSE AN DER EISENSTRASSE

Astrid Miglar, geboren 1970 in Steyr, lebt im oberösterreichischen Reichraming. Sie schreibt Geschichten über ihre Heimat, weil es dazu unendlich viel zu erzählen gibt – nicht nur am Lagerfeuer.

Dieses Buch ist ein Roman. Handlungen und Personen sind frei erfunden. Ähnlichkeiten mit lebenden oder toten Personen sind nicht gewollt und rein zufällig.

ASTRID MIGLAR

DIE SCHWARZE GRÄFIN

GEHEIMNISSE AN DER EISENSTRASSE

ROMAN

emons:

Bibliografische Information der Deutschen Nationalbibliothek
Die Deutsche Nationalbibliothek verzeichnet diese Publikation in der Deutschen Nationalbibliografie; detaillierte bibliografische Daten sind im Internet über http://dnb.d-nb.de abrufbar.

MIX
Papier | Fördert gute Waldnutzung
FSC® C083411
FSC
www.fsc.org

Umschlaggestaltung: Leonardo Magrelli und Nina Schäfer unter Verwendung eines Motivs von stock.adobe.com/Richard Semik
Gestaltung Innenteil: DÜDE Satz und Grafik, Odenthal
Lektorat: Julia Lorenzer
Druck und Bindung: CPI – Clausen & Bosse, Leck
Printed in Germany 2024
ISBN 978-3-7408-2166-1
Roman
Originalausgabe

Dieses Buch ist für alle,
die reizvoll-hinterhältige Geschichten mögen,
und besonders für meinen Bruder Werner,
der sich bestimmt einen Helden in der Geschichte
gewünscht hätte und
stattdessen eine Heldin bekommt.

1

Die Hammerherren. Man nannte sie die »Schwarzen Grafen«: schwarz von der Arbeit, reich wie der Adel. Ihre eisernen Hämmer dröhnten laut. Die mit Holzkohle befeuerten Öfen brachten die Werkstücke zum Glühen. Sensen wurden erzeugt, aber auch Messer, Sicheln, Waffen und Gebrauchsgegenstände entstanden mit der Kraft von Feuer und Wasser. Die Veredelung von Erz spülte Geld in die Kassen der Schwarzen Grafen und brachte Brot in die Häuser der Arbeiter. Viele Jahrhunderte lang.

Reichtum wurde gezeigt. Herrenhäuser wurden erbaut. Eines prächtiger als das andere, standen sie häufig auf einer Anhöhe, um die dazugehörenden Werksgebäude, Stallungen, Gärten, Werkstätten und Gesindehäuser immer im Auge zu haben. Umliegende Bauernhöfe sicherten die Versorgung der Menschen.

Der Hausrat der Schwarzen Grafen war kostbar. Die Herrschaften liebten Schönes. Teure Gewänder, edle Pferde, wertvolle Waffen. Auch die Gärten, nahe den Villen angelegt, waren keine einfachen Versorgungs- oder Bauerngärten. Nicht selten gab es Orangerien zu bewundern. Exotische Pflanzen, als Geschenke aus fernen Ländern mitgebracht, wuchsen in den Gewächshäusern.

Wo die Öfen verschwunden sind, stehen heute vereinzelt noch Herrenhäuser. Manche prächtig renoviert, andere dem Verfall preisgegeben, denn ab dem späten 19. Jahrhundert schwand die Macht der Hammerherren. Das Land der Hämmer veränderte sich. Neue Technologien hielten Einzug, und die Schwarzen Grafen mussten sich neu erfinden.

Windischgarsten und Roßleithen sind Mittelpunkt der

Handlung. Die Geschichte könnte aber auch in Spital am Pyhrn, Leonstein, Molln, Micheldorf, Kirchdorf, Scharnstein, Grünau, Steyr, Laussa, Waidhofen an der Ybbs, Ybbsitz, Rottenmann oder einem der anderen Orte in den Eisenwurzen stattgefunden haben. Jedenfalls aber im Dreiländereck Oberösterreich, Niederösterreich, Steiermark, denn in den Eisenwurzen und entlang der Eisenstraße erzeugten zahlreiche Arbeiter- und Handwerkergeschlechter jahrhundertelang Sensen von Weltruhm. Die Kraft des Wassers trieb die Räder der Hammerwerke an.

2

Windischgarsten ist eine kleine Gemeinde in Oberösterreich. Sie liegt in einem Talbecken, umgeben von grünen Wäldern und steilen Hängen. Zwischendurch findet sich manch sanfter Hügel, darauf eine Kapelle oder sogar eine Kirche. Vor allem sind es Bachläufe, die die Landschaft prägen, deren Wasser als Arbeitskraft verwendet wird. Wasserkraft betrieb bereits Schmiedehämmer und Blasbälge, lange bevor die Dampfkraft eingesetzt wurde.

Das Tal selbst wird von hohen Bergen scharf begrenzt. Auf ihnen liegt bis weit ins Frühjahr hinein Schnee. Gipfel um Gipfel reihen sie sich zu einem Gebirge, und schmilzt dann endlich der Schnee, zeigt sich die Berglandschaft karstig, was an grauen Tagen durchaus aufs Gemüt drückt. Scheint jedoch die Sonne und ist der Himmel blau, dann sieht es aus, als wäre das glitzernde Wasser der Bäche noch etwas lebendiger als zuvor. Das Gras ist grüner, die Kräuter schmecken intensiver, die Tiere wirken wohlgenährter. Auch die Menschen leben dann auf, denn die Arbeit ist eine harte und das Fortkommen nicht immer gesichert.

Viele der Handwerker, die tagsüber im Schneeberghammer ihren Beruf ausüben, leben direkt in Windischgarsten. Nach der täglichen Arbeit kehren sie nach Hause zurück und packen in der eigenen Landwirtschaft mit an.

3

Frühjahr 1914: »Alle meine Vorfahren waren Sensenschmiede. Alle eure Vorfahren auch. Seit mehr als dreihundert Jahren.«

Aloisius Schneebergs ernster Blick liegt seinen Arbeitern schwer im Magen, denn sie befürchten, dass ihnen der industrielle Aufschwung nach und nach die Arbeit nehmen wird. Wo gerade noch ihre Hände gebraucht wurden, ersetzen bereits Maschinen viele Tätigkeiten. Der Schneeberghammer in Windischgarsten, einst dröhnender Mittelpunkt ihrer Welt, ist im Niedergang begriffen.

»Sensen wurden und werden in die ganze Welt, bis in den Fernen Osten geliefert. Doch die Zeiten ändern sich, unser Unternehmen muss sich weiterentwickeln. All unsere Stammbäume und Familiennamen nützen nichts, wenn wir uns nicht neu orientieren.« Aloisius Schneeberg sieht sich um. Seufzer und Unmutslaute branden durch die Werkshalle. Aloisius' Ansage sorgt für Wirbel.

»Neue Erzeugungsmethoden ermöglichen nicht nur eine Steigerung der Produktivität, sondern auch eine Verbesserung der Qualität.«

»Der schmeißt uns raus«, flüstert ein Arbeiter seinem Nachbarn zu.

»Muss man wirklich jede Neuheit mitmachen?«, wispert der unzufrieden und verschränkt die Arme. »Schließlich sind wir hier in den Eisenwurzen. Was sollen wir denn sonst machen, als mit dem zu arbeiten, was uns die Natur gibt?«

»Kapitalistenschwein«, knurrt ein weiterer.

Und sie flüstern und zischeln die Wahrheit: Aloisius Schneeberg ist ein reicher Mann. Doch er weiß auch, dass sich das Sensenblatt längst gewendet hat, denn durch agrartechnische Fortschritte steht die Sensenindustrie auf verlorenem Posten. Mähmaschinen werden die Mahd mit der Hand bald ersetzen. Und noch etwas weiß Aloisius: Nur wenige traditionsreiche Unternehmen werden den Umstieg auf neue Produktionsfelder schaffen. Er will unbedingt zu diesen Unternehmern gehören.

Oscar, sein Sohn und designierter Nachfolger, gerade zehn Jahre alt, steht an seiner Seite. Aloisius betrachtet das Kind, das sich die vom Ruß geschwärzten Gesichter der Arbeiter genau ansieht. Das Bubengesicht trägt ein Stirnrunzeln.

4

Dezember 1949: Ich war verkauft worden. An einen Mann, zwanzig Jahre älter als ich. Er sah aus wie alle Männer hier, doch sein Aussehen hatte ich nicht zu werten. Sein Wert lag in der Vermehrung unseres Familienbesitzes. Worin mein Wert lag, konnte ich nur ahnen. Meine Fähigkeiten unterschieden sich nicht von denen der meisten Frauen. Kochen konnte ich, nähen konnte ich, sparsam war ich. Allerdings war ich auch bereits deutlich älter als meine Konkurrentinnen, aus deren Reihen er eine hätte wählen können. Vermutlich hat es an meinem Vater gelegen, der meine Schönheit gerühmt hatte, die sich in Wahrheit nicht wesentlich von der meiner Mitbewerberinnen abhob. Gewiss hat mein Vater meine Mitgift aufgebessert. Etliche Festmeter Holz, das Versprechen auf mehr Landbesitz und auf die Fruchtbarkeit der Braut. Der Beweis war zwar noch nicht erbracht worden, aber immerhin hatte ich zwei

Schwestern, die sich in dieser Hinsicht bereits hervorgetan und für reichlich Nachwuchs gesorgt hatten. Ihre Fruchtbarkeit wurde wohl auch in mir vermutet. Womöglich hatte meine Familie aber auch eine völlig andere Rechnung im Sinn. Immerhin besaß mein Bräutigam ein Haus, dazu mehrere Hektar Wald und ein Sägewerk. Es galt also, etwas zu vererben. Dazu aber brauchte es zumindest ein Kind, natürlich einen Buben. Dass meine Eltern bei den Verhandlungen zu meiner Verehelichung vorausgedacht hatten, bezweifelte ich nicht.

Bevor Gustav und ich den Bund der Ehe eingingen, wurden zahlreiche Einladungen ausgesprochen. Meine Eltern nahmen das Körpergewicht meines Zukünftigen in Augenschein. Betrachteten seine Gesichtsfarbe, die roten Äderchen im Gesicht, die großporige Nase. Sie beäugten, ob ihn der Krieg versehrt hatte. Äußerlich. Innerlich.

Ich sah nur das, was offensichtlich war. Zudem wusste ich, dass mein Verlobter ein gern gesehener Gast im Wirtshaus war. Ich vermutete, dass seine Leber einiges erdulden musste, mutmaßte aber auch, dass ich einiges zu ertragen haben würde.

Mein Vater erschnupperte zusätzlich den Zuckergehalt in Gustavs Urin. Er rieche intensiv nach Honig, hatte Vater in einer stillen Stunde am abendlichen Esstisch verkündet. Ein gemeinsamer Toilettengang im Gasthaus habe diese Erkenntnis erbracht.

Die Summe aller Beobachtungen gab meinen Eltern recht. Bereits vor Ablauf eines Ehejahres wurde ich zur Witwe. Es lag nicht am Blutzucker meines Mannes, auch nicht an seiner heftig belasteten Leber. Vor allem lag es am winterlichen Schneefall und an der eisigen Kälte, aber auch an der rechten Hand meines Mannes, die sich häufiger in meinem Gesicht wiederfand, als ich es mir gewünscht hätte. Dass wir Frauen Schläge zu erdulden haben, ist nichts, was der Rede wert wäre. Dass meine Augen jedoch häufiger als allgemein üblich zugeschwollen, blauschwarz, später grüngelb schattiert waren, tat mir körperlich, allerdings auch in der Seele weh. Nachdem ich die ersten Schläge kassiert hatte, wagte ich, den Anlass zu erfragen. Es gab keinen Anlass. Mich zu schlagen gefiel Gustav einfach. Er genoss die Macht über mich. Nicht nur die Macht seiner Schläge. Auch, dass ich mich seinem Willen unterordnen musste, einfach weil ich sein Eheweib war und damit sein Eigentum, mit dem er verfahren konnte, wie es ihm beliebte.

Meine Mutter zuckte bei meinen anfänglichen Klagen nur die Schultern. Im Wissen, keine Hilfe zu erhalten, verstummte ich rasch. Niemand verschwendete auch nur einen Gedanken an meinen körperlichen Zustand, auch nicht an den seelischen. Ich hatte mich damit abzufinden, wie sich auch andere damit abfinden mussten. Es galt zu ertragen, was Gott der Herr für seine Dienerin vorgesehen hatte. Den Lohn für meine Kümmernisse würde ich in einem anderen Leben erhalten, meinte der junge Pfarrer, dem ich in einem Beichtgespräch mein Leid klagte. Immerhin zeigten die Augen des Pfarrers Mitleid. Aber wie hätte er mir helfen können? Sich meinen Mann vorzuknöpfen wäre keine gute Idee gewesen. Am Ende, das wusste auch der Geistliche, hätte wieder ich darunter gelitten.

Doch mit meiner lammfrommen Duldsamkeit war es nicht weit her. Bald begehrte mein Innerstes auf. Ich wartete ungeduldig auf die Chance, die mein Leben radikal verändern sollte.

5

Es war ein Abend, wie es zuvor bereits viele gegeben hatte. Und doch war er anders. Bereits am frühen Nachmittag hatte Schneefall eingesetzt. Ich war allein zu Hause, genoss die Stille, legte Holzscheiter nach, die knisternd im Herd verbrannten und die Stube wärmten. Ich hatte Teewasser aufgestellt und mich dann ans Fenster gesetzt, eine Decke auf den Knien, ein wärmendes Tuch um die Schultern. Das Tageslicht half mir dabei, die Nähte eines schon mehrfach ausgebesserten Hemdes nachzuarbeiten. Ich unterlegte einen Riss mit einem breiten Streifen Stoff und seufzte. Eigentlich bestand das Arbeitshemd meines Mannes hauptsächlich aus Flicken. Der ursprüngliche Stoff war kaum noch vorhanden. Aber Gustav mochte sein altes Hemd. Außerdem war er geizig und vermied die seiner Meinung nach überflüssige Anschaffung neuer Kleidung.

Nach einer Weile vergaß ich das Hemd, sah beim Fenster hinaus und ließ mich von den Schneeflocken in ein verzaubertes Reich locken, in dem Schneeköniginnen herrschten und Eiskönige diese schönen Königinnen verehrten. Widerwillig löste ich mich aus meinen märchenhaften Gedanken, legte Feuerholz nach, schenkte mir Tee ein und setzte mich wieder zurück an meine Näharbeit. Der Wind, der durch die Fensterritzen in die Stube drang, biss mich in die Nase und färbte meine Fingerspitzen hellblau. Ich zog mein Schultertuch enger, steckte meine kalten Hände unter die Achseln, um sie zu wärmen, und sah den zarten Schneeflocken zu, wie sie sanft zu Boden schwebten. Der Schnee legte sich wie eine dünne Haut über das verdorrte Gras, auf den Kiesweg, auf die dunklen Äste der Bäume. Wenig später verwandelten sich die Schneeflocken in große Fetzen. Innerhalb kurzer Zeit fielen drei Handbreit Schnee. Plötzlich war die Natur rein und jungfräulich, mein Tee dagegen kalt geworden. Wieder legte ich Feuerholz nach und starrte in die Flammen, die fröhlich züngelten. Schnee hatte ich immer schon geliebt, auch wenn er mir eiskalte Füße bescherte. Der Winter war gut für meinen inneren Frieden. Die Tage begannen später, die Nächte früher.

Ich schloss die Ofentür, trat ans Fenster und hielt meine Hand an die eiskalte Fensterscheibe. Das Tal wirkte durch den vielen Schnee noch enger. In meinem Rücken wusste ich hoch aufragende, bedrohlich wirkende Felsen, die Ausläufer des Sengsengebirges. Unmittelbar vor mir lag mein Garten, begraben unterm Schnee. Die Äste der Bäume und Sträucher neigten sich unter der Last und bogen sich dem Haus zu. Dichter Schneefall verhinderte jeglichen Blick in die Landschaft. Nur wenige Meter vor mir wurde alles zu einer weißen Wand, wodurch es den hohen Berg, den Sonnwendkogel, mit seinen bewaldeten Hängen nicht mehr gab. Auf diese Weise konnte ich mir vorstellen, mich nicht eingeengt zwischen den Bergrücken zu befinden, sondern wieder dort draußen, wo sich das Tal weitete und mit ihm auch ein wenig das Denken der Menschen.

Ich öffnete das Fenster einen Spaltbreit, atmete die kalte Luft ein und lauschte. Es war absolut still. Alle Geräusche wurden gedämpft. Die Vögel hatten in ihrem Zwitschern innegehalten, und sogar das Rauschen des Baches war kaum noch hörbar. Kein Fuhrwerk vom Steinbruch war unterwegs. Auch im Sägewerk war es still. Es schien, als wäre die Zeit stehen geblieben. Ich schloss das Fenster und wusste, dieser Winter würde mir inneren Frieden bringen. Dafür wollte ich sorgen.

Am Fenster stehend, wartete ich geduldig. Das Haus lag längst in völliger Dunkelheit da. Ich hatte absichtlich keine Lampe angemacht. Gustav wäre sicher zufrieden mit dieser Sparmaßnahme, fand er es doch nur vernünftig, sich nach dem Tageslicht zu orientieren. Allein die Wärme des Herdfeuers in meinem Rücken und der sich kräuselnde Rauch aus dem Kamin bezeugten, dass jemand zu Hause war.

Es war bereits später Abend. Den Topf mit dem Abendessen hatte ich wieder vom Herd genommen, um das Gulasch nicht zu einem Klumpen zu verkochen. Vermutlich würde ich noch eine Weile auf Gustav warten müssen. Mein Mann strapazierte meine Geduld. Sollte er meinen Unmut jedoch nur ansatzweise bemerken, bestünde seine Antwort, dessen war ich mir sicher, aus Spötteleien oder Schlägen. Außerdem war er ohnehin unzufrieden mit mir, denn der wichtigste Vertrag zwischen uns beiden war bisher unerfüllt geblieben: Ich war immer noch nicht schwanger.

Inzwischen hatte sich der Schneefall gelegt. Kalter Ostwind drückte gegen die Scheiben und wirbelte fallweise Schneewolken auf. Staunend sah ich, dass sich der Himmel aufgeklart hatte. Sterne blinkten, was ich als ermutigendes Zeichen empfand. Die Milchstraße bildete einen glitzernden Streifen am nächtlichen Firmament. Deutlich erkannte ich das Sternbild des Orion.

Ich fror. Meine nervöse Blase drängte mich auf die Toilette. Auf keinen Fall würde ich jetzt ins Freie aufs kalte Plumpsklo pilgern. Also tappte ich nach oben ins Schlafzimmer, holte den Nachttopf unterm Bett hervor und erleichterte mich plätschernd. Ich roch meinen Urin. Das war mir unangenehm. Um mich abzulenken, lauschte ich angestrengt in die Nacht. Waren da etwa Schritte, die sich der Haustür näherten? Mein Herz klopfte hart, beinahe schmerzhaft in meiner Brust. Meine Zähne schlugen heftig klappernd aufeinander. Es klang, als säße ein Geist in einer Zimmerecke und schüttelte Würfel in einem Becher für ein grausames Spiel. Nervös zupfte ich an der Kragenschleife meines Kleides, löste sie, steckte ein Stoffende in den Mund und biss darauf. Der Stoff dämpfte mein Zähneklappern.

Wieder zog sich eine Gänsehaut über meinen Körper. Es war, als wäre ich fiebrig. In meinem ganzen Leben war mir noch nie derart kalt gewesen. Es war nicht nur eine äußerliche Kälte. Die Kälte kam von innen. Meine dicken Wollsocken, die mich an anderen Tagen wunderbar warm hielten, halfen heute nicht. Erst meine Strickjacke, die im Schlafzimmer über dem Fußteil des Bettes hing, wurde mir zum Retter. Ich schob den Nachttopf zurück unters Bett, schlüpfte in die Jacke und stieg hinunter in die Stube. Aufgeregt wartete ich hinter zugezogenen Vorhängen und blinzelte ins Freie.

Schließlich wurde ich belohnt. Drei Gestalten näherten sich schwankend, lärmten am Gartenzaun, klopften einander auf Schultern und Rücken und verabschiedeten sich schließlich grölend voneinander. Mein Mann wankte mit unsicheren Schritten auf den Hauseingang zu. Sein Körper hob sich gegen die Helligkeit der Schneedecke ab. Gustavs Alkoholpegel musste beträchtlich sein, denn er brauchte für die wenigen Meter vom Gartentor bis zur Haustür elendig lang. Mehrfach stolperte er, rutschte aus, fiel einmal sogar und rappelte sich wieder auf. Erschöpft lehnte er sich gegen den Stamm des Apfelbaums, der im Sommer wunderbaren Schatten bot, pinkelte und röhrte zufrieden, nachdem er sich erleichtert hatte. Seine Hose hing ihm irgendwo in der Kniegegend. Mit einer Hand hielt er sie fest und stolperte mehr, als er ging, auf die Haustür zu. Hätten ihn seine Saufkumpane bis an die Tür gebracht, wäre mein Plan heute nicht aufgegangen.

Ich wartete hinter der Tür. Mein Fuß suchte die beiden hölzernen Keile, die ich in geringem Abstand voneinander fest in den Spalt zwischen Türblatt und Steinboden gedrückt hatte. Hektisch bückte ich mich danach und prüfte erneut deren festen Sitz. Auf keinen Fall sollte mein Mann die Tür aufbekommen.

Ich hörte Gustavs angestrengtes Atmen. Er befand sich nur wenige Fingerbreit von mir entfernt, wir waren bloß durch dicke Holzbretter getrennt, und er versuchte, den Schlüssel in den schmalen Schlitz des Türschlosses zu stecken, was ihm am Ende sogar gelang. Er drehte den Schlüssel im Schloss, drückte gegen das Türblatt, drehte erneut den Schlüssel, sperrte ab, sperrte wieder auf und fluchte, denn die Tür gab nicht nach. Gustav rief nach mir. Wenige Sekunden lang war es mucksmäuschenstill. Dann drosch er plötzlich mit der Faust gegen die Tür. Beinahe hätte ich laut aufgeschrien. Fest presste ich beide Handflächen auf meinen Mund und wartete mit klopfendem Herzen. An jedem anderen Tag, an dem ich dem Hausherrn nicht bereits nach seinem ersten Klopfen Einlass gewährt hatte, waren mir Schläge sicher gewesen. Heute jedoch sollte alles anders verlaufen. Ich musste die Nerven bewahren. Keinesfalls durfte sich Gustav Zutritt verschaffen, denn fände mein Mann die Keile, würde er sofort die richtigen Schlüsse ziehen. Was mir blühte, wenn die Tür nachgab, wollte ich mir nicht vorstellen. Vermutlich wäre es mein sicherer Tod.

Tränen liefen über meine Wangen, während ich meine Handflächen und die Stirn gegen das dicke Holz der Tür drückte. Ich beschwor deren Stabilität. Ich betete zu Gott und zu seinem dunklen Gegenspieler, für den Fall, dass mich der Allmächtige nicht erhören wollte.

Gustav brüllte sich die Seele aus dem Leib und drosch weiter auf das Holz ein. Er verfluchte die Tür, die er einst mit Stolz in die Angeln gehoben hatte, hatte er sie doch eigenhändig angefertigt. Jeder seiner Hiebe ließ das Türblatt zittern. Kleine Brocken Verputz gaben seinem Zorn nach und brachen aus der Wand. Schließlich verließ mich die Kraft in den Beinen. Ich knickte ein und saß am Ende auf dem kalten Boden. Eine Blasenentzündung war mir gewiss. Aber alles war besser, als zu Tode geprügelt zu werden.

Gustavs Schimpfen verstummte. Ich stemmte mich vom Boden hoch, schlich in die Küche. Vom Fenster aus beobachtete ich sein Taumeln. Er zitterte, schien erschöpft. War ihm endlich die Energie ausgegangen? Mein Mann rieb sich mit dem Ärmel seines Hemdes träge übers Gesicht. Sein grober Lodenmantel lag zu seinen Füßen im Schnee. Die Hose hing ihm knöcheltief um die Beine. Gustav hob seinen Blick. Mit geöffnetem Mund drehte er sich im Kreis. Wie ein Kind stapfte er im Schnee herum. Fing er tatsächlich Schneeflocken mit weit herausgestreckter Zunge auf? Schwankend änderte er seinen Weg, torkelte auf das Fenster zu, hinter dessen dichtem Vorhang ich stand. Gleich würde er die Scheibe einschlagen, an den eisernen Fenstergittern rütteln und sich dennoch keinen Einlass verschaffen können.

Eine Ewigkeit wartete ich auf das Geräusch des splitternden Glases. Doch nichts geschah. Zaghaft wagte ich mich vor und blinzelte hinaus. Gustav lehnte an der Hausmauer, zerrte an seinem Hemd und zog es über den Kopf. Nun war er beinahe nackt. Es war merkwürdig, aber er schien zu schwitzen.

Wieder und wieder fuhr er mit dem Hemd über seine feuchte Haut. Eine Bewegung, die ich von der Arbeit bei sommerlicher Hitze kannte, wenn sich mein Mann den Schweiß vom Körper rieb.

Plötzlich tat Gustav einen Schritt zur Haustür hin, stolperte, ging in die Knie und kippte zur Seite. Er wälzte sich auf den Rücken, wandte sein Gesicht dem Himmel zu. Schneeflocken tanzten vom Himmel. Federleichte, unschuldige Schneeflocken legten sich wie eine weiche Tuchent auf Gustavs Körper. Ich knabberte an meinen Fingernägeln und biss mir die Nagelhaut blutig. Auf keinen Fall durfte ich Gustav aus den Augen lassen.

Zögernd schob ich den Vorhang ein Stück zur Seite. Noch immer lag Gustav still da. Wie lange sollte ich warten? Wie viel Zeit musste vergehen, um sicher sein zu können, dass jemand erfroren war? Dass Gustav erfroren war? Ich hüllte mich in meine Decke. Auf keinen Fall durfte ich der Neugier nachgeben und nachsehen. Spuren im frisch gefallenen Schnee waren Verräter. Abdrücke meiner Schuhe würden mich als schlechte Ehefrau entlarven. Also blieb ich, wo ich war, und beobachtete Gustav, der regungslos im Schnee lag. Er wirkte nicht unglücklich. Im Gegenteil. Erstmals in unserem Eheleben schien Gustav völlig entspannt.

Angestrengt dachte ich darüber nach, wann sich zuletzt ein derartiger Todesfall in unserer Gegend ereignet hatte. Es war bestimmt schon mehr als zehn Jahre her. In einer Winternacht war ein Holzfäller vom Weg abgekommen und hatte sich ein Bein gebrochen. Seine Rufe waren nicht gehört worden. Längst hatten die Menschen in ihren Betten gelegen. Wenige Minusgrade und genauso wenige Stunden hatten genügt, und der Mann war in jener Nacht erfroren. Dieser Vorfall ging mir wieder und wieder durch den Kopf.

Nach einer Stunde stiller Beobachtung begab ich mich zu Bett. Ein heißer Ziegelstein, eingewickelt in ein Tuch, begleitete mich. Wie lange es dauerte, bis ich einschlief, weiß ich nicht.

Irgendwann siegte die Müdigkeit, ich fiel in einen unruhigen Schlaf.

Morgens erwachte ich mit einem lebendigen Gefühl im Leib und warmen Füßen. Dennoch lockte mich ein Hauch von schlechtem Gewissen aus dem Bett und das Wissen darum, dass die Hühner hungrig waren und ins Freie wollten. Längst war die Nacht von der Morgendämmerung verscheucht worden. Der Vorhang für den zweiten Akt des Dramas öffnete sich. Ankleiden stand auf dem Programm. Unterwäsche besaß ich kaum, auch wollene Strümpfe waren Luxus, den sich Gustav für mich nicht leisten wollte. Aus Wollresten hatte ich oberschenkelhohe Strümpfe gestrickt, die ich nun mit dünnen Stoffstreifen festband. Ich schnupperte unter meinen Achseln und wünschte mir warmes Wasser. Auch ein neues Kleid wäre eine herrliche Anschaffung. Zügig zog ich mir das feste Arbeitskleid über, das längst eine Wäsche vertragen hätte, und band meine Schürze um. Jede der Stufen ins Erdgeschoss wünschte mir mit einem lauten Knarren einen guten Morgen.

Das Feuer im Küchenherd war rasch entfacht. Gleich würde es warm werden in der Stube. Das Futter für die Hühner – Erdäpfel, Eierschalen und Getreide – nahm ich mit, nur um die Schüssel wenig später mit einem lauten Schrei fallen zu lassen, mich auf meinen eingeschneiten Mann zu stürzen und ihn über die Türschwelle in den Flur zu zerren. Mit einer Lampe beleuchtete ich sein Gesicht. Es war weiß. In seinem Bart und auf seinen dichten Wimpern saßen Eiskristalle. Gustavs Augen starrten mich vorwurfsvoll, aber milchig getrübt an. Das war der Augenblick, in dem ich mich übergab.

Gustav hatte den Schlüssel im Schloss stecken lassen. Ich zog ihn ab und ließ ihn los. Der Schlüssel landete in einem von Gustavs Holzschuhen. Schuhe, die er schon seit Ewigkeiten nicht mehr benutzt hatte. Schuhe, die nass und vom Schnee halb zugeweht im Eingangsbereich neben der Haustür im Freien standen. Es sollte ruhig so aussehen, als ob Gustav erfolglos nach dem Schlüssel gesucht hätte. Der Rest der Tragödie konnte dem Alkohol untergejubelt werden. Wichtig war, dass der Haustürschlüssel gefunden wurde. Und am besten nicht von mir.

Ob mein Schrei gehört worden war? Die nächsten Nachbarn wohnten zwei Kilometer von uns entfernt. Die hysterische Darbietung fand also zuallererst für mich selbst statt. Die Spuren im Schnee zeigten einen realistischen Ablauf des Dramas. Es brauchte nichts weiter inszeniert zu werden. Das Futter für die Hühner lag verstreut im Schnee. Die Schleifspur und meine Fußabdrücke sprachen eine eindeutige Sprache. Beinahe hatte es hübsch ausgesehen, wie Gustav unter der dünnen Schneeschicht gelegen hatte. Ein friedliches Bild.

Im Haus angelangt, warf ich eine Decke über Gustavs Leib, stopfte sie um ihn herum zurecht, als würde das noch etwas nützen, schloss die Tür und lief los. Die verräterischen Keile, die letzte Nacht verlässlich dafür gesorgt hatten, dass mein Mann im Freien übernachten musste, waren längst dem knisternden Ofenfeuer zum Opfer gefallen. Auf dem Weg zu den Nachbarn überlegte ich nicht, was ich sagen wollte. Die Worte sollten wie von selbst aus mir herauspurzeln. Niemand würde nachfragen, denn Gustav war kein gemütlicher Ehemann gewesen, der mit seiner treu sorgenden Frau abends früh zu Bett ging. Seine freie Zeit hatte er gern und häufig im Gasthaus zur Sonne verbracht. Bis zum frühen Morgen. Niemand würde mich fragen, warum ich mich nicht gewundert hatte, dass Gustav nachts nicht an meiner Seite gelegen war.

Der Nachbar, der mich mitleidig in die Arme nahm, weil er einen Toten erkannte, wenn einer vor ihm lag, sorgte für Gustavs Abtransport. Später legte er mir den Haustürschlüssel in die Handfläche.

»Er hat wohl noch versucht, ins Haus zu gelangen«, wisperte er, während mir seine Frau eine Tasse Tee reichte, die sie in meiner Küche zubereitet hatte, bevor man mich zurückließ, um die Verwandten meines Mannes herbeizurufen.

Ich bin Magdalena, neunundzwanzig Jahre alt und Witwe. Mein Mann Gustav wurde knapp fünfzig. Gustav hat sich versoffen. Er ist in einer kalten Winternacht erfroren. Ein tragisches Schicksal.

In meiner Trauer bin ich nie allein. Ich stehe unter ständiger Beobachtung. Gustavs Familie hofft auf einen Erben, der meinen Leib in den nächsten Wochen wölben würde. Gustav könnte mich geschwängert haben. Ich weiß, dass es nicht geschehen ist. Aber eine kurze Weile kann ich dazu noch schweigen, denn ich brauche Zeit, um darüber nachzudenken, wie ich Haus, Wald und Sägewerk behalten kann. Insgeheim erwarte ich, dass mein Erbe von Gustavs Familie beansprucht wird. Ich rechne auch damit, dass meine eigene Familie innerhalb angemessener Zeit einen neuen Mann für mich bestimmen möchte. Doch ich denke nicht daran, mich dem nächsten Mann auszuliefern. Meine nächste Ehe soll zu meinen Bedingungen geschlossen werden.

6

Jänner 1950: Sie wollen mir die Haare stutzen. Ich wehre mich nach Kräften, schlage um mich, doch ich bin ihnen unterlegen. Meine Wutschreie sind laut, aber all mein Protest ist sinnlos. Sie lachen mich aus, drücken mich zu viert zu Boden und schneiden mir zuerst die Zöpfe ab. Danach droht mir Gustavs Mutter mit der Schere für die Schafschur. Läuse will sie gesehen haben. Gewiss weiß ich, dass ich keine Läuse habe. Ich halte erst still, als sie mir die scharfe Klinge zeigt. Sie seift meinen Schädel ein und erledigt mit einem Rasiermesser den Rest.

Meine Augen sind rot und brennen von geweinten Tränen. Meine Oberlippe blutet. Die Angst vor Schnittverletzungen ist größer als die vor der Nacktheit auf meinem Kopf. Ich hatte langes kastanienbraunes Haar. Nach der groben Behandlung finden sich nur noch einzelne Büschel am Kopf, vor allem aber kahle Stellen.

Der Familie meines Mannes ist mein Aussehen ein Dorn im Auge. Ich muss mich in Witwentracht kleiden, in einen hochgeschlossenen grauen Fetzen, der mir die Jugend und Würde nehmen und mir die Optik einer alternden Frau verpassen soll. Das Gegenteil geschieht. Meine helle Haut und meine Haarfarbe strahlen dadurch nur noch mehr. Entsprechend errege ich schon während Gustavs Beerdigung die Aufmerksamkeit der Männer. Ihre Blicke ruhen seitdem jeden Sonntag beim Kirchgang gierig auf mir, wenn ich sittsam auf der Frauenseite links vom Altar sitze, mich flüsternd mit der Gottesmutter unterhalte und den heiligen Jakobus, dem diese Kirche gewidmet ist, um Beistand bitte. Schließlich ist Jakobus einer der zwölf Apostel und hat daher einen direkten Draht zu Gottes Sohn. Und die heilige Maria hat bestimmt ein Ohr für meine Wünsche offen, denn sie kennt das Leid der Frauen.

Der unmittelbare Platz an meiner Seite bleibt in der Kirchenbank immer frei. Keine der Frauen will an mich heranrücken. Ich weiß nicht, ob es an meinem nackten Schädel liegt, den ich mit einem Kopftuch sorgfältig bedecke, ob es unsichtbare Läuse sind, die den Frauen Angst machen, oder der Verdacht, dass ich mir, sobald die Haare nachgewachsen sind, einen ihrer Söhne krallen könnte. Alles ist möglich. Mein Blick bleibt stets fest auf das Gotteslob gesenkt. Ich bin in Trauer und rede kaum. Auch nicht, wenn man mich nach meinem Befinden fragt. Wird eine der Fragenden zu aufdringlich, breche ich in Tränen aus. Dadurch schaffe ich Distanz. Dann rücken sie von mir ab. Sie meiden mich zudem, weil sie es unanständig finden, dass ich auf meinem Erbe bestehe. Ich sei eine Erbschleicherin. Und auch Gustavs Familie tuschelt.

Sie denken halblaut darüber nach, wie sie verhindern können, dass mir etwas zufällt, was mir nicht gehören soll. Aber sie warten auch noch ab, denn noch ist nicht klar, ob ich nicht doch schwanger bin. Sie verfolgen mich. Nicht nur mit ihren Blicken, auch mit ihren Fragen. Längst weiß ich, dass ich den Schein nicht länger aufrechterhalten kann.

Häufig suche ich daher sicheres Terrain auf, gehe in die Kirche, auch wenn keine Messe stattfindet, denn auf heiligem Boden wagen sie es nicht, mich zu bedrängen. Die Kirche beschützt mich. Das hohe Gewölbe, das aussieht, als hätte jemand ein Netz an die Decke geworfen, vermittelt mir Beständigkeit und Stärke. Alles hier drin ist ein bisschen sauberer als draußen unter den Menschen. Alles glänzt, und es riecht so gut nach Weihrauch. Ich weiß, dass ich falsche Tränen weine, während ich mir einen Platz in einer Bank neben einem der gemauerten Durchgänge suche. Erschöpft lehne ich mich an die Wand, die mir Halt gibt, und warte, bis ich die Kälte des Mauerwerks nicht mehr fühle. Scheinheilig bitte ich um eine Eingebung, bettle regelrecht um eine Idee. Ein Wunder soll mir zu meinem Recht verhelfen, das auf mehr als wackeligen Füßen steht. Maria weiß ich in ihrer Seitenkapelle. Bestimmt reckt sie den Kopf und betrachtet mich mitleidig. Jesus verdreht die Augen. Die Heiligen schütteln ihre Köpfe über meine Frechheit, von ihnen einen Einfall zu fordern. Der heilige Jakobus auf seinem Altarbild hat gerade keine Zeit, denn er wird gleich mit einem Schwertstreich enthauptet. Wie konnte ich nur glauben, dass mir einer der hier Anwesenden hilfreich zur Seite stehen würde? Ich verhandle besser mit dem Teufel.

Gustav wurde in der ersten Jännerwoche beerdigt, was kein einfaches Unterfangen war, denn der Boden war hart gefroren. Starke Männer mit Spitzhacken haben geschwitzt, um Gustav unter die Erde zu bringen. Seit zehn Tagen komme ich wie eine Sünderin Tag für Tag in die Kirche. Ich praktiziere ein Ritual, von dem ich nicht weiß, wie es enden wird, bis sich endlich der neue Pfarrer meiner trauernden, verzweifelten Seele annimmt. Jener Pfarrer, der mir bereits einmal mitleidige Blicke schenkte. Zuerst befiehlt er mich in den Beichtstuhl. Womöglich hofft er auf saftige Details aus meiner Ehe. Oder will er mich bloß von meinen Sünden lossprechen? Ach, wenn er um mein schlimmstes Vergehen wüsste, er würde meine Seele mit seinem Beichtkreuz pfählen.

Ob ich seine Erwartungen in der Beichte erfülle? Ich weiß es nicht, aber ich bemühe mich darum. Ich berichte vom unerfüllten Wunsch, Mutter zu werden. Vom Zorn darüber, dass Gott mir meinen Mann zu früh nahm, mir daher meine Hoffnung auf ein Kind weiter verwehrt bleiben würde. Dass ich meine angeheiratete Familie verabscheue, weil sie mir ständig auf den Bauch starrt, was ich als Vorwurf empfände. Ich schildere meinen Neid auf jene glücklichen Paare, die bereits Kinder haben. Und ich freue mich über das scharfe Einatmen des Priesters auf der anderen Seite des Gitters, als ich verschämt davon stammle, dass ich es mochte, von meinem Mann intim berührt zu werden, auch wenn er sich sonst selten liebevoll mir gegenüber zeigte.

Allerlei Lügen tische ich ihm auf, und er schluckt sie mit Sanftmut. Diebische Freude überkommt mich, und deswegen beichte ich gleich noch, dass ich Wahrheit und Lüge manchmal nicht auseinanderhalten könne. Jetzt kann der Herr Pfarrer raten, was an meinen Geschichten stimmt und was nicht, denke ich. Am Ende schauspielere ich noch ein bisschen. Heftig schluchzend, schwer gebeutelt, bin ich zu keinerlei Geständnissen mehr bereit. Schließlich entlässt mich der Priester aus dem Beichtstuhl und nimmt mich mit in die Sakristei. Der Mann ist ein Praktiker. Er ahnt wohl, dass mich heruntergeleierte Vaterunser und Ave-Marias nicht aufrichten werden. Er reicht mir sein Taschentuch, in das ich mich zuerst nicht schnäuzen will, weil es zu schade für meinen Rotz ist.

»Ich werde es selbstverständlich gewaschen zurückbringen«, verspreche ich ihm.

»Behalte es, mein Kind«, sagt er, was eigenartig klingt, denn er ist kaum älter als ich. Er schenkt mir ein Gläschen Schnaps ein, das ich nur ungern annehme. Ich bin eine anständige Frau und trinke nicht. Schon gar nicht in Gegenwart eines Geistlichen. Erst als er sein eigenes Glas befüllt und es zu meinem Wohl hebt, stoße ich folgsam mit ihm an.

»Gesegnete Jahre«, flüstert er und betrachtet mich, während er sein Glas in einem Zug leert.

»Gesegnete Jahre«, wiederhole ich mit rauer Stimme und kippe die scharfe Flüssigkeit hinunter. Anstandshalber verziehe ich das Gesicht, als ob ich harte Getränke nicht gewöhnt wäre. Ich erkenne, dass ihm mein Verhalten gefällt.

7

Februar 1950: Es geschieht wie erwartet. Nur um wenige Wochen kann ich meinen Untergang hinauszögern. Die Familie meines verstorbenen Mannes geht gegen meine Erbschaft an. Zu kurz seien wir verheiratet gewesen, als dass ich mir nun Haus, Wald und Sägewerk aneignen dürfe. Es gebe keinen Erben, keine Nachkommen, die die Holzwirtschaft betreiben würden. Schon gar nicht wäre es im Sinne des Toten gewesen, ginge das Erbe an einen Wildfremden, weil ich vielleicht bald wieder heiraten würde. Sie fürchten bereits jetzt, dass ein Erbschleicher um meine Hand anhalten könnte. Gustavs Familie sieht ihren Reichtum schwinden.

Ich könne froh sein, meint der Richter, der über den Erbanspruch entscheidet, dass ich eine Abfertigung erhalte.

Ich solle das Geld – tausend Schilling – nehmen und verschwinden, sagt mein Schwiegervater. Er spuckt mir die Worte verärgert vor die Füße, die immerhin in neuen Schuhen stecken. Und nicht nur das, auch eine Ladung Schleim folgt direkt an den Saum meines Kleides, das ich mir für den Gerichtstermin gegönnt habe. Sittsames Schwarz trage ich, aber das Gewand ist gut geschnitten. Kein Sack, der meine Figur versteckt.

Schlussendlich bekomme ich noch das Federvieh, ein paar Hühner. In eine alte Truhe, die niemand vermissen wird, packe ich meine wenigen Habseligkeiten: Bettwäsche, Handtücher, ein Paar Holzschuhe und Stallgeruch. Besitz ist entscheidend. Ich stecke mir das Taschentuch des Pfarrers in den Ausschnitt meines Kleides. Es ist Zeit, es zurückzubringen, denn ich habe einen Plan.

8

Ich reiche ihm sein Taschentuch. Zögernd nimmt er es und wirft einen fragenden Blick auf die Hühner, die mich am Vorplatz seines Pfarrhofs umkreisen.

»Danke, Magdalena«, sagt er, bemüht um Würde. Vielleicht denkt er über die Sauberkeit seines zurückerhaltenen Taschentuchs nach, vielleicht aber auch nur darüber, dass er es einer Frau geborgt hat, die ihm gestand, die Berührungen ihres Mannes gemocht zu haben. Und die nun, umzingelt von Hühnern, vor ihm steht und ihn bittet, sie bei sich aufzunehmen.

Noch bevor er antwortet, argumentiere ich bereits. Ich erkläre, dass ich weiß, dass ihn seine Köchin verlassen wird, weil sie mit Tochter und Schwiegersohn wegzieht.

»Die Tochter erwartet ein Kind«, füge ich hinzu, »verständlich, dass der Wunsch besteht, die Großmutter als Entlastung für das junge Paar mitzunehmen. Ich bin jung. Ich kann die Arbeit erledigen, die Ludmilla bei Ihnen erledigt hat.«

»Du bist zu jung«, sagt er. »Du kannst dir vorstellen, was die Leute denken. Die Harant ist alt und daher keine Versuchung für einen Priester.«

»Am Denken werden wir die Leute nicht hindern können.

Sie werden immer etwas denken«, sage ich. »Vor allem werden sie Schlechtes denken.«

Er seufzt. »Weil die Leute sind, wie sie sind, und es nicht sein kann, dass sich ein Pfarrer eine junge Köchin ins Haus holt. Alt und hässlich muss sie sein.«

Ich nehme mein Kopftuch ab. Meine Haare sind gerade mal einen Zentimeter lang. Die helle Haut meines Schädels leuchtet durch das bisschen Haar, das nachgewachsen ist.

»Wenn ich verspreche, dass ich mir den Schädel weiterhin rasiere, wie es Nonnen machen, wenn ich mich in Sack und Asche hülle, Herr Pfarrer, nehmen Sie mich dann in Ihrem Haushalt auf und lassen mich für Sie sorgen?« Ich sehe ihn mit aller Treuherzigkeit an, zu der ich fähig bin. »Wir werden immer frische Eier haben, Herr Pfarrer«, füge ich lächelnd hinzu und zeige auf meine Hühner, von denen sich zwei um einen Wurm streiten, den sie in der feuchten Erde gefunden haben.

Er sagt das, was sie vermutlich alle sagen, wenn etwas beschlossene Sache ist: »In Gottes Namen.« Und er fügt noch hinzu: »Aber mach dich auf Gegenwind gefasst. Die Kirchengemeinde wird dich schneiden wie der scharfe Wind, der über einen eisigen Gipfel pfeift.«

Ich zucke mit den Schultern. »Pfarrer Wagstätter, dann haben Sie wenigstens immer Themen für die Predigt. Über mangelnde Nächstenliebe lässt sich gut die Leviten lesen.«

Er grinst. In diesem Augenblick sieht er aus wie ein kleiner Junge. Frech wie ein Schlingel.

»Matthias heiße ich.« Er streckt mir die Hand hin. Unser Geschäft ist besiegelt.

Mein Einzug geht schnell vonstatten. Die Hühner sind schon da. Die Wäsche in ihrem Behälter hole ich mit einer Karre. Mein liebster Fleckerlteppich, den ich nicht in Gustavs Haus zurücklassen wollte, ist schnell ausgerollt. Das Geschirr hingegen gehört mir nicht. Es bleibt mit dem Rest an Knausrigkeit zurück. Ein Bett befindet sich bereits in meinem neuen Zimmer. Meine Truhe passt perfekt an dessen Fußende. Kleidung und Wäsche, das Wenige, das ich besitze, sind rasch eingeräumt. Im Eifer des Gefechts übernehme ich die Küche wie ein Feldmarschall, stelle fest, dass der Haushalt wunderbar sortiert ist und es sogar eine Waschmaschine mit Motor gibt, die mir die Arbeit erheblich erleichtern wird. Ein Luxus, dessen technische Funktionsweise ich mir erst erklären lassen muss. Selten hat Matthias wahrscheinlich eine Frau gesehen, die sich derart über eine Waschmaschine freut.

Der Pfarrhof ist für eine Person viel zu groß, auch für zwei. Der gesamte Bau ist pure Verschwendung. Hier könnten mehrere Familien wohnen. Allerdings muss das wohl so sein, denn auch wenn Matthias nur ein bescheidener Pfarrer einer kleinen Kirchengemeinde ist, so scheint es dennoch wichtig, die katholische Kirche ordentlich zu repräsentieren. Zumindest erläutert er mir das so, als ich mich verwundert umsehe. Es klingt beinahe wie eine Entschuldigung. Allein im Erdgeschoss könnte man Pfarrfeste würdig begehen, ohne dass sich im Obergeschoss jemand gestört fühlen würde. Es gibt einen großen Garten mit Obstbäumen und einem Erdkeller, in dem vor allem Weinfässer gelagert werden. Eine Menge Fässer, die mich dazu bewegen, die Stirn zu runzeln.

»Zur Lagerung von Wein ist dieser Keller perfekt geeignet.« Während Matthias spricht, steigen feuchte Atemwölkchen auf. »Der Pfarrhof hingegen wurde nur teilweise unterkellert. Hauptsächlich, um Wirtschaftsräume zu schaffen und Sachen einlagern zu können. Der Boden ist sehr feucht. Überall sind Wasseradern. Du kannst die nassen Flecken im Erdgeschoss sehen. Leider. Die Feuchtigkeit kriecht ins Gewölbe. Aber unser Wohngeschoss«, Matthias hat *unser* gesagt und wird dabei knallrot, »ist sehr angenehm.«

Lahm schließt er seine Ansprache. Er ist ein guter Prediger, ein Gespräch von Angesicht zu Angesicht macht ihn jedoch verlegen. Wir verlassen den Erdkeller. Er zeigt mir Weinreben im Garten, Beete mit Kräutern und Wintergemüse, die teilweise noch unter dem Schnee begraben sind. Zahlreiche Anpflanzungen liegen direkt an der umlaufenden Pfarrhofmauer. Die Gewächse genießen dadurch die Wärme der Sonne und treiben früher aus als in anderen Bereichen im Garten. An einer weiteren Wand wurde Kachelofenholz gestapelt. Geschützt vor Feuchtigkeit, unter einem Dachvorsprung. Auch einige Meter Wäscheleine sind dort gespannt.

Ich bleibe stehen, weil mich eine Aussparung magisch anzieht. Durch ein Rechteck in der Mauer blinzle ich ins Dorf. Wie auf einem Gemälde in einem Bilderrahmen befindet sich die Kirche mit ihrem Turm nun unmittelbar vor mir. Rundum schmiegen sich die Häuser der Windischgarstner ans Gotteshaus. Dach an Dach, Mauer an Mauer, dazwischen schmale Dorfstraßen. Manches Gebäude bräuchte etwas mehr Zuwendung. Es besteht durchaus ein gewisser Sanierungsbedarf. Dennoch sieht es überall nach Aufschwung aus. Mein Blick wandert ein Stück in die Ferne. Ich sehe Wiesen und Felder, Baumreihen, sanfte Hänge und Holzhütten. In diesem Augenblick bin ich überwältigt von der Schönheit der Landschaft und rede mir ein, dass die Maueröffnung mit Absicht belassen wurde. Dieses Guckloch bietet einen Ausblick auf das, was ein Pfarrer immer vor Augen haben sollte: seine Kirche, die Schäflein und die von Gott erschaffene Natur. Fasziniert drehe ich meinen Kopf in Richtung Ennstaler Alpen. Vor mir thronen zwei Brüder. Zwei mächtige Berge: Der Kleine und der Große Pyhrgas vermitteln mir Beständigkeit, mahnen mich aber auch zur Vorsicht. Schon mancher Bergwanderer hat seine Kräfte überschätzt und seine Seele dort oben am Berg gelassen. Lieber betrachte ich die beiden Riesen respektvoll von unten.

Ein Räuspern unterbricht meine Gedanken. Es ist Matthias.

»Wenn das Wetter schlecht ist, kannst du die Wäsche auf dem Dachboden aufhängen. Dort oben trocknet sie rasch.« Er zeigt in die Höhe und verspricht, mir später den Weg zu zeigen, damit ich den Aufgang zum Dachboden finde.

Ein Fensterladen klappert im Wind. Matthias runzelt die Stirn. Offenbar gehört seine Begabung dem Predigen, nicht aber dem Handwerk. Ich werde mich darum kümmern, gelobe ich. Längst einmal gehören die Fensterscheiben geputzt, und bestimmt gibt es auch Staub, der von Oberflächen verscheucht werden muss.

Ich erhalte eine Führung durch die Wäschekammer und bewundere den riesigen Berg an Leinenstoffen, der dort sauber gefaltet liegt. Es riecht nach Seife. Ich mag diesen Geruch, sauge ihn regelrecht in mich auf.

Im langen Flur des Obergeschosses fällt mir ein großes Ölgemälde an der Wand auf. Es ist eine besondere Darstellung, denn sie zeigt eine Landschaft mit Häusern aus einer ungewöhnlichen Ansicht. Aus der Luft nämlich. Verblüfft bleibe ich stehen und betrachte es, worauf mir Matthias erklärt, dass es sich um das ehemalige Areal des Schneeberghammers handelt.

»Siehst du, hier ist es datiert, es wurde 1910 gemalt. Wie du erkannt hast, ist es eine besondere Abbildung. Entweder hatte derjenige, der das malte, eine gute Vorstellungskraft, oder es hat tatsächlich jemand einen Flug über das Gelände absolvieren dürfen, was eine Sensation gewesen sein muss. Vielleicht wurde das Gelände aber auch anlässlich einer Ballonfahrt skizziert und hinterher alles gemalt. Egal wie, der Auftraggeber hat sich das bestimmt ordentlich was kosten lassen. Das Bild zeigt übrigens den damals noch aktiven Schneeberghammer. Schau«, Matthias deutet der Reihe nach auf unterschiedliche Gebäude, »das Herrenhaus, der Eiskeller, das Verwalterhaus, der Kuhstall, das Gärtnerhäusl, der Herrschaftsgarten, die Mühle, der Hammer, die Schmiede, ein Haus, in dem die Versandware aufbewahrt wurde, eines für die Lagerung der Holzkohle. Außerdem ein Ochsen- oder Schweinestall und Magazine, Hütten, Garagen, Wohnhäuser und was weiß ich noch alles.«

»Warum hängt es im Flur des Pfarrhofs?« Verwundert sehe ich Matthias an.

Der zuckt mit den Schultern, sagt »Keine Ahnung« und

fordert mich auf, das Stockwerk allein weiter zu erkunden. Er entschuldigt sich damit, dass er noch etwas für die Pfarre zu erledigen habe.

Vom ersten Stock aus überblicke ich den Garten. Flieder sehe ich, Holunder, Apfelbäume und Mostobst. Einzelne Sonnenblumen aus dem Vorjahr sind längst vertrocknet, die Kerne von den Vögeln geraubt. Verdorrte Stängel von ehemals bunten Herbstastern und Fetthennen erkenne ich genauso wie Bauernjasmin, zahlreiche Rosenstöcke und Winterschneeball. Sogar ein Marillenbaum steht geschützt an der Mauer. In einer Ecke, an einem Steinwurf, der das Gelände hinunter zum nahen Bach abstützt, wächst eine große Weide. Ihre langen Äste hängen beinahe bis zum Boden. Darunter befinden sich eine Bank und ein Tisch. Ein Rückzugsort für einen Priester, der an seiner Predigt arbeitet.

Später, als ich tatsächlich das Dachgeschoss erobere, betrachte ich die Welt weit über den Pfarrhof hinaus. Nicht dass ich die Gegend nicht kennen würde, aber sie wirkt von oben völlig anders. Als ich ein Fenster öffne, höre ich das Plätschern des Wassers. Das Flüsschen ist nur ein Nebengewässer des großen Baches, der weiter hinten dahinrinnt. Mein Blick gleitet über Haselnussstauden. Amseln suchen im Laub unter den Bäumen und Büschen nach Nahrung. Ich sehe lange Ranken von Wildrosen. Ob sich daran noch rote Hagebutten befinden oder ob sich hungrige Vögel bereits darüber hergemacht haben? Eine Straße führt zum Haus des ehemaligen Hammerherrn. Am großen Bach, hinter einer Alleereihe von Kastanienbäumen, deren Äste kahl und hoch in den Himmel ragen, verbirgt sich das prunkvolle Gebäude. Ansatzweise kann ich die alten Mauern des Schneeberghammers erkennen.

Nur ein einziges Mal durfte ich das Haus aus der Nähe bewundern. Mutter und ich hatten Torten für eine Abendveranstaltung gebacken und lieferten die Köstlichkeiten ab. Bei der Gelegenheit bestaunten wir das Äußere des Gebäudes. Ein Zutritt war undenkbar. Die schmiedeeisernen Rosen an den Fensterkörben sind mir noch gut in Erinnerung. Sie wurden für Oscar Schneebergs Mutter angefertigt, deren Vorname Rosa war. Ich fand das damals rührselig und sehr romantisch.

Ich erinnere mich daran, dass meine Mutter erzählte, dass die Frauen der Schneebergs durchwegs fest im Leben standen. Sie trafen Entscheidungen und hatten einen scharfen Verstand. Rosa war bekannt dafür, nicht nur eine Zierde an der Seite ihres Mannes zu sein, sondern auch eine hervorragende Gastgeberin. Es heißt, dass sie ihren Aloisius bei wichtigen Entscheidungen stets umsichtig beriet. Manchmal trug eine der Ehefrauen den Ehrentitel »Schwarze Gräfin«, womit zum Ausdruck gebracht wurde, dass sie eine besonders geschäftstüchtige Frau war. Rosa Schneeberg wurde respektvoll auf diese Weise angesprochen.

Jeder hier kennt die Geschichte der Schneebergs. Oscar Schneeberg lebt in der Hammerherrenvilla. Mit seiner Frau. Ein Sohn ist dem Mann bisher nicht geboren worden. Vermutlich wird dies auch nicht mehr geschehen. Zwar ist seine Ehefrau deutlich jünger als er, allerdings kränkelt sie seit einer Ewigkeit dahin, pendelt von einem Kurort zum nächsten und erduldet ihr Leiden still. Ich bin mir sicher, dass sie niemals »Gräfin« genannt werden wird. Man munkelt, ihre Erholungsreisen hätten sie bereits nach Bad Gastein, Bad Ischl und Marienbad geführt. Bisher ist sie aber weder genesen, noch hat sie die Quelle der ewigen Jugend gefunden.

Zwei erwachsene Töchter aus einer ersten Ehe, die geschieden wurde, haben Oscar Schneeberg immerhin zum Großvater gemacht. Geboren wurden bisher ausschließlich Mädchen. Noch gibt es keinen männlichen Erben. Der Stammbaum einer Dynastie von Sensenschmieden wird daher vielleicht enden, vor allem, da Schneebergs Töchter die Namen ihrer Ehemänner tragen.

Vor Jahrzehnten, zu Beginn des 20. Jahrhunderts, als es nicht mehr lukrativ war, Sensen zu schmieden, erkannte Aloisius Schneeberg – Oscars Vater – die Zeichen der Zeit bereits vor den anderen Hammerherren. Er sattelte um, begriff den Wert von Baustoffen. Es waren Ziegel, die während der einsetzenden Industrialisierung, die mit einem Anstieg der Bevölkerung einherging, plötzlich gefragt waren. Und das war noch nicht alles. Schneeberg senior gründete eine Maschinenfabrik. In einem anderen Unternehmenszweig verkaufte er Getreide und Dünger, erzeugte in einem weiteren Messer und bot sogar Finanzdienstleistungen an.

Elektrizität gab es zur Zeit der ersten Betriebsgründungen in den Eisenwurzen noch nicht. Dampfmaschinen, Wasser- und Windmühlen trieben Sägewerke, Ziegeleimaschinen und Getreidemühlen an. In der Nachkriegs- und Wiederaufbauphase wurden Unmengen an Ziegeln produziert, und Geld rollte in die Kassen der Schneebergs. Später wurde Oscars Vater – in Adolf Hitlers Weltenbrand – an der Front verheizt. Doch da war Oscar bereits in seines Vaters Fußstapfen getreten.

Seufzend erkenne ich, dass Geld zwar das Leben leichter macht, man sich damit aber auch nicht alles kaufen kann. Doch die Tatsache, dass das Fortkommen durch eine gefüllte Tasche einfacher wird, ist nicht zu verachten.

»Schön ist es hier«, sage ich leise und betrachte die schneebedeckten Berggipfel. Diese Landschaft lässt mir Luft zum Atmen. Nichts ist bedrückend. Nichts engt mich ein. Jedenfalls nicht in diesem Augenblick. Ich breite die Arme aus, und es ist, als könnte ich die Welt umarmen, zumindest aber fühle ich mich besser als in Gustavs Haus. Viel besser als in diesem engen Tal, das mich gefangen hielt zwischen steilen und dunkel bewaldeten Hängen und Felsen, die bei jedem Ausatmen ein Stück näher rückten.

Plötzlich bin ich froh, dass mich Gustavs Familie loswerden wollte und dass mir der Richter das Erbe meines toten Mannes nicht zusprach, denn schon jetzt ist alles leichter als noch Wochen zuvor. Und warum sollte ich mir das Leben künftig nicht noch ein bisschen angenehmer gestalten?

9

Das Wohnhaus der Familie Schneeberg erinnert in seinen Grundzügen an ein Renaissanceschloss. Es ist ein wuchtiger zweigeschossiger Bau mit abgesetztem Mansarddach. Die Fenster lassen nicht zu, dass sich ungebetene Besucher Einlass verschaffen. Sie sind durch geschwungene schmiedeeiserne Fensterkörbe geschützt, deren Rosenverzierungen zart wirken, wohingegen die langen metallischen Ranken mit wehrhaften Stacheln verziert sind und jedes unerwünschte Vordringen verhindern.

Der Aufgang zum Eingangstor ist einer Prunktreppe ähnlich. Direkt über der Tür befindet sich das Prägezeichen der Zunft. Es stellt das hölzerne Rad einer Mühle dar. Darunter fließt Wasser. Eine besonders markante Welle gleicht einem liegenden S. Dieses Logo prägte man einst auf die Sensenblätter und auf alle anderen Metallwaren, die den Schneeberghammer verließen.

Früher gehörten landwirtschaftlich genutzte Güter zu den Hammerherrenhäusern. Der Ertrag der Bauernhäuser diente zur Ernährung der Arbeiter, allerdings ebenso zur Versorgung der Herrschaften. In Krisenzeiten wurden diese Ländereien nach und nach verkauft. Überwiegend an die ehemaligen Pächter. Auf diese Weise kamen viele Familien zu ihren Landwirtschaften.

Hinter den Alleebäumen, an einem steilen Hang gelegen, davor ein Fluss, der einst die Hämmer weiter unten im Tal lautstark antrieb, steht das gelbe Haus: der Sitz der ehemaligen Herren des Schneeberghammers. Erbaut als Zeichen der Macht und des Reichtums, den die Hämmer den Hammerherren eingebracht hatten. »Villa Schneeberghammer« nennen die Einheimischen das Gebäude, und jeder weiß sofort, wovon die Rede ist.

Gerade wird die Villa von der untergehenden Sonne angeleuchtet, sodass die Farbe der Fassade zwischen den Ästen der Kastanienbäume flammend hindurchstrahlt. Es ist, als hätte die

Sonne den Befehl erhalten, die Gegend ins schönste Licht zu tauchen. Der hinterm Gebäude befindliche, mit zahlreichen Föhren bewaldete Hügel bietet die passende Leinwand, denn das dunkle Grün der Nadelbäume lässt das Haus nur noch mehr leuchten.

Ein Mann steht an einem der Fenster der Schneebergvilla. Sein Blick gleitet über die in der Dämmerung vor ihm liegenden Wiesen. Oscar Schneeberg ahnt, dass der Landwirt weiter unten bestimmt überglücklich wäre, würde er ihm das Land verkaufen. Doch etwas in ihm weigert sich, diese vielen Hektar zu Geld zu machen. Die gesamte Fläche bis hin zum Hügel, der aussieht wie ein Gugelhupf, gehört ihm. Darauf steht eine kleine Kirche. »Kalvarienberg« nennen die Einheimischen die Erhebung. Vom Portal der Kirche aus breitet sich das gesamte Tal vor einem aus. Regelmäßig zu Ostern und im Advent, wenn dort Messen gelesen werden, pilgert Oscar Schneeberg mit den Windischgarstnern hinauf zum Kirchlein. Dann fühlt er sich manchmal ganz klein, wenn er die Pracht der Natur von dieser Anhöhe aus betrachtet.

Oscars Blick gleitet über die Alleebäume hinweg, weiter in Richtung Windischgarsten. Erste Lichter hinter den Fenstern blinken zu ihm herauf. Die kleine Gemeinde liegt etwas versetzt zum Kalvarienberg. Windischgarsten sieht aus wie viele Ortschaften. Es gibt eine Kirche, Geschäfte, ein Wirtshaus, natürlich einen Pfarrhof und einen Friedhof. Wo gelebt wird, wird auch gestorben.

Oscar dankt im Stillen seinen Vorfahren, die diesen Platz gewählt haben. Dieser Ort hat bisher viele Familien ernährt. Die Schneebergs haben für Wohlstand gesorgt. Und die einzigartige Lage wird auch noch künftigen Generationen Freude bereiten. Vielleicht in Hinkunft ein bisschen mehr als Rückzugsort denn als Arbeitsplatz. Aber auch das ist wichtig.

Die Dämmerung geht inzwischen in die Nacht über. Gerade will sich Oscar abwenden, als ihm eine Kleinigkeit auffällt.

Eine Nichtigkeit. Aber auf jeden Fall etwas, das neu ist. Im Pfarrhof brennt Licht. Das ist nichts Ungewöhnliches. Doch die Beleuchtung kommt aus einem der Zimmer, hinter dessen Fenstern es sonst schwarz blieb.

Es stimmt also, was die Leute sagen: Der Herr Pfarrer hat eine Haushälterin, und die lebt, anders als die Vorgängerin, offenbar wirklich im Pfarrhaus.

Oscar sieht noch eine Weile zum Fenster hinaus und überlegt tatsächlich, ob er sich ein Fernglas holen soll. Sein Jäger hat bestimmt irgendwo eines herumstehen. Dann aber erlischt das Licht, und Oscar entfernt sich.

10

Im Schlaf erscheinen mir Geister. Einer davon ist Gustav. Dunkelblau, beinahe schwarz ist seine Haut. Seine Augen, die im Leben graues Blau getragen hatten, funkeln in einem kalten Farbton wie das Eis eines Gletschers. Türkis-himmelblau-weiß. Gerahmt von dichten Wimpern und borstigen Augenbrauen, die das stechende Türkis nur noch mehr hervorheben. Grinsend zieht er mich in eine eiskalte Umarmung, reißt seinen Mund auf, worauf ich in einen riesigen schwarzen Schlund starre, in dem sich eine braunrote Zunge bewegt, die tentakelgleich nach mir greift. Eindeutig, Gustav will mich verschlingen. Rundum stehen Priester mit brennenden Augen. In ihren hocherhobenen Händen halten sie glühende Kreuze, an denen sich zahlreiche sterbende Jesusfiguren in Qualen winden. Ich will nur noch weg, schäle mich aus meinem Leib und schwebe fort. Von oben betrachte ich meinen nackten weißen Körper. Im Bett sehe ich mich liegen, übersät von eitrigen Geschwüren. Um mich herum züngeln Flammen. Für meine Sünden werde ich bei lebendigem Leib geröstet.

Schreiend wache ich auf, bin nass geschwitzt und finde mich in einer Umarmung wieder, aus der ich mich mit aller Macht lösen will. Bin ich bereits in der Hölle? Hat mich mein verstorbener Mann in seine Gewalt gebracht?

Meine Augen versuchen verzweifelt, die Finsternis zu durchdringen. Meine Hände schlagen um sich. Mein Herz tut mir weh. Es ist, als würde es herausgerissen. Wieder löst sich ein Schrei aus meinem Mund, der nichts Menschliches hat.

Nur noch fester werde ich umklammert. An meinem Ohr spüre ich heißen Atem. »Alles wird gut«, flüstert jemand. »Alles wird gut.« Die Worte wiederholen sich wie ein Mantra. Meine Augen gewöhnen sich an das schwache Licht, das aus dem Flur in meinen Schlafraum dringt. Und endlich bin ich wach genug, um zu begreifen, dass es Matthias ist, der mich beruhigt, und dass ich nicht in der Hölle bin, sondern dass die Hölle in mir ist.

Erschöpft nehme ich wahr, dass er mir ein Getränk reicht, dass er mir mit einem Tuch mein schweißnasses Gesicht trocken reibt. Auch mein Körper ist nass. Mein Nachthemd klebt kalt und feucht an mir. Gern möchte ich es ausziehen, wage jedoch nicht, mich zu bewegen. Dankbar nehme ich das Getränk in kleinen Schlucken zu mir. »Bittersüß«, kommt es mir in den Sinn, bevor ich endlich in einen traumlosen Schlaf sinke.

II

Anfangs nehmen wir unsere Mahlzeiten getrennt voneinander ein. Bedienstete und Arbeitgeber essen grundsätzlich nicht an einem Tisch. Schon gar nicht in einem Pfarrhof.

Im Esszimmer, an dessen Tisch zwölf Personen Platz haben, sitzt Matthias. Verloren wirkt er auf mich. Erst wenn ich seinen Teller vor ihm abstelle und ihm seine Mahlzeiten serviere, kommt Leben in seinen Körper. Dann schiebt er die Bücher, die neben ihm auf dem Tisch liegen, zur Seite und isst. Zunächst scheint er nur zu essen, um zu leben. Dann jedoch begreift er offenbar, dass meine Mahlzeiten jede Aufmerksamkeit wert sind. Er beginnt merklich zu genießen, seufzt und sieht aus, als würde er sich für diese wollüstige Todsünde schämen. Dennoch lässt er sich gern noch einen Nachschlag auf den Teller geben.

Ich dagegen schätze die regelmäßigen Mahlzeiten in der Stille der Küche. Niemand ist da, dem ich zu heiß, zu salzig, zu wenig oder zu verschwenderisch koche. Außerdem umschmeicheln mich die Gerüche dessen, was ich zubereite. Und mehr als einmal frage ich mich, ob es nicht Sünde ist, in derartiger Fülle zu schwelgen.

Ludmilla bedachte mich mit kritischem Blick, bevor sie sich von ihrem ehemaligen Dienstgeber verabschiedete. Sie war eine fleißige Haushälterin. Allerlei Kompotte stehen in den Regalen der Speisekammer: aus Zwetschken, Marillen, Quitten, hellen und dunklen Trauben, einer Mischung aus Rhabarber und Himbeeren, Kirschen, verschiedenen Apfel- und Birnensorten, sogar welche aus Brombeeren. Die Frau hat für eine Kompanie vorgesorgt. In dunklen Kisten lagern Erdäpfel. Wurzelgemüse ist in Sand eingelegt. Salzkartoffeln und Karotten schwimmen in Gläsern. Zwiebeln, Äpfel und Lauch liegen auf Regalböden. Sauerkraut, Erbsen, Apfelmus und Gewürzgurken reichen für die Bevölkerung eines halben Kontinents. Salz, Pfeffer, Thymian, Lorbeerblätter, Paprika und Senf ebenso. Ludmilla ist zweifellos eine Meisterin des Einkochens und vermutlich die ungekrönte Königin der Vorratshaltung. Erstaunt bewundere ich die Vielfalt und mache mich darüber her. Aber nun weiß ich auch, was von mir erwartet wird.

Schön finde ich, dass mir Töpfe und Küchenutensilien in ausreichender Anzahl zur Verfügung stehen, dass mir niemand in meine Arbeit pfuscht. Schön finde ich, dass sich Matthias Anfang März dazu entscheidet, mir in der Küche Gesellschaft zu leisten. Offenbar langweilt er sich an seinem einsamen, riesengroßen Esstisch. Vielleicht gefallen ihm auch die Geräusche, die aus der Küche kommen. Außerdem ist der Küchentisch nicht wesentlich kleiner als der Esstisch. Auch hier lassen sich vortrefflich biblische und andere religiöse Bücher ausbreiten. Es müssen nicht nur Koch- und Einmachbücher herumliegen.

Und so geschieht es an einem hellen Frühlingstag, an dem die Sonne die Hälfte der Küche und damit auch die Hälfte des Küchentisches ausleuchtet, dass sich Matthias zum Essen mir gegenüber niederlässt. Er stellt fest, dass er in mir eine hervorragende Zuhörerin gefunden hat, was die Themen seiner Predigten betrifft. Meine Fragen zu den Texten, das kann ich seinem Gesichtsausdruck entnehmen, ärgern ihn fallweise, aber sie fördern auch die Verständlichkeit seiner religiösen Vorträge.

Werden Gäste erwartet, findet erneut eine strenge Trennung statt. Überwiegend benutzt Matthias das Esszimmer als Empfangs- und Besprechungsraum, manchmal aber auch das etwas kleinere Wohnzimmer. Vor allem dann, wenn es für Gespräche eine gewisse Vertraulichkeit braucht. Und ich stehe ihm als eifrige Köchin und Servierkraft zur Seite.

Ich genieße zum ersten Mal in meinem Leben einen gewissen Grad an Einfluss. Ob ich daraus ein Spiel entwickeln kann, das sich zu meinem Vorteil gestalten lässt?

12

Matthias erwähnt mein gebrochenes Versprechen, mir die Haare wie eine Nonne zu scheren, mit keinem Wort. Mein Haar wächst. Inzwischen ist es so lang, dass es nicht mehr kerzengerade absteht, sondern sich wie ein kastanienbrauner

Helm um meinen Kopf legt. Einmal sieht mich Matthias an und meint, ich sähe aus wie ein Lausmensch.

Lausmensch?

Dieses Wort habe ich seit Ewigkeiten nicht mehr gehört. Es erinnert mich an meine Kindheit. Immer wenn ich etwas ausgefressen hatte und dafür Ohrfeigen kassierte, wurde ich derart beschimpft. Seine witzig gemeinte Bemerkung lässt mich mit einem Gefühl des Unwohlseins zurück. *Lausmensch.* Außerdem: Weder ließ sich auch nur eine Laus auf meinem Kopf finden, schon gar nicht war ich ein Mädchen.

Gerade liegt das höchste kirchliche Fest, die Auferstehung des Herrn, hinter uns. Die vorangegangene Fastenzeit verlangte mir tatsächlich einiges ab, schließlich hatte mir der Jahresbeginn Üppigkeit auf den Tellern versprochen. Meine angedachten Ausschweifungen wurden jedoch am Aschermittwoch abrupt beendet. Vierzig Tage lang gab es vor allem Suppen, die Schüsseln wurden nur halb befüllt. Dazu tranken wir Starkbier, das immerhin erlaubt war, allerdings nur in kleinen Mengen. Fleischgenuss unterlag natürlich einem strikten Verbot, Fisch dagegen nicht. In einem der alten Kochbücher las ich über das Fasten nach, fand darin sogar Rezepte, die zu kochen mir erlaubt gewesen wäre. Aber woher sollte ich Biber bekommen? Meine Vorschläge der Zubereitung verschiedener Süßspeisen wurden mit bösen Blicken bedacht. Dabei seien diese Speisen nie verboten gewesen, behaupten zumindest die Bücher. Dampfnudeln, Schmalzgebäck und andere Mehlspeisen entsprächen jedoch nicht mehr den neuen Fastenverordnungen, erklärte mir Matthias und schränkte sich ein. Er hatte Vorbild zu sein. Sein Magen knurrte ständig, und er selbst knurrte mit.

Welcher Genuss muss der eierbechergroße Schokoladenpudding mit einem Tupfen Schlagobers für Matthias gewesen sein, den ich am Abend des Ostermontags servierte, denn erst an diesem Tag erlaubte sich der strenge Asket eine erste Gaumenfreude. Nur ein Löffelchen erbat er sich, und etwa diesem

Maß entsprach der Eierbecher, den er mit einem leidenden Blick bedachte. Erst später gönnte er sich ein Schälchen, dessen Inhalt einer normalen Portion entsprach.

»Oscar Schneeberg war am Ostersonntag nicht in der Kirche«, erzähle ich dem Hemd, während ich einen Knopf annähe. Matthias, der mir gegenüber am Küchentisch sitzt und ein vor ihm liegendes Buch studiert, blickt auf.

»Danke, ja, das habe ich bemerkt.«

Ich warte einige Sekunden ab, hoffe darauf, dass er weiterspricht. Ein Wunsch, der in Erfüllung geht.

»Seine Frau ist erst kürzlich von einem Kuraufenthalt zurückgekommen. Prompt hat sich ihr Zustand wieder verschlechtert. Es muss an der Luft ...«

Matthias wird durch das Läuten der Eingangsglocke in seinem Satz unterbrochen.

»Soll ich?« Ich sehe ihn fragend an und lege das Hemd zur Seite.

Er schüttelt den Kopf. »Ich gehe schon.«

Ich höre seine Schritte auf den Granitstufen, vernehme, wie er den Schlüssel im Schloss dreht und die Tür beim Öffnen quietscht. Längst hätte ich die Angeln ölen sollen. Rasch stehe ich auf, schlüpfe aus meinen Hausschuhen und tappe auf bloßen Füßen in den Flur, um zu lauschen. Stimmen, die ich nicht kenne, und Wortfetzen, die ich nicht sinnvoll zusammensetzen kann, dringen an meine Ohren. Schließlich höre ich einen Gruß, wende mich eilends um und sitze mit Hemd und Knopf in der Hand am Küchentisch, als die Tür aufgeht und ein besorgt wirkender Matthias in den Raum zurückkommt.

»Ich muss in den Schneeberghammer. Der Frau geht es schlecht. Gerade wurde ich um das Sakrament der Krankensalbung angefragt.«

»Die Letzte Ölung.« Ich atme scharf ein.

Er nickt und sieht mich an, als ob es ihn verwunderte, dass manchmal auch ein noch sehr junger Mensch sterben muss.

»Gibt es etwas, wobei ich dir helfen kann? Soll ich mitkommen?«

Sein Zögern dauert an. Er scheint zu überlegen, ob meine Begleitung passend wäre. Außerdem grübelt er wohl, ob er sich umziehen soll, denn er blickt an seinem Hemd und seiner Hose hinunter. Bestimmt fragt er sich, ob noch genug Zeit dazu ist oder ob er so gehen kann, wie er gerade aussieht: schwarze Hose, schwarzes Hemd, dunkelgrauer Pullover.

»Niemand«, sage ich, weil ich seine Zweifel bemerke und die nervös an seinem Pullover zupfenden Finger eine deutliche Sprache sprechen, »wird dir in diesem Augenblick deine Kleidung zum Vorwurf machen.«

»Komm!« Matthias ist bereits auf dem Sprung. Im Flur greift er nach seinem Regenschirm und einer Tasche, die für Notfälle immer auf dieser Truhe steht. Weihwasser, Wattebäuschchen, Öl, ein kleines Kreuz und eine Kerze. Der Inhalt ist nicht aufregend, aber wichtig. In einer Dose aus Perlmutt befindet sich eine Hostie. Schneerosen, die ich in einer Vase auf dem Vorhaustisch arrangiert habe, wickle ich rasch in ein weißes Tuch.

»Ich finde es schön, wenn etwas Leben beim Sterben dabei ist«, erkläre ich Matthias und schlüpfe in meine Schuhe.

Am Pfarrhoftor wartet ein Wagen auf uns. Ich weiß nicht, warum, aber ich habe erwartet, den Weg zu Fuß zurücklegen zu müssen. Auf keinen Fall wäre mir eine Abholung durch einen Chauffeur in den Sinn gekommen oder dass Schneeberg mit einem Fahrzeug nach dem Pfarrer schickt. Noch niemals zuvor wurde ich in einem Automobil kutschiert. Zu Fuß, auf einem Pferdewagen oder Ochsenkarren sitzend hatte ich die Wege bisher zurückgelegt. Als man mich unter Aufbietung höchster Eile auf die Rückbank des Wagens drückt und Matthias neben mir in den Sitz sinkt, klopft mein Herz wild. Das Fahrzeug ist laut, es stinkt, und es rüttelt uns genauso durch, wie es ein Fuhrwerk getan hätte. Der Vorteil: Wir gelangen schneller am Hammerherrenhaus an.

»Du wartest hier«, fordert Matthias und nimmt die Schneerosen aus meiner Hand. Er reicht mir den tropfenden Regenschirm und seine nasse Jacke und folgt einem Bediensteten, der ihm mit sorgenvoller Miene den Weg weist.

Auf keinen Fall werde ich am Vorplatz ausharren. Ich sehe mich um und ärgere mich, dass man auf mich einfach vergessen hat. Also steige ich langsam die Stufen zur Villa hoch, drücke die Tür behutsam auf und werfe einen verstohlenen Blick in den Eingangsbereich. Wenn ich darauf gewartet hätte, einen Platz auf den Stühlen in der Eingangshalle zugewiesen zu bekommen, hätte ich mich unendlich lang gedulden müssen, denn niemanden kümmert meine Anwesenheit. Ich trete zurück, schüttle die Nässe des Regenschirms in die feuchte Nacht und spanne ihn zum Trocknen unter dem Vordach auf. Vorsichtig schiebe ich mich zur Tür hinein, sehe mich in der Halle um, tappe auf den Fußspitzen, damit meine Absätze nicht unangenehm laut klackern, und blicke über die Treppe nach oben. Laternen, in denen Kerzen stecken, leuchten den Weg aus. In der Halle selbst ist es kühl, doch die Wärme aus den umliegenden Räumen ist spürbar. Wie viele Kachelöfen oder Kamine es in diesem Haus wohl gibt?

Eine der raumhohen Türen steht einen Spaltbreit offen. Rasch überwinde ich die kurze Strecke, um einen neugierigen Blick ins Zimmer zu werfen. Die dunkle Holzvertäfelung reicht vom Boden bis zur Unterkante der Fenster. Die wenigen Lampen schaffen es kaum, den Raum zu erhellen. Als sich meine Augen endlich an das Dämmerlicht gewöhnt haben, sehe ich, dass sich an den Wänden hellgrüne Tapeten befinden, die Szenen aus dem Garten Eden zeigen. Zumindest sieht das Ganze so aus, wie ich mir den Paradiesgarten vorstelle. Phantasietiere springen durch Wälder, bunte Vögel sitzen auf langen Rosenranken, Schmetterlinge fliegen zwischen exotischen Blüten umher. Ein steinerner Kamin, der bis unter die Decke reicht, dominiert eine Wand. Der untere Kaminteil, die Feuerstelle, wird von Säulen flankiert. Im halbrunden Feuerkorb ist noch Glut zu sehen. Im Zimmer ist es angenehm warm. Den oberen Kaminteil zieren die Statuen dreier Frauen. Sie tragen wallende Gewänder. Auf ihren Köpfen sitzen Blumenkränze. Die Hände über ihre Köpfe erhoben, scheinen sie den Aufsatz und das Abschlussgesims des Kamins zu stützen. Unmittelbar vor dem Kamin steht ein fächerförmiger Ofenschirm. Eine Frau aus glänzendem Messing tanzt mittig auf dem hübschen Feuerschutz. An den Eisenstangen vor den Fenstern hängen mit goldenen Lilien bestickte dunkelgrüne Vorhänge. Der Schiffboden ist kaum sichtbar, denn darauf liegt ein riesiger blassgrüner Teppich, der wohl eine Blumenwiese darstellen soll, denn wie auf den Tapeten finden sich auch hier Blüten in allerlei Formen und Farben. Zahlreiche Stühle und Tische sind im Raum verteilt. Zwei hohe Ohrensessel rahmen die Kaminöffnung ein. Bücher stapeln sich auf Tischen, daneben Kerzenständer, deren Licht verzweifelt die Bilder der Ahnen zu erleuchten versucht, die mich von den Wänden anstarren. Im flackernden Schein teilen mir ihre grimmigen Gesichter mit, dass ich hier nichts zu suchen habe.

Behutsam schließe ich die Tür und frage mich, wie diese hohen Räume sauber gehalten werden. Schließlich schleiche ich zurück zum Eingang, wo ich mich auf einem harten Holzsessel niederlasse.

Während ich auf meine Finger sehe, die rau und abgearbeitet sind, überkommt mich Traurigkeit, aber auch ein Anflug von Unmut. Gedanken schießen mir durch den Kopf: Warum solltest du das alles nicht auch haben können? Lass dir was einfallen, murmelt ein Teufel auf meiner Schulter, immerhin bist du ja auch deinen Mann losgeworden und stehst inzwischen besser da als noch vor Kurzem.

Ein Geräusch lenkt mich ab.

»Danke für die Blumen«, höre ich eine tiefe Stimme sagen. »Meine Frau liebt Schneerosen.«

Matthias antwortet etwas, das ich nicht verstehe. Rasch erhebe ich mich vom Stuhl und begreife, dass die Frau des Hauses noch nicht gestorben ist, denn sonst hätte man nicht mehr in der Gegenwart von ihr gesprochen. Ich greife nach Matthias' feuchter Jacke und warte gespannt.

13

»Hätte Gott den Tanz erfunden, wenn er Sünde wäre?«

Matthias schüttelt den Kopf als Antwort auf meine Frage, betrachtet mich kritisch, zieht mich in die Arme, um mich in den Walzerschritt zu drehen, und knurrt: »Genau so, meine liebe Magdalena, argumentiert der Teufel, wenn er sich eine Seele stehlen möchte.«

Gerade erst hat man Matthias mit dem Fahrzeug des Hammerherrn wieder zurück in den Pfarrhof gebracht. Oscar Schneeberg begleitete ihn zur Tür hinaus, unter den missbilligenden Blicken eines Bediensteten, der wohl fand, dass das seine Aufgabe sei. Vielleicht dachte der Angestellte, sein Dienstherr erweise einem gewöhnlichen Priester gegenüber zu viel Ehre.

Ich jedenfalls lief wie ein Schatten hinter den Männern her, nahm den Schirm mit und klemmte mir Matthias' Jacke unter den Arm, froh darüber, dass der zuvor heftige Regen nur noch aus einem feinen Nieseln bestand. Schneeberg überließ es seinem Chauffeur, die rückwärtige Fahrzeugtür zu öffnen. Matthias wurde regelrecht in den Wagen geschubst. Noch während sich unser Auftraggeber bedankte, warf der Chauffeur die Autotür schon zu und startete den Wagen. Auf mich vergaß man völlig. Wieder einmal. Zumindest so lange, bis sich Schneeberg umwandte, den Weg zurück in seine Villa antreten wollte und mich dabei beinahe über den Haufen gerannt hätte. Sein verwunderter Blick, den ich nur deswegen als solchen erfasste, weil ein an ihm klebender Leibeigener eine Laterne hochhielt, um dem Mann den Weg ins Haus zu weisen, ging in ein Kopfschütteln über.

Das Automobil war bereits auf dem Weg. Protestierend hob ich die Hand, wollte rufend auf mich aufmerksam machen, schwieg dann aber, weil es Schlimmeres gab, als wenige hundert Meter zu Fuß zu gehen. Im Haus hinter mir lag vielleicht eine Sterbende, zumindest aber eine Frau, die wahrscheinlich nie wieder richtig gesund werden würde. Wie gut hatte ich es dagegen. Ich öffnete den Regenschirm, zog Matthias' Jacke an und lief los.

Wenige Minuten später hörte ich Motorengeräusche. Das Auto des Hammerherrn war auf dem Rückweg. Es flitzte auf mich zu. Mit einem beherzten Sprung rettete ich mich in den Straßengraben und kassierte prompt den Preis dafür: zerkratzte Unterschenkel und eine Schlammdusche aus einer abgestandenen Lache, durch die das Fahrzeug geschossen war. Wütend biss ich mir auf die Zunge und unterdrückte einen Fluch, der sich meine Kehle heraufdrängte. Hätte ich mich auf dem Heimweg von einem weniger tragischen Ort befunden, hätte ich am kommenden Sonntag mehr zu beichten als nur schroffe Gedanken.

Auf den letzten Metern verschwor sich der Himmel gegen mich. Wasserfälle prasselten auf mich nieder. Nach zwei Atemzügen war ich klatschnass. Mein Kopftuch klebte an mir, auch Matthias' Jacke wies kein trockenes Fleckchen mehr auf, mein Kleid schmiegte sich um meine Beine wie eine Hose, und die Lederschuhe glichen Booten, die am Absaufen waren. Ich schlurfte die letzten Meter dahin, als wäre ich betrunken und hätte die Kontrolle über meine Beine verloren. Mein Ärger war groß. Meine Freude auch, als ich mit einem Handtuch empfangen wurde. Eine Spur aus Wassertropfen begleitete mich bis in mein Schlafzimmer, wo ich mich frierend aus der nassen Kleidung schälte und mich energisch mit dem Handtuch abrieb.

»Es tut mir leid«, hörte ich Matthias hinter der Tür sagen.

»Wenn du möchtest ...« Er zögerte, während ich noch überlegte, was ich zur Entschädigung fordern sollte. Er murmelte etwas. Schließlich entfernten sich seine Schritte.

Wenig später lief ich in den Keller, gab zuerst die Jacke in die Wäscheschleuder und drehte die Kurbel so lange, bis auch der letzte Tropfen aus Matthias' Kleidung hinauszentrifugiert war. Mein Kleid und das Kopftuch folgten. Das überschüssige Wasser lief in einen niedrigen Topf, den ich unter den Ausguss gestellt hatte.

»Was gäbe ich jetzt für einen Schluck Rotwein«, flüsterte ich dem Topf zu und stieg mit den feuchten Wäschestücken im Arm hinauf ins Dachgeschoss, um sie zum Trocknen aufzuhängen. Regengeprassel und Walzermusik begleiteten mich.

Ich bemerkte es nicht sofort. Erst als ich mein auf der Wäscheleine hängendes Kleid glatt strich, sah ich einen Schattenwurf, der nicht mein eigener war. Er beobachtete mich also beim Wäscheaufhängen. Vor einigen Tagen hatte ich die Bettwäsche gewaschen, war aber noch nicht dazu gekommen, die längst trockenen Stücke wieder abzunehmen. Nun gut, wenn es ihm gefiel, mich zu betrachten, dann konnte ich die Wäsche genauso gut jetzt mitnehmen. Ich griff nach dem großen Korb, den ich auf einem wackeligen Beistelltisch abgesetzt hatte, und begann mit den Hand- und Geschirrtüchern. Die Leintücher folgten. Vorsichtig, damit sie nicht mit dem Boden in Berührung kamen und wieder schmutzig wurden, faltete ich sie und legte sie in den Korb. Die Bettbezüge kamen zuletzt an die Reihe. Die mitgebrachte Laterne hatte ich hinter mich gestellt. Vor mir hingen die letzten großflächigen Wäschestücke. Auf diese Weise sah Matthias mich und meine Bewegungen als Schattenspiel. Was ich mir davon versprach? Es machte mir Spaß, so zu tun, als hätte ich ihn nicht bemerkt. Es war ein aufregendes Spiel aus Reiz und Reue, wobei sich meine Reue in Grenzen hielt. In diesem Augenblick lag mir daran, Matthias zur Unkeuschheit zu verführen. Doch er entzog sich mir. Er musste die hölzerne Treppe hinuntergeschlichen sein, denn kaum hatte ich den Korb hochgestemmt und mich mit der Laterne auf den Weg gemacht, hörte ich ihn nach mir rufen. Absichtlich trat ich lauter auf als üblich. Meine Pantoffeln aus Holz lärmten ordentlich auf den Stufen, und schon eilte mir Matthias entgegen und nahm mir den Korb ab.

»Komm mit. Du hast dir nicht nur eine Entschuldigung verdient, sondern auch etwas Besonderes.«

Als hätte er meinen Wunsch erraten, reichte er mir ein Gläschen seines besten Rotweins, stieß mit mir an und legte die Nadel des Plattenspielers noch einmal an den Anfang des Stückes, das ich zuvor vernommen hatte.

»Ein Walzer«, sagte er, nahm einen Schluck Wein, stellte sein Glas ab und breitete die Arme aus. »Darf ich bitten, Madame?«

Ich bin froh, dass die Fensterläden und Vorhänge im Wohnzimmer bereits geschlossen sind, denn was hätten die Leute nicht zu tuscheln, sähen sie einen Priester und seine Haushälterin im Walzerschritt durch das Zimmer wirbeln. Vor allem, da der dabei übliche Abstand zwischen den beiden Körpern nur anfangs eingehalten wurde. Wenig später kleben wir in Tuchfühlung aneinander und finden Gefallen am Takt der Musik und an unseren Bewegungen.

14

Niemand fragt. Niemand bestimmt. Ich folge ihm in sein Bett, mit einer Selbstverständlichkeit, als wäre er kein Priester, der sich lebenslanger Enthaltsamkeit verschrieben hat. Ich folge ihm, als hätte er sich keinem Gott geschenkt, sondern sich ausschließlich in meinen Dienst gestellt, mir seinen Körper und seine Seele zu meiner Befriedigung überlassen. Der klägliche

Rest einer Kerze darf dabei zusehen, wie wir unsere Körper zögernd erkunden. Irgendwann erlischt der Stummel endlich, und die Dunkelheit nimmt uns die Befangenheit. In der Finsternis wühlen wir uns in das Fleisch des anderen. Selbst der Regen hält inne. Die Nacht hört unserem Flüstern zu. Der Mond bedeckt sich schamhaft mit Wolken. Wir sind nackt und erhitzt. Meine Küsse schmecken den Rotwein in seinem Mund, das Salz auf seiner Haut. Meine Finger wandern über seine Brust, finden die Vertiefung seines Bauchnabels, sind zuerst zaghaft, forschen dann mutig weiter, bis hinunter zu den gelockten Schamhaaren. Während meine Lippen seine liebkosen, schiebt sich sein Becken meiner Hand entgegen. Ich weiß genau, was er sich von mir wünscht.

Mit heiserer Stimme flüstert er mir süße Worte ins Ohr, drängt sich fest an mich. Seine Finger ziehen Spuren über meinen Leib. Seine Hände kneten meine Brüste, gleiten tiefer und legen sich auf meine Hüften. Er versucht, mich anzuheben.

»Noch nicht«, wispere ich und beuge mich vor, um ihn erneut zu küssen. Behutsam entziehe ich mich, verweigere ihm und mir das ersehnte Ziel. Nur noch einen Augenblick will ich warten, um unsere Erregung weiter zu steigern. Ich genieße die Erkenntnis, dass ich ihm Lust bereite. Ich genieße aber noch mehr, nämlich das Wissen, dass ich Matthias in diesem Augenblick völlig unter Kontrolle habe. Mein Körper lockt ihn. Er kann sich kaum noch zurückhalten und zwingt mir dennoch nicht seinen Willen auf. Das ist eine Erfahrung, die mir neu ist. Und dann endlich gebe ich ihm nach. Mit einem wohligen Seufzer lasse ich alles zu. Das Gefühl, das mich in diesem Augenblick überkommt, ist unbeschreiblich. Es ist, als hätte sich eine Welt in mir geöffnet, die ich bisher noch nicht kannte. Heftige Lust durchströmt mich. Es ist eine Mischung aus Schmerz und Verlangen, die von meinem Unterleib in mein Gehirn schießt, sich den Weg zurück in meine Leibesmitte sucht und mich erfüllt. Ich erkenne die Macht, die in diesem Augenblick in mir wohnt. Matthias' Keuchen steigert meine

Erregung nur noch mehr. Vibrationen durchdringen mich, und das erste Mal in meinem Leben verliere ich mich in einem Höhepunkt.

Das ist es also, worüber nicht gesprochen wird: die Erfüllung der Lust, die eine Frau von einer Heiligen zur Hure macht, wenn sie den Liebesakt zu sehr genießt. Die Befriedigung eines Verlangens wird allerhöchstens Männern zugestanden. Aber es ist etwas, das ich nicht zum letzten Mal erlebt haben will.

Wenig später wird mir bewusst, dass ich laut geworden bin, denn Matthias presst seine Hand auf meinen Mund, um meine Schreie zu ersticken.

15

Keine Woche nachdem Matthias die Krankensalbung an Oscar Schneebergs Frau vornahm, befindet sich ihr Mann nun in unserem Wohnzimmer. Dass Matthias nicht in den Schneeberghammer gerufen wurde, ist ungewöhnlich. Die Vorbereitungen zum Begräbnis für Elvira Schneeberg müssen besprochen werden, die keinesfalls derart jung gestorben wäre, hätte sie nicht aus dem heißen Spanien ins feuchtkalte Österreich geheiratet. Letzteres wirft sich Oscar Schneeberg nun vor. Der Hammerherr, dessen Tränen echt wirken, macht sich schwere Vorhaltungen zum Ableben seiner Frau. Inzwischen habe ich nicht nur mitbekommen, dass sie nur sechsunddreißig Jahre alt wurde, sondern kenne auch die Anzahl ihrer Fehlgeburten, die ihren Körper ausgeblutet haben. Ich weiß von ihrer Liebe zur Musik und auch, dass sie gern als Mäzenin für junge Künstler wirkte. Noch mehr habe sie tun wollen, hätten sie ihre Kräfte nicht nach und nach verlassen, sie ständig Lungenkrankheiten geplagt, sodass sie sich die letzten Jahre ihres Lebens mehr in

Kuranstalten und am Mittelmeer aufgehalten habe als im gemeinsamen Haushalt.

Während Oscar Schneeberg eine Art Ehe- und Lebensbeichte ablegt, zupfen seine Finger an einem schönen Taschentuch. Darauf eingestickt seien die Initialen seiner Frau, wie er zwischendurch anmerkt, so als wäre das eine wichtige Information. Matthias hört ihm schweigend zu. Ich serviere Tee und fingerbreit zurechtgeschnittene Stücke einer Biskuitrolle, deshalb erfahre ich weiter, dass die Verstorbene eine leidenschaftliche Schachspielerin war.

Oscar Schneeberg erzählt, dass er Elvira als gesunde, lebhafte junge Frau kennengelernt habe, die ihren Pferden sehr zugetan und eine hervorragende Reiterin gewesen sei. Temperamentvoll, lebenslustig und freundlich allen Menschen gegenüber. Überrascht sei er gewesen, als ihm vom Arzt nach der Totenbeschau eine Schwangerschaft seiner Frau mitgeteilt wurde. Eine Schwangerschaft, die durch ihren Tod nicht über den vierten Monat hinausgekommen sei.

Nach dieser Offenbarung bricht der Hammerherr weinend zusammen. Nichts und niemand kann ihn trösten. Matthias sitzt still an seiner Seite und winkt mich schließlich fort.

Der Bedienstete, der seinen Herrn in seiner Verzweiflung zum Pfarrer gebracht hat, wartet in meiner Küche. Ich serviere dem verstört wirkenden Mann eine Tasse Tee. Außerdem bekommt er ein dickes Stück von der mit Marillenmarmelade befüllten Biskuitrolle, worauf er endlich gesprächig wird.

Flüsternd erzählt er mir, dass Oscar Schneeberg jegliche Gespräche bisher verweigert habe, das Essen ebenso. Und er habe auch die Sarglegung seiner Frau abgelehnt. Sie solle in ihrem Zimmer bleiben, so sein Wunsch. Sein langjähriger Sekretär Jakob habe ihm aber gut zugesprochen, ihm ein Schlafmittel ins Getränk getan, seinen Herrn halb betäubt ins Auto verfrachtet und befohlen, ihn zum örtlichen Priester zu bringen und dort um Hilfe zu bitten. Das Flehen an der Pfarrhoftür sei jedoch keine Bitte gewesen, sondern eher einem Befehl gleichgekommen, denn am Ende stehe vielleicht auch noch das Leben seines Herrn auf dem Spiel, meint der Untergebene, dessen traurigen Blick ich inzwischen zur Genüge kenne. Der Kerl versteht es, auf der Klaviatur des schlechten Gewissens zu spielen, während er sich Stück um Stück Biskuit gönnt. Er fügt noch an, dass, sollte sich das Unglück verdoppeln, zahlreiche Familien, die für seinen Herrn arbeiten, darunter leiden würden.

Nun beherbergen wir also einen Gast im Pfarrhof, auf den wir aufzupassen haben. Wir müssen darauf achten, dass sich Oscar Schneeberg nicht selbst in Gefahr bringt. Zumindest einige Tage lang. Bis die Beerdigung vorüber ist und sich sein Zustand stabilisiert hat, sodass seine Bediensteten wieder die volle Obsorge für ihn übernehmen können.

»In der Zwischenzeit«, verkündet sein Leibeigener leise und wirft einen Blick zur geschlossenen Tür, hinter der sein Herr bleich wie ein Gespenst auf einem Stuhl sitzt, »wird der Sekretär alles entfernen lassen, was an diese Frau erinnert.«

Mir stockt der Atem. *Diese Frau.* Ob sich dieser Sekretär da nicht zu viel anmaßt? Und wie nüchtern der Diener über die geplante Vorgehensweise des Mannes spricht.

Später – Schneebergs Bediensteter hat sich inzwischen verabschiedet – erwähne ich meine Bedenken Matthias gegenüber. Schulterzuckend erklärt der mir, dass uns das nichts angehe, ich solle bitte einfach ein Auge auf unseren Patienten haben. Er lächelt mich an. Seine Augen gleiten über meine Figur.

16

Die Fenster des Pfarrhofs sind nicht vergittert. Es besteht durchaus die Gefahr, dass sich Oscar Schneeberg in seiner Verzweiflung hinunterstürzt, nimmt man die Befürchtungen seiner Angestellten ernst. Nachdem der hinzugerufene Arzt den Witwer ruhiggestellt hat, trifft ein neuer Gast ein. Es ist der Mann, der mir schon in der Villa aufgefallen ist. Der Herr Sekretär. In seinem hochnäsigen Blick liegt Standesdünkel.

Mir stellt sich der Neuankömmling nicht vor, das ist offenbar unter seiner Würde. Aber zumindest nennt er seinen Namen dem Herrn Pfarrer, der ihm freimütig anbietet, sich an den Tisch zu setzen. Es ist Jakob, der »enge Vertraute des Hammerherrn«, wie er von sich behauptet.

Ich sorge für eine ordentliche Jause, damit der Mann den Schreck über das depressive Verhalten seines Herrn auf wohlschmeckende Weise aufarbeiten kann.

Würziger Käse, Topfen, eine Prise Pfeffer, Schnittlauch und dicke Scheiben vom frisch gebackenen Brot. Das alles, vor allem aber ein gut gefülltes Glas Rotwein, das ihm Matthias einschenkt, löst seine Zunge.

»Elvira Schneeberg *de la Rosa*«, den spanischen Namenszusatz betont Jakob spöttisch, »war ohnehin nicht die passende Frau für meinen Herrn. Dass Herr Schneeberg in seiner Trauer eine eigenartige Todessehnsucht verspürt, ist mir unverständlich.« Genussvoll beißt er vom Brot ab und breitet seine Indiskretionen weiter aus. »Mein Herr ist kein Kostverächter. Immer dann, wenn sich seine Frau auf Kur befunden hat, was häufig der Fall war, wurden Haushälterinnen ins Haus geholt. Die haben sich schon nach kurzer Zeit nicht mehr wie Angestellte benommen, sondern wie verliebte Verlobte. Mit Sicherheit ist etwas zwischen den schmachtenden Weibern und Schneeberg gelaufen. Vermutlich wird das Geschwader der Goldgräberinnen bald wieder vor der Tür stehen und sich gegenseitig erschlagen, wenn eine von der anderen erfährt.« Er kichert und schneidet Hartkäse in Würfel, bevor er mit einer Schärfe in der Stimme, die Matthias zusammenzucken lässt, ergänzt: »Und die, die zuletzt noch auf den Beinen ist, wird sich gewiss Hoffnungen darauf machen, die neue Frau Schneeberg zu werden.« Dann sieht er sich prüfend um, betrachtet mich einen Moment zu lang und kneift misstrauisch die Augen zusammen.

Rasch widme ich mich dem Nachfüllen seines Weinglases. Gern hätte ich Matthias' Meinung dazu gehört, doch ich bin hier nur die Köchin, die dem Theater so lange folgen darf, wie es den Männern gefällt. Wenig später ist es so weit. Ich werde aus der Küche verscheucht, sodass ich fortan heimlich an der Tür lauschen muss. Ich wage nicht einmal zu atmen, um ja kein Wort zu verpassen. Natürlich bin ich neugierig, das war ich immer schon. Und natürlich weiß ich, dass der Lauscher an der Tür Gefahr läuft, das zu hören, was ihn selbst betrifft. Aber das kümmert mich nicht, denn Menschen reden immer über andere. Manches Mal gut, manches Mal schlecht. Auf diese Weise komme ich jedenfalls zu Neuigkeiten, die mir nützlich erscheinen. Außerdem lerne ich an diesem Abend, dass Jakob nicht nur ein schwatzhafter Mensch ist, wenn man seine Leber eifrig mit Alkohol tränkt, sondern auch, dass man ihm anvertrauen kann, was unbedingt in Umlauf gebracht werden soll.

Am Ende vertreibt mich das Scharren von Sesselbeinen von meiner Lauschposition. Gerade zur rechten Zeit. Wenige Lidschläge später tritt Jakob mit breitem Grinsen ins Vorhaus, verabschiedet sich von Matthias und sieht mir gähnend dabei zu, wie ich den großen Teppich aufrolle.

»Helfen Sie mir beim Hinuntertragen?«, frage ich ihn höflich und zerre an der schweren Teppichrolle.

Er schüttelt nur den Kopf und erklärt, dass er sich auf der dringenden Suche nach der Toilette befinde.

Wäre er etwas hilfsbereiter gewesen, hätte ich ihn auf die Haustoilette geschickt, so aber beschreibe ich ihm den Weg zum Häusl im Hof und hoffe, dass er sich auf dem hölzernen Sitzbrett des Plumpsklos einen ordentlichen Schiefer an delikater Stelle ins Fleisch rammt.

Matthias, der meine Bitte um Hilfe gehört hat, geht mir schmunzelnd zur Hand. Gemeinsam schleppen wir den Teppich ins Freie, wo ich ihn morgen bearbeiten werde. So lange, bis seine Farben wieder strahlen.

»Setz dich eine Weile zu Schneeberg ans Bett«, bittet mich Matthias auf dem Weg zurück ins Obergeschoss. Unerwartet bleibt er stehen, lauscht in den Flur, drückt mich mit seinem sehnigen Körper gegen die kalte Mauer des Stiegenaufgangs und küsst mich. Seufzend umarme ich ihn, will nicht, dass er seinen warmen Leib von meinem löst, und muss dennoch nachgeben.

Einige Stunden sitze ich an Schneebergs Bett, beobachte jede unruhige Drehung, jedes Zucken, jedes leise Jammern des Schlafenden mit nervöser Angespanntheit und bin froh, dass seine Augen hartnäckig geschlossen bleiben und der Mann sich nicht aus seinem medizinisch herbeigeführten Schlaf befreien kann. Der Ohrensessel ist bequem, die Decke ein wenig kratzig, aber immerhin warm. Langsam gleite auch ich in den Schlaf.

17

Etwas weckt mich. Dabei ist es mucksmäuschenstill im Gästezimmer. Die beinahe meterdicke Mauer lässt die Geräusche der morgendlichen Welt nur gedämpft ins Haus. Mit geschlossenen Augen lausche ich. Es ist nicht das Ticken eines Weckers, das mich aus dem Ohrensesselschlaf geholt hat. Die Uhr habe ich gestern aus dem Raum entfernt, damit Oscar Schneeberg ungestört ruhen kann. Und auch der neue Hahn, der zu meinen hübschen Hennen dazugekommen ist, hat mit seinem Krähen meinen Schlaf nicht verkürzt. Vielleicht lag es am leisen Knacken der Holzdecke oder am Knarren des Lattenrostes, weil sich unser Gast umgedreht hat.

Ich gähne verhalten und blinzle. Die Luft im Zimmer ist

stickig. Verschlafen dehne ich mich. Durch die ungewohnte Haltung sind meine Muskeln beleidigt. Am ganzen Körper steif, schlage ich die Wolldecke zurück, stemme mich vom Sessel hoch und trete ans Fenster, um es einen Spalt zu öffnen. Die frische Morgenluft wirkt auf mich wie ein feuchtes Handtuch. Gierig atme ich sie ein, reibe meine Augen und schleiche dann zum Bett, um zu prüfen, ob der Mann noch schläft. Geöffnete Augen begrüßen mich.

»Herr im Himmel!«, entkommt es mir. Rasch lächle ich. Aus Verlegenheit. Ich habe keine Ahnung, was man einem feinen Herrn, der gerade zum Witwer geworden ist, sagen soll. Die übliche Floskel »Mein Beileid« empfinde ich in jenem Augenblick als unpassend. Einfallslos wiederhole ich einmal mehr: »Herr im Himmel!«

»Nicht ganz«, antwortet Oscar Schneeberg und sieht sich verwirrt um. Er versucht, sich aufzusetzen, was ihm misslingt. Ich trete näher, schiebe meinen Arm unter seinen Oberkörper und helfe ihm.

»Sie haben mich erschreckt«, sage ich und stopfe das Kissen in seinem Rücken zurecht.

»Warum das denn? Sie haben doch nicht etwa gehofft, dass ich die nächsten Jahre schlafen würde wie Dornröschen.«

Ich lächle. »Wie eine holde Königstochter, die sich an einer Spindel gestochen hat und in einen tiefen Schlaf gefallen ist, sehen Sie bestimmt nicht aus.«

Oscar Schneeberg kneift die Augen zusammen und fährt sich übers Kinn. Seine Handfläche verursacht ein schabendes Geräusch.

»Soll ich Sie rasieren?«, biete ich an.

»Sie würden mich im Bett rasieren?« Nun schmunzelt er.

Ich zucke mit den Schultern. »Warum nicht? Gehört zum Service des Hauses.«

»Wo bin ich überhaupt?« Sein fragender Blick ruht auf mir. Dann betrachtet er sein verknittertes Hemd, in dem wir ihn zu Bett gebracht haben, hebt die dicke Tuchent an und stellt fest, dass er keine Hose trägt. Matthias hat ihn mit Jakobs Hilfe teilentkleidet.

»Ihr Sekretär Jakob hat Sie zu uns bringen lassen.« Verlegen erzähle ich ihm das, was er ohnehin weiß. Ich ziehe den Ohrensessel näher ans Bett heran, greife nach der zu Boden gefallenen Decke und lege sie mir um die Schultern. Die kühle Luft lässt mich frösteln. »Er war besorgt um Sie und fand, dass Sie vorerst bei uns besser aufgehoben sind.«

Zweifelnd sieht er mich an.

»Sie sind im Pfarrhof. Ich koche und putze hier. Möchten Sie eine Kleinigkeit essen?« Einige Sekunden warte ich auf eine Antwort, die nicht kommt, bevor ich ihn munter auffordere: »Kommen Sie doch einfach mit!«

Am Fußteil des Bettes befindet sich eine Truhe. Auf der liegen seine Hose und die Jacke. Ich reiche ihm die Kleidungsstücke und überlege, ob ich Schneeberg allein lassen kann.

»Sorgt sich Jakob um meine geistige Gesundheit? Meint er, ich würde in meiner Trauer Hand an mich legen?«

Oscar Schneeberg hat erfasst, weswegen ich den Raum nicht verlassen will. Knallrot wende ich mich ab, räuspere mich und nicke.

»Gut, dann bleiben Sie halt hier, während ich mich anziehe.«

Halb abgewandt, jede seiner Bewegungen im Augenwinkel registrierend, bleibe ich stehen und verhalte mich, als würde ich die Zimmerecke betrachten. »Was möchten Sie frühstücken?«

»Palatschinken«, sagt er leise, »mit Orangenmarmelade. Das erinnert mich an den Geruch Spaniens. An dem Tag, an dem ich Elvira kennenlernte, duftete ganz Spanien nach Orangen.« Er lächelt. »Zumindest aber die Bodega, zu der wir fuhren, um Orangenwein zu verkosten. Elvira zeigte mir das Weingut und führte mich herum.«

Aufmerksam betrachte ich den Mann. Gerade noch hing er versonnen seinen Gedanken nach, und jetzt sieht er mich mit kühlem Gesichtsausdruck an. Seine Augen wirken kalt. Offenbar ist es ihm peinlich, seine Erinnerungen mit mir geteilt zu haben.

»Orangenmarmelade haben wir in diesem Haushalt nicht. Hier gibt es exotische Zutaten nur bei den Gewürzen. Sternanis hat der Herr Pfarrer von einem Pilger bekommen, zum Räuchern, man kann es aber auch zum Fleisch geben, heißt es. Und Kardamom und Muskat hat jemand aus England mitgebracht. Die Engländer wiederum haben die Gewürze aus Indien. In diesem Haus befindet sich viel Weitgereistes, vor allem, wenn es um Aromen geht.«

Wenige Minuten später sind wir in der Küche. Ich rühre den Palatschinkenteig an, und schon bald sind die ersten dünnen Fladen gebacken. Marillenmarmelade ist mein Orangenersatz. Eifrig rolle ich die erste Ladung und komme kaum mit der Produktion hinterher. Oscar Schneeberg hat enormen Appetit. Auch der Pegel im Kaffeehäferl ist dramatisch gesunken. Ich lege ihm weitere Palatschinken auf seinen Teller.

»Ich weiß nicht einmal, wie eine Orange schmeckt, geschweige denn, wie deren Blüten riechen. Am ehesten kommen mir im Vergleich dazu Marillen in den Sinn, was aber wohl nur an der Farbe liegt«, plaudere ich.

Oscar Schneeberg kaut.

Der Duft der gemahlenen Kaffeebohnen ist himmlisch. Sicher hat sich der feine Geruch auch schon in Matthias' Schlafgemach geschlichen, denn aus seinem Zimmer dringen Geräusche. Auch für ihn bereite ich Palatschinken zu. Ich höre Schritte im Flur, dann das Wasser im Badezimmer, und kurze Zeit später sitzt Matthias bei uns und blickt zufrieden auf seinen Teller.

Unmittelbar darauf stehen eine Schnapsflasche und Gläser auf dem Tisch. Zwetschkenschnaps. Matthias hat sich aus dem Küchenschrank bedient. Offenbar findet er, dass es das richtige Getränk zur richtigen Zeit ist, um Schneebergs Gemüt zu betäuben, denn die Totenwache und der Gottesdienst müssen besprochen werden. Bibelzitate, Gebete, Lieder, Erlösungsbitten.

Am Ende herrscht bereits am frühen Vormittag ausgelassene Stimmung in der Pfarrhofküche. Hätten nicht die ausgewählten Lieder und Texte auf eine Beerdigung hingewiesen, hätte man meinen können, es stünde eine Taufe bevor.

Das Gesicht des Hammerherrn glänzt. Schief grinsend beschließt er, dass die Fürbitten von Elviras Freundinnen gelesen werden sollten. Die hätten sich zu Lebzeiten um seine Frau gekümmert, sollten also ruhig auch das letzte Wort haben, wenn es um die abschließenden Wünsche für seine verstorbene Elvira ging.

Bereits bevor die Flasche halb leer ist, begebe ich mich in den Hof und beginne mit der Reinigung des großen Teppichs. Alles ist besser, als bei den beiden Betrunkenen zu sitzen und mich über deren Verhalten zu wundern. In ein paar Tagen wird der ganze Spuk vorüber sein, die Tote unter der Erde, der Witwer wieder bei Sinnen, und unser Haushalt wird wieder in seinen üblichen Rhythmus finden.

18

Revierkontrollen führen ihn ins Veichltal. Aber auch die Neugier. Der Nutzgarten vor dem Haus ist neu angelegt worden. Rote und grüne Salatköpfe stehen in Reih und Glied. Eine Frau setzt gerade Pflanzen in ein frisches Beet. Lange Brombeerranken hängen über einen hohen Zaun. Gurken warten darauf, geerntet zu werden. Erdäpfel werden bald folgen. Giftiger Fingerhut steht neben Fenchel, Borretsch und Fetthenne. Kamille und Thymian wachsen zwischen Königskerzen, Sonnenblumen und Stockrosen. Erbsen sieht er, Knoblauch, Pfefferminze, Schnittlauch und Petersilie, Lauch und Tomaten. Rote, gelbe und grüne Stängel stützen die frischen Mangoldblätter. Der Garten sieht auf jeden Fall besser aus als im vergangenen Jahr.

Auch die Frau, die das Beet bearbeitet, sieht besser aus als das abgekämpfte Wesen, das zuvor hier wohnte. Ganz klar ist es nicht dieselbe Frau.

»Guten Tag!«

Sie fährt herum. Er hebt entschuldigend die Arme, denn es war nicht seine Absicht, die Frau zu erschrecken.

»Himmel, warum schleichen Sie sich an?«, faucht sie, streicht sich eine Haarsträhne aus dem Gesicht und betrachtet prüfend seine grüne Kleidung. »Typisch Jäger.«

»Einen schönen Garten haben Sie.«

»Der ist neu. Der Garten ist mein Werk.« Sie sieht zum Haus hin. »Mein Mann hat das Grundstück kürzlich geerbt.« Sie verzieht das hübsche Gesicht. »Es braucht eindeutig jemanden, der handwerklich geschickt ist. Hier wurde zu lange nichts getan. Der Onkel meines Mannes hat alles verludern lassen. Jede Menge Kram gesammelt, sich um nichts gekümmert.«

»Was ist mit ihm passiert?«

»Gustav Schweiger hat sich versoffen. Im letzten Winter ist er von einer Zechtour nach Hause gekommen, hat es aber nicht mehr ins Haus geschafft und ist vor der Haustür erfroren.« Den fragenden Blick des Jägers kommentiert die Frau mit einem knappen Schulterzucken. Kühl fügt sie an: »Hat ihn ja keiner gezwungen, sich zu Tode zu saufen.«

»Ich erinnere mich an den Vorfall. Alt war der aber noch nicht, oder?«

»Na ja«, sie runzelt die Stirn, »er war schon über fünfzig. Seine Frau ist um einiges jünger als er. Mindestens zwanzig Jahre. Die kann froh sein, dass sie ihn los ist. In ihrem Alter kann sie noch einen ordentlichen Mann finden. Fleißig ist sie ja, sagt mein Mann. Ist aber halt an einen Säufer verschachert worden.«

Der Jäger wundert sich, denn das freundliche Gesicht der Frau und ihre abfälligen Worte über den Toten passen nicht zueinander. Sie lächelt sogar, während sie geringschätzig von ihm spricht.

»Egal, auf diese Weise haben wir deutlich vor der Zeit geerbt. Und das, was wir geerbt haben, ist recht ordentlich. Zum Haus gehören ein Wald und ein Sägewerk. Das bringt Geld. Unvorstellbar, aber der Onkel war selten flüssig. Uns dagegen geht es gut.«

»Was unmäßiger Alkoholkonsum aus den Menschen machen kann. Entschuldigung, ich habe vergessen, mich vorzustellen. Korbinian Antritter. Ich bin seit Ende letzten Jahres Jäger bei Oscar Schneeberg und habe mich noch nicht mit dem gesamten Jagdgebiet vertraut gemacht. Ihr Wald«, er zeigt in die entsprechende Richtung, »wird auch von mir bejagt.« Er sieht die Frau lauernd an. »Und meine freundliche Feststellung ist durchaus als Mahnung zu verstehen. Wilderei werde ich auf keinen Fall dulden.«

Er sieht, dass die Frau verstanden hat. Sie nickt. Abends wird sie ihrem Mann ganz sicher Bericht erstatten.

»Ich heiße Eva. Möchten Sie etwas trinken?« Sie hat sich inzwischen vom Erdboden hochgestemmt, den langen Rock und den Arbeitskittel ausgeschüttelt und ihre Hände im Wasser des Brunnens gewaschen. Sie zeigt auf die Bank, die an der Hausmauer steht. Daneben befindet sich ein noch recht zartes Marillenbäumchen. Es wird auf jeden Fall von der Wärme der Mauer profitieren und bald kräftig zulegen.

Eva bringt Wasser und ein mostdurchtränktes Kuchenstück in einer Holzschale. Dazu einen Löffel, den der Jäger schmunzelnd entgegennimmt. Beim Essen tropft die Flüssigkeit zurück in die Schale. Das Kuchenstück ist längst verschlungen, aber er fischt mit dem Löffel immer noch kleinere Brösel aus der Schale.

»Köstlich. Danke! Sie haben mich gerade zu einem glücklichen Mann gemacht.«

»Sie sind nicht verheiratet, Korbinian?«

Er schüttelt den Kopf.

»Vielleicht sollten Sie sich um Magdalena bemühen.«

Verblüfft betrachtet der Jäger die Kupplerin an seiner Seite.

Völlig ungerührt, als hätte sie nichts Ungewöhnliches gesagt, isst sie von ihrem Kuchen.

»Magdalena?«

»Die Frau des Onkels.« Eva weist hinter sich zur Haustür, dann auf das Wegstück davor. »Da lag er. Er hat noch versucht, ins Haus zu gelangen. Der Schlüssel befand sich in einem Holzschuh neben der Tür. Muss ihm in der Finsternis aus der Hand und dort hineingefallen sein.«

»Und seine Frau hat von der Tragödie nichts mitbekommen?«

»Eher nicht. Sonst hätte sie ihn wohl ins Haus gelassen, oder?« Evas zweifelnder Blick gibt Korbinian zu verstehen, dass auch sie darüber nachgedacht hat.

»Das Schlafzimmer liegt oben, im hinteren Bereich. Bestimmt waren alle Zwischentüren geschlossen. Im Winter versucht man ja, die Wärme so gut es geht im Haus und in den einzelnen Räumen zu halten. Um sich Gehör zu verschaffen, hätte Gustav wie am Spieß brüllen müssen, damit seine Schreie die Wände und Türen durchdrungen hätten: die Eingangstür, die zweite Tür beim Windfang, die Tür zum Stiegenaufgang und als Letztes die Tür zum Schlafraum. Und für den schwierigen Weg ums Haus herum, um direkt unterm Schlafzimmerfenster auf sich aufmerksam zu machen, war er wohl nicht mehr sicher genug unterwegs.« Nachdenklich betrachtet Eva die Haustür, die heute einladend offen steht. »Es würde mich nicht wundern, wenn Magdalena die Rufe ihres Mannes nicht vernommen hat.«

Auf Korbinian wirken Evas Erklärungsversuche, als wollte sie die Witwe von ihrer Schuld freisprechen.

»Wo ist die Frau jetzt?«

»Magdalena ist beim Pfarrer untergekommen.«

Über Korbinians Gesicht huscht ein Lächeln.

»Nicht, was Sie jetzt denken. Sie führt Pfarrer Wagstätter den Haushalt, nachdem die Harant weggezogen ist.«

»Harant?«

»Das war die alte Haushälterin. Sie ist mit ihrer Tochter und dem Schwiegersohn weggegangen. Magdalena ist eine ordentliche Hausfrau. Da hat sich dieses Arrangement angeboten.«

Eva betrachtet den Jäger und kneift ihre Augen zusammen. »Wenn Sie wirklich für Oscar Schneeberg arbeiten, sollten Sie außerdem wissen, dass dessen Frau gestorben ist. Der Hammerherr hatte eine Art Nervenzusammenbruch und hat im Pfarrhof übernachtet. Sein Hausdiener hat ihn hingebracht.«

»Eva, Sie wissen anscheinend wirklich alles.«

Die Frau zuckt mit den Schultern. »Bei uns gibt's ein Wirtshaus. Das ist der Mittelpunkt der Berichterstattung. Und mein Mann«, sie grinst breit, »bringt die wichtigsten Nachrichten dann zu mir nach Hause.«

Korbinian lehnt sich an die warme Hauswand. Eva nimmt ihm die leere Schale aus der Hand und trägt das Geschirr zum Brunnen, wo sie es ausspült. Er schließt die Augen und versucht, sich an eine besondere Winternacht zu erinnern. Er konnte nicht schlafen, hat sich im Bett herumgewälzt, sich schließlich warm angezogen und ist aus dem Haus gegangen, um die aufgestellten Wildfallen zu prüfen. Kein Tier war in seine Falle getappt. Auf dem Rückweg ist er an diesem Haus vorbeigekommen. Als er es ein Stück weit hinter sich gelassen hatte, hat er eine grantige Männerstimme laut rufen gehört. Er ist stehen geblieben und hat gelauscht. Die Schreie sind nach wenigen Minuten abgeklungen, weswegen er seine Neugier gebändigt hat und zurück nach Hause gegangen ist. Erst Tage später hat er von Gustav Schweigers Tod erfahren und vermutet, dass er die letzten Schreie des Mannes vernommen hat. Er ist also zum Zeugen geworden. Zumindest zu einem Zeugen in Hörweite, wenn er auch sonst nichts zum Vorfall hätte sagen können. Genau aus diesem Grund hat er geschwiegen. Es ist nicht nötig, sich in den Mittelpunkt zu stellen, nur weil man etwas gehört hat. Schon gar nicht in den Mittelpunkt polizeilichen Interesses. Wer kann schon ahnen, was einem die Gendarmerie unterstellt? Und ganz frei von Schuld ist Korbinian nicht. Auch er hat Dreck am Stecken. Zahlreiche Diebstähle gehen auf sein Konto. Einige Male ist er dabei erwischt worden, hat dafür im Gefängnis gesessen. Dann gibt es eine Ehefrau, die sich von ihm getrennt hat, weil er nicht gerade sanft zu ihr gewesen ist. Sogar für einen Einbruch ist er verantwortlich. Allerdings konnte ihm diese Tat nie nachgewiesen werden. Er erinnert sich außerdem grinsend an den Opferstock der Kirche im Nachbarort, den er erst kürzlich mit einem Brecheisen bearbeitet und geleert hat.

Eva hat inzwischen das Geschirr abgewaschen und ist wieder in ihrem Garten verschwunden. Er versteht, dass damit sein Besuch zu Ende ist. Korbinian verabschiedet sich. Er beschließt, das örtliche Wirtshaus aufzusuchen. Das Gasthaus zur Sonne. Im Vorübergehen wird er einen interessierten Blick in den Pfarrhof werfen. Bisher ist ihm Magdalena Schweiger noch nie begegnet. Auf diese Frau ist er brennend neugierig. Die Theorie, dass Gustav Schweigers Schreie die Türen des gemeinsamen Hauses nicht durchdrungen haben, verwundert ihn. Ihm sind die Wutschreie noch deutlich in Erinnerung, und die waren mehr als laut.

19

Der Nachmittag verspricht Sonne und Wind. Heute ist der perfekte Tag, um Wäsche zu trocknen. Ich liebe es, wenn im Bettzeug noch der Geruch von frischer Luft hängt. Den Duft der Kernseife hat die Waschmaschine beinahe zur Gänze aus den Stoffbahnen gespült. Danach sorgte die Schleuder dafür, dass die meiste Flüssigkeit aus dem Gewebe hinausbefördert wurde. Dennoch ist es anstrengend, alle Überzüge auf der Wäscheleine aufzuhängen, die sich bald derart durchbiegt, dass ich eine lange Stange brauche, um die Leine in die Höhe zu stemmen, damit die Laken nicht den Boden streifen.

Zufrieden sehe ich mich um. Der Garten soll heute am späten Nachmittag, wenn die sommerliche Hitze nachlässt, eine Rundumpflege bekommen. Ich will Verblühtes abschneiden, die Sense über die Wiese gleiten lassen und Unkraut zurechtstutzen. Abends ist dann sicher auch die Wäsche trocken, und Polster und Tuchenten können frisch bezogen werden. Das Gästezimmer habe ich bereits vormittags wieder in seinen Ursprungszustand versetzt, denn Oscar Schneeberg bedankte sich für drei Tage Gastfreundschaft, hinterließ der Kirchengemeinde eine großzügige Spende und ging – das fand ich bemerkenswert – zu Fuß nach Hause. Er bestand eindringlich darauf. Ein Stück weit habe ich ihn beobachtet. Ich war sogar versucht, ihm in passendem Abstand zu folgen, doch der Mann legte einen zielgerichteten Marsch hin. Nur im Dauerlauf wäre ich ihm nachgekommen, und darauf hatte ich keine Lust.

Ich werfe einen zufriedenen Blick über die Schulter, betrachte den Pfarrhof, den daran angebauten Zwiebelturm, das wehrhaft wirkende Pfarrheim und den schönen Hofgarten. Die Kirche des heiligen Jakob liegt nur fünf Minuten entfernt. Rund um die Kirche befinden sich alte schmiedeeiserne Grabkreuze, hergestellt von Meistern ihrer Zunft. Manche davon, heißt es, stammen aus dem 17. und 18. Jahrhundert. Alle sind sie reich verziert und schön anzusehen. Auf etlichen tummeln sich bunt bemalte Engel, die sich offenbar fröhlich auf ihren Flug gen Himmel vorbereiten. Manche halten Musikinstrumente, vor allem Posaunen, in der Hand. Vermutlich soll die Auferstehung als eine beschwingte Angelegenheit gesehen werden. Auch verschiedenfarbige Blüten, hässliche Fratzen, eigenartige Fisch- und selig dreinblickende Engelsköpfe sind Teil der Ornamente. Auf einem Kreuz stehen sich Maria von Magdala und der heilige Petrus etwas skeptisch gegenüber. Goldglänzende Heiligenscheine rahmen ihre Köpfe ein. Und auch der Heiland ist niemals weit. Er strahlt als Sieger über den Tod und findet sich auf diese Weise in mehrfacher Ausführung an der Spitze einiger Kreuze. Von einer Wolke aus betrachtet er seine Umgebung mit mildem Blick und zum Segen erhobenem Arm.

Der alte Friedhof ist schon etwas Besonderes, und so vergesse ich regelmäßig die Zeit, wenn ich von Kreuz zu Kreuz gehe und die großartigen Kunstwerke bestaune.

Zufrieden stelle ich auch heute fest, dass hier alles eine angenehme Ordnung ergibt. Selten habe ich bisher dieses Gefühl der Sicherheit verspürt. Würde die Zeit stehen bleiben, wäre alles gut. Dieser eigenwillige Gedanke hebt meine Mundwinkel. Lächelnd befehle ich mich in die Realität zurück, denn noch ist die Tagesarbeit nicht getan.

Flott mache ich mich auf zum neuen Friedhof. Dort will ich nach der Ruhestätte meines Mannes sehen. Das Familiengrab ist für die Bestattung geöffnet worden. Die dort befindlichen Pflanzen, viele waren es nicht, hat die vorherige Haushälterin in den Garten des Pfarrhofs gerettet. Die Frau hat es nie leiden können, wenn gesunde Pflanzen Opfer der Totengräber wurden, die keine Rücksicht auf Blühendes nahmen. Vor allem Schneerosen und Immergrün haben auf diese Weise einen neuen Standort gefunden. Ein wunderschöner Buchsbaum hingegen ist der Beerdigung zum Opfer gefallen, allerdings existieren rundum genügend Gewächse, um Stecklinge zu nehmen. Ich weiß außerdem, dass es aktuell ohnehin übereilt wäre, für eine Endbepflanzung zu sorgen, daher habe ich nur Bodendecker gesetzt: Thymian und Efeu. Die sollen sich vorerst darum kümmern, dass das Grab ordentlich aussieht. Jetzt gilt es nur, die Pflanzen regelmäßig zu wässern und das Unkraut zu entfernen. Und irgendwann, wenn sich das Grab gesetzt hat, wird es schön hergerichtet werden.

Wasser plätschert in eine der Gießkannen, die am Brunnen nahe dem Friedhofseingang bereitstehen. Ich lausche dem beruhigenden Geräusch. Schließlich drehe ich den quietschenden Wasserhahn zu. Auf dem Weg zurück zu Gustavs Grab bemerke ich, dass ich beobachtet werde. Ein Fremder steht unter einem Baum. Ein Stück weit von mir entfernt. Er sieht mir bei der Wasserschlepperei zu. Mir missfällt das Benehmen des Mannes, daher halte ich inne und starre zurück, worauf der Unbekannte verlegen zu Boden blickt. Der Kerl steht an einem Grab, das von Unkraut überwuchert wird. Längst hat sich die ehemalige Grabbepflanzung ergeben und ist einer Wiese auf zwei Quadratmetern gewichen.

Ich stelle die Zinkgießkanne dort ab, wo sich in etwa zwei Metern Tiefe Gustavs Füße im Holzsarg befinden, stemme die Hände in die Hüften und warte auf eine Reaktion des Beobachters, der sich inzwischen abgewendet hat und tatsächlich so tut, als zündete er eine Kerze an. Danach scheint es, als jätete er Unkraut oder suchte nach dem Namensschild des Toten. Ein Namensschild, das weiß ich genau, das es längst nicht mehr gibt. Kies knirscht unter meinen Füßen, als ich auf den Fremden zuschreite.

»Suchen Sie jemanden?«

Der Mann zuckt zusammen und wendet sich mir zu.

»Ich suche das Grab von …«, er hält einen Augenblick inne und sieht mich direkt an, »Gustav Schweiger.«

Scharf atme ich ein. Plötzlich habe ich das ungute Gefühl, belogen zu werden. Unmut steigt in mir hoch. Ich kneife die Augen zusammen und schüttle dann den Kopf. Rasch bemühe ich mich um einen entspannten Gesichtsausdruck.

»Dann suchen Sie an der falschen Stelle. In diesem Grab wurde schon seit Ewigkeiten niemand mehr beerdigt. Mein Mann«, ich warte einen Augenblick ab und beobachte, wie sich die Gesichtszüge des Mannes verändern, »liegt dort drüben.« Ich zeige in die entsprechende Richtung, zur Gießkanne hin.

Inzwischen hat sich der Fremde aus der Hocke hochgestemmt, steht mir direkt gegenüber, überragt mich um einiges und blickt mich von oben herab abschätzend an. Er blinzelt, kratzt sich am Kinn. Eine Verlegenheitsgeste. Ich bin mir sicher, dass er mich angelogen hat. Zur Strafe werde ich ihn ein wenig quälen.

»Woher kannten Sie meinen Mann?«

Ich wende mich in Richtung des Grabes und gehe einige Schritte darauf zu. Nun bleibt ihm nichts anderes übrig, als mir zu folgen. Prompt höre ich die Schritte des Fremden hinter mir. Meine Rechnung ist aufgegangen. Ich trete ans Grab, hebe die Gießkanne hoch und wässere Efeu und Thymian. Heute werde ich noch einige Male um Wasser gehen müssen. Die Erde ist staubtrocken.

»Woher kannten Sie meinen Mann?«, wiederhole ich meine Frage.

»Ich bin Jäger bei Oscar Schneeberg. Korbinian Antritter heiße ich. Ich kenne Gustav, weil er sich letztes Jahr bei Holzschlägerungsarbeiten im Wald verirrt hat.«

»Mein Mann verirrte sich häufig ins Wirtshaus, aber niemals in seinem Wald.«

»Er hat sich auch nur insofern im Wald aufgehalten, als dass er die alten Buchen auf der falschen Besitzerseite geschlagen hat, im Schneeberg-Wald nämlich.«

Mein verblüfftes »Oh« wird vom Wind weggetragen. Mein verstorbener Mann, der seinen Holzberg in- und auswendig kannte, ist also einen Schritt zu weit gegangen und hat sich Bäume angeeignet, die nicht zu seinem Wald gehörten? Das bezweifle ich nicht, denn so war Gustav.

»Wir haben das damals bereinigen können. Aber ab diesem Zeitpunkt habe ich immer ein Auge auf Ihren Mann gehabt. Und dann habe ich erfahren, dass er nicht mehr lebt.«

»Erfroren ist er. Ein letzter intensiver Wirtshausbesuch und der damit verbundene Alkoholkonsum haben Gustav das Leben gekostet.« Ich bemerke, dass meine Stimme bitter klingt. Regelrecht sarkastisch. Das ärgert mich. Ich räuspere mich und erzähle weiter. »Vorm Hauseingang habe ich Gustav gefunden. Aber das Schlimmste ist, dass ich nichts von seinem Sterben mitbekommen habe, obwohl ich mir denken kann, dass er in jener Nacht nach mir gerufen hat. Vielleicht hat er sogar an der Haustür geklopft.« Ich senke den Kopf und gieße weiter Wasser aus einer Gießkanne, aus der nur noch einzelne Tropfen kommen. »Danach bin ich aus dem Haus ausgezogen. Ich habe es nicht mehr ausgehalten. Außerdem ging das Erbe an Gustavs Neffen. Der leitet jetzt das Sägewerk. Sollten also Bäume im Wald von Oscar Schneeberg fehlen, dann …« Ich lasse den Satz unvollendet.

»Wo wohnen Sie?«

»Ich bin beim Pfarrer angestellt. Ich führe seinen Haushalt.«

»Magdalena!« Ein Ruf kommt vom Friedhofseingang her.

»Der Herr Pfarrer. Sie entschuldigen mich.«

Etwas nagt an mir. Wenn der Jäger ein Auge auf Gustav hatte, dann hat er womöglich in dessen Todesnacht etwas gesehen, was er nicht hätte sehen sollen. Sind seine Andeutungen als Warnung zu verstehen? In meinem Magen rumort es unangenehm. Ich fühle mich furchtbar.

20

Matthias ist mir hundert Meter voraus. Als ich ihn endlich am Kirchenportal eingeholt habe, nimmt er mich zur Seite, sieht sich nach Beobachtern um, bugsiert mich durch den Torbogen und fragt: »Wer war der Kerl? Ich habe das Gesicht des Mannes nicht gesehen. Der Hut verbarg es geschickt.«

Hätte ich geglaubt, dass mich ein eifersüchtiger Pfarrer am Oberarm in die Kirche zieht, hätte mein Herz einen erfreuten Sprung getan, auch wenn es ein verbotener Sprung gewesen wäre. Matthias' Gesicht zeigt jedoch ausschließlich neugieriges Interesse. Darin ist kein Funken von Argwohn erkennbar.

»Korbinian Antritter. So hat er sich mir vorgestellt, er hat gesagt, dass er Jäger bei Oscar Schneeberg ist. Er kannte meinen Mann. Allerdings wohl eher flüchtig und vor allem von einem Vorfall, der damit zu tun hatte, dass mein Mann Holz im falschen Wald schlägerte.«

Für einen flüchtigen Augenblick wirkt Matthias bestürzt. Dann kneift er die Augen zusammen und betrachtet mich nachdenklich. »Mein Gefühl sagt mir, dass er ein Aufrührer ist. Magdalena, sei vorsichtig! Gib dich nicht mit ihm ab.«

Mein Gefühl hingegen sagt mir, dass Matthias mehr weiß, als er zugibt, darüber aber nicht reden will. Er öffnet die große Tür wieder, wirft einen vorsichtigen Blick hinaus und nickt dann zufrieden.

»Unser alter Friedhof ist schön. Es ist gut, dass die großartigen Grabkreuze erhalten geblieben sind, als der alte Gottesacker aufgelassen wurde. Sie sind wertvolle Handwerkskunst.« Er schließt die Tür und steuert auf den Altarbereich zu. »Und auch am neuen Friedhof passt alles. Wobei«, er schmunzelt, »die heutige Begräbnisstätte auch schon mehr als hundert Jahre alt, also nicht mehr wirklich neu ist. Die Leute kümmern sich jedenfalls gut um die Gräber ihrer Angehörigen. Die wenigen Grabstellen, die verwahrlost sind, werden wir bald auflassen. Dann haben wir wieder Platz für Nachbelegungen.« Er sieht mich an, bemerkt offenbar an meiner Mimik, dass seine Äußerung wenig sensibel war, denn schließlich bin ich erst seit Kurzem Witwe. Er zuckt zusammen und entschuldigt sich, indem er sanft meine Wange streichelt.

Die Krokodilstränen, die ich in diesem Augenblick vergieße, sind unserer Erregung dienlich. Sie bringen mir eine aufregend enge Umarmung ein. Meine Tränen führen auch dazu, dass mich Matthias in die Sakristei schiebt und die Tür zum Kircheninneren absperrt, während ich die Hand ausstrecke, um den Seiteneingang zur Sakristei zu verriegeln. Seine Leidenschaft wirkt auf mich, als würde sie durch den verbotenen Ort nur noch mehr angestachelt werden. Er zupft an meinem Kopftuch, das ich nur lose umgebunden habe. Es flattert zu Boden. Seine Finger beschäftigen sich frech mit den kleinen Knöpfen meiner Baumwollbluse. Ich beobachte ihn, während er einen Knopf um den anderen öffnet und den Stoff zur Seite schiebt. Ausgiebig betrachtet er meine Brüste, nur um dann seine Finger gierig über meine weiche Haut gleiten zu lassen. Er sieht mich an. Lust liegt in seinem Blick. Ein Hunger, der mich mitreißt. Ich schließe die Augen.

Matthias presst mich an sich, streift mir die Bluse zuerst von der einen Schulter, bevor er energisch am Stoff zerrt und das Kleidungsstück endlich zu Boden fällt. Seine Lippen drücken Küsse auf meinen Hals. Seine Zunge zieht eine Spur von der Mulde meines Schlüsselbeins bis zu der kleinen Vertiefung an der Vorderseite meines Halses. Er küsst sich höher, während seine Hände sich über meinen Rücken stehlen, hinunter zu meinem Hintern, der offenbar von zu viel Stoff bedeckt ist. Er seufzt und zerrt am Rock. Ungeduldig hebt er mich schließlich hoch und setzt mich auf den Tisch, auf dem sich etliche sehr heilige Utensilien befinden. Ein Buch landet mit lautem Knall auf dem Boden. Matthias lässt sich davon nicht stören. Ungeduldig zerrt er an den Bahnen meines langen Rockes, dessen Stoff sich bald um meine Taille bauscht. Energisch schiebt er sich zwischen meine Beine und drückt mich zurück auf die Tischplatte, sodass ich nun halb nackt vor ihm liege. Ich schlinge meine Beine um seinen Körper, presse meinen Unterleib an seinen. Heftig atmend löst er den Gürtel seiner Hose. Es geht uns nicht schnell genug. Unser Keuchen durchdringt die Stille.

Und dann sind da plötzlich andere Stimmen. Sie kommen aus dem Kircheninneren. Die Absätze von Schuhen klackern über den steinernen Boden, nähern sich energisch dem Altarraum. Matthias flucht, zerrt an seiner Hose und mich vom Tisch.

Wer schon einmal einen Pfarrer hat fluchen hören, weiß, dass auch Priester menschliche Wesen sind, mit Lüsten, Begierden und Sünden. Manches Begehren ist nur insofern fleischlicher Natur, als dass es gern in Scheiben auf dem Teller gesehen wird. Eine andere Verführung fleischlicher Art lag gerade noch auf dem Tisch in der Sakristei und wurde von gierigen Fingern erforscht.

Matthias wirft mir meine Bluse zu, an deren Knöpfen ich hektisch herumfummle. In Panik verknöpfe ich mich, befinde aber, dass ich das später richten kann. Rasch entriegle ich die Seitentür ins Freie, während Matthias den Schlüssel im Schloss der Tür zum Altarraum dreht. Er sieht mich an, nickt, setzt sich an den Tisch und hebt das Buch vom Boden auf. Sein Blick fällt auf mein dort liegendes Kopftuch. Rasch schiebt er es mit dem Fuß unter den Tisch. Einen Wimpernschlag später bin ich aus der Tür. Keinen Augenblick zu früh, denn eine Frauenstimme ruft bereits schrill: »Herr Pfarrer?«

Verstohlen und mit zitternden Fingern knöpfe ich an meiner Bluse herum und streiche sie glatt. Ich sehe mich gehetzt um und hoffe, dass mich niemand dabei beobachtet. Mein Unterleib vibriert. Mein Herz klopft. Vor mir befindet sich eines der schönen Kreuze, dessen bunte Figuren mich normalerweise faszinieren. Geistesabwesend starre ich es nun an. Mein Leib muss die Aufregung der gerade erlebten Lust erst noch verdauen. Mein Geist ist noch nicht in der Lage, sich auf Wesentliches zu konzentrieren. Ich weiß nur eines: Ich will mehr.

21

Der Jäger hat genug gesehen. Eine Frau nämlich, deren gesamtes Äußeres ihr sündiges Verlangen unterstreicht. Noch dazu, wenn sie aus der örtlichen Sakristei stürmt, als wäre der Teufel hinter ihrer armen Seele her, und dann auch noch damit beschäftigt ist, sich und ihre Kleidung zu sortieren. Hat ihr etwa ein Teufel im schwarzen Talar die Beichte abgenommen und danach für nie erlöschende Sehnsucht oder vielleicht sogar für erlösende Befriedigung gesorgt? Ein Teufel in Menschengestalt, der sich Gott verschrieb und doch zum Sünder wurde?

Korbinian grinst. Er ist sich sicher, dass seine Interpretation des Gesehenen richtig ist. Er verbirgt sich nicht länger hinter der Eibe, deren hochgewachsenes Grün ihn bei seiner Spionagetätigkeit unterstützte, sondern strebt dem Wirtshaus zu. Im Gasthaus zur Sonne will er gleich ein bisschen für Aufruhr sorgen.

Munter schreitet Korbinian auf das große Eingangstor des Wirtshauses zu, das von einer auffälligen Fassadenmalerei eingerahmt wird. Blattwerk schlängelt sich an der Wand beidseits des Portals empor bis ins Obergeschoss. Phantasievögel sitzen im Laub, und ein altmodisch gekleidetes Paar lädt den Wirtshausgänger ein, doch endlich näher zu treten.

Wirt Blasius Trauthaler betrachtet den Mann, der polternd die Gaststube betritt, mit zusammengekniffenen Augen. Er fixiert seinen Gast wie ein Tier seine Beute, was – Korbinian weiß das – daran liegt, dass der Mann schlecht sieht. Seine Augen sind milchig trüb. Er neigt den Kopf in einem Winkel, der vermuten lässt, dass er sich das Bild erst zurechtrücken muss. Dann jedoch erkennt er seinen Besucher. Er lächelt verschmitzt. »Der Jäger«, entfährt es ihm. »Du warst ja ewig nicht mehr da. Dein letzter Besuch muss mindestens fünf Tage her sein. Ich hatte schon Angst, dass du zum Asketen geworden bist.«

Schallendes Gelächter begleitet die Worte des Wirtes.

»Enthaltsamkeit und Keuschheit, Herr Wirt, liegen mir nicht im Blut. Eurem Pfarrer aber auch nicht, wie es scheint. Gerade habe ich seine Köchin aus der Sakristei kommen sehen. Ich finde, die ist zu hübsch, um einem Pfarrer als Bedienstete an die Seite gestellt zu werden. Das Weib ist Versuchung pur. Besonders für einen jungen Helden, der im Namen Gottes Moral predigen soll.«

Ruhig ist es in der Gaststube geworden. Die Anwesenden spitzen ihre Ohren. Vereinzelt wird ein Raunen laut. Der Jäger schmunzelt und bestellt ein Glas Most. Außerdem hat sich der Geruch von gebratenem Schwein in seine Nase geschlichen, von dem er gleich eine ordentliche Portion mit Genuss verspeisen will. Er weiß, dass sich zu den himmlischen Gerüchen später weltliche Gerüchte gesellen werden. Manch einer wird das eben gestreute Gemunkel nach Hause tragen. Die frevelhafte Neuigkeit wird sich von Mund zu Mund verbreiten und sich dabei mit Nachdruck verändern. Sicher nicht zum Vorteil der Frau. Spätestens in ein paar Tagen, wenn er wieder hier einkehrt, wird die Welt für einige Menschen eine andere sein. Zufrieden sieht er sich um.

In dem Augenblick wird die Tür zur Küche aufgedrückt. Mit der Wirtin weht ein Schwall Aromen in die Stube. Eine appetitliche Portion Schweinsbraten wird vor ihm abgestellt, außerdem ein Knödelberg, Kraut und Erdäpfel. Korbinian greift nach dem Besteck, und der erste Einheimische verlässt das Wirtshaus.

22

»Magdalena«, flüstert jemand, kaum dass ich mich auf meinem Platz niedergelassen habe.

Das Getuschel kommt aus der Reihe direkt hinter mir. Ich drehe mich um, in der irrigen Annahme, eine Frau brauche meine Hilfe und suche gerade jetzt – im unpassendsten Augenblick – meine Aufmerksamkeit. Eine Bittstellerin, die mit ihrem Wunsch nicht bis nach der Messe warten will. Vielleicht eine, die bereit ist, für die Grabpflege eine Kleinigkeit zu bezahlen, die sich vom täglichen Aufwand der Gießerei freikaufen will, die besonders in den Sommermonaten anstrengend ist. Ich sehe in die kalten Gesichter mehrerer Frauen. Oder gibt es etwa eine Beschwerde? Wieder wird mein Name gezischt. Scharf.

»Magdalena. Hure.«

Ich zucke zusammen. Habe ich richtig gehört? Hure? Ich

werde wütend. Hitze schießt durch meinen Körper. Gleichzeitig überschwemmt mich das schlechte Gewissen flutartig. Ich fühle, wie Röte in meine Wangen steigt, und senke rasch den Kopf auf das Gotteslob in meiner Hand, blättere eifrig darin herum und suche die Nummer des Liedes, die auf der hölzernen Tafel neben der Kanzel angezeigt ist. Meine glühende Gesichtsfarbe muss für die Frau, die mir das Schimpfwort in den Nacken gespuckt hat, ein klares Schuldeingeständnis sein. Ich streiche mit feuchten Händen über die aufgeschlagene Seite, dann über meinen Rock.

Fahrig betaste ich das Wäschepaket, das neben mir in der Bank liegt. Das Hemd des Hammerherrn ist mir von Matthias übergeben worden. Ich habe es gewaschen, den schönen Stoff bewundert. Kaum ein Fleckchen Schmutz befand sich darauf. Eine Wäsche war in Wahrheit nicht nötig. Das Hemd roch nicht nach Schweiß, nur ein bisschen nach Tabak und Mann. Gehorsam habe ich es trotzdem gewaschen, gebügelt und in Packpapier eingeschlagen, damit ich es Oscar Schneeberg heute nach der Messe zurückgeben kann. Gewiss wird er in die Kirche kommen, gerade jetzt, wo seine Frau erst seit Kurzem unter der Erde liegt.

An Elvira Schneebergs Begräbnis haben zahlreiche Ortsbewohner teilgenommen. Sicherlich nicht nur aus Anteilnahme, sondern vor allem aus Neugier, weil es Fremde zu bestaunen gab. Weil es interessant war zu sehen, nach welcher Mode die Töchter des Hauses und die anderen fremden Frauen gekleidet waren. Um die spanische Familie in Augenschein zu nehmen, die am Ende nicht gekommen ist, weil es für die Eltern der Verstorbenen eine zu beschwerliche Reise gewesen wäre. Um sich danach den Mund zu zerreißen, zu staunen oder von Neid geplagt zu werden. Vor allem aber, um ein Totenmahl zu besuchen, denn eines war sicher: Der Hammerherr würde alle Kirchengänger dazu einladen.

Und genau so ist es gekommen. Der Wirt vom Gasthaus zur Sonne hatte mit dem Ansturm gerechnet, hatte Tische und

Bänke im Freien aufgestellt und auch die große Gaststube für die Herrschaften reserviert. Es wurde reichlich gegessen und getrunken. Nachdem sich der Witwer, seine Töchter und deren Anhang verabschiedet hatten, wurde noch lange weitergezecht. Hätte man nicht gewusst, dass die laute Gesellschaft zu einem Begräbnis gehörte, hätte man die Feierlichkeiten auch für eine Hochzeit halten können. Natürlich waren auch der Pfarrer und die Ministranten im Wirtshaus. Manch einer der Kleineren hat vermutlich das erste Mal einen Schluck Bier bekommen. Ich dagegen putzte die Kirche und hoffte darauf, dass mir Matthias einen Rest vom Totenmahl mitbringen würde. Umsonst. Er erzählte mir später, dass er sich geschämt habe, um eine Extraportion für seine Haushälterin zu bitten. Also gab es für mich abends Rahmsuppe mit Kartoffeln. Mit viel Kümmel, den ich so mag. Rindfleisch mit Semmelkren und Erdäpfeln wären mir aber auch recht gewesen.

Ich atme tief ein, hebe den Blick von meinem Kleidungspaket hin zum Altarbereich. Gerade streckt sich eine Kinderhand aus der Tür zur Sakristei, tastet nach dem langen Band, an dem die Glocke hängt, findet es und zieht energisch daran.

»Hure«, wispert jemand an meinem Ohr in exakt dem Augenblick, als das laute Gebimmel der Glocke die Anwesenden dazu zwingt, sich von den Sitzbänken zu erheben. Niemand kann die Anschuldigung gehört haben. Ich begreife, dass die boshafte Anklage von der Frau kommt, die unmittelbar hinter mir sitzt, drehe mich zu ihr um und versenke meinen Blick eine gefühlte Ewigkeit in die kalten Augen der Angreiferin. Was habe ich Senta, der Tierarztfrau, getan, dass sie mir so hässliche Beleidigungen ins Gesicht spuckt?

Die gesamte Messe über, bei der Oscar Schneeberg doch nicht anwesend ist, fühle ich, dass ich angestarrt werde. Als es zur Ausgabe der heiligen Kommunion kommt, möchte ich am liebsten ruhig sitzen bleiben, entscheide dann aber, mir die Hostie doch zu holen. Auf keinen Fall werde ich eine Schuld eingestehen, indem ich mich diesem Gang verweigere. Reihe um Reihe erheben sich die Kirchenbesucher aus den Bänken, um sich die geweihte Oblate geben zu lassen. Zuerst treten die Männer hervor, erst danach folgen die Frauen und Kinder. Den Kleinsten und denen, die noch nicht bei der Feier der Erstkommunion waren, wird ein Kreuz auf die Stirn gemalt, bevor sie mit ihren Müttern wieder zurück in die Sitzreihen rutschen. Kerzengerade stelle ich mich zu den Wartenden und versuche, meine Gefühle zu verbergen. Unmittelbar hinter mir befindet sich Senta. Ich rieche das aufdringliche, bestimmt teure Parfum der Tierarztgattin und spüre deren bohrenden Blick in meinem Rücken.

Die Frau vor mir nimmt die Hostie in Empfang, beugt ihre Knie, bekreuzigt sich und ist weg. Ich trete vor, höre Matthias »Der Leib Christi« sagen, antworte »Amen« und vernehme hinter mir ein kaum hörbares »Hure«. Ich öffne den Mund. Gerade will ich mir die Hostie auf die Zunge legen lassen, da erhalte ich unerwartet einen Stoß, der mich zu einem Ausfallschritt nach vorne zwingt. Ich pralle gegen Matthias' erhobene Hand. Die Schale mit den geweihten Hostien bekommt den Stoß ab und fällt ihm aus der Hand. Zahlreiche Oblaten verteilen sich auf dem Boden, begleitet vom erschrockenen Aufseufzen einiger Kirchenbesucher.

Ein aufmerksamer Ministrant eilt herbei und hebt die herumliegenden Bruchstücke auf. Matthias entschuldigt sich mit einem Kopfnicken, tritt zurück an den Altar, reinigt in aller Ruhe die Schale und gibt neue Oblaten zur Segnung hinein. Das alles dauert nur zwei, vielleicht drei Minuten, dennoch sind es unendlich lange Momente für mich, während ich am Kopf der Warteschlange stehe. Bestimmt war es Senta, die mich gestoßen hat. Wer sonst? Rundum ist es mucksmäuschenstill. Ich halte den Kopf gesenkt, warte darauf, dass sich Matthias' Schuhspitzen und der Saum seines Talars meinem Sichtbereich nähern.

Endlich tritt er vor mich hin. Er sucht anscheinend nach etwas. Wassertropfen glitzern an seinen Fingern. Er trocknet seine Hände am Talar und greift dann in die darin eingenähte Tasche. Auch am Sockel der goldenen Schale haben sich Wassertropfen gefangen, die er wohl wegwischen will. Matthias zieht ein Tuch hervor, blickt es verwirrt an und begreift dann, dass er mein Kopftuch in seiner Hand hält. Hätte er mit dem zerknüllten Tuch einfach die Oberfläche der Schale abgewischt und es danach wieder eingesteckt, hätte man sich vielleicht gewundert. Niemand jedoch hätte diesem Tuch eine besondere Bedeutung beigemessen. Als Matthias aber knallrot wird, mich verlegen fixiert und am Tuch herumzupft, sodass es ihm schließlich auch noch entgleitet und sich am Boden zu seiner gesamten Größe ausbreitet, konzentriert sich die Aufmerksamkeit aller Zuseher darauf.

Da liegt es nun. Ein dunkelgrünes Baumwolltuch, das mit keinem Stückchen christlicher Symbolik verziert ist, sondern mit bunten Blüten. Margeriten, Mohn- und Kornblumen befinden sich darauf, reife Weizenähren und Weintrauben. Ich bücke mich, hebe das Kopftuch auf und reiche es Matthias, der es betreten wieder einsteckt. Sekunden später klebt die Hostie an meinem Gaumen. Rasch wende ich mich ab und rette mich in den Schutz meiner Sitzreihe, wo ich niederknie und in ein Gebet versinke.

Das Paket mit dem Hemd des Hammerherrn ist verschwunden.

23

»Es ist weg. Verschwunden. Während ich mich um die Hostie angestellt habe, hat es jemand an sich genommen.« Ich knie im Beichtstuhl auf der hölzernen Bank. Der harte Untergrund quält meine Kniescheiben. »Sag mir, Matthias, was soll ich jetzt machen?«

Ich räuspere mich, schäme mich, dass meine Stimme derart verzweifelt klingt, aber das Hemd war sicher teuer. Um das zu erkennen, brauchte man nicht schlau zu sein. Der Stoff war besser als jeder Stoff, den ich jemals in Händen hielt. Dabei sind auch die Leinenstoffe der Pfarrei von besonderer Qualität.

»Magdalena, ich denke, wir haben andere Sorgen als das Hemd des Hammerherrn. Ich an deiner Stelle würde einfach ehrlich sein.«

Ehrlich sein. Was für eine Empfehlung. Ich verdrehe die Augen und bin froh, dass Matthias meinen abwertenden Gesichtsausdruck hinter dem trennenden Gitter nicht sieht. Wenn ich ehrlich wäre, müsste ich noch ganz andere Dinge beichten. Ihm sagen, dass ich eine Hure geschimpft wurde. Dass er sich ungeschickt verhalten hat, indem er mein Tuch der Öffentlichkeit präsentierte. Ein Kopftuch, das ich bis vor Kurzem immer verwendet habe, um darunter meinen kahlen Schädel zu verbergen. Ein Stück Stoff, das alle Ortsbewohner zur Genüge kennen.

Ich atme scharf ein. »Matthias, wenn dich jemand wegen meines Kopftuchs anspricht, was wahrscheinlich niemand wagen wird, dann hast du es einfach in der Kirche gefunden. Schließlich bin ich nicht nur deine Haushälterin, sondern auch wiederkehrend mit dem Kirchenputz beschäftigt. Da ist es nur natürlich, dass manchmal etwas zurückbleibt. Erinnere dich an den Besen, der vergangenen Sonntag neben dem Weihwasserbecken stand. Das ist zwar ein wenig peinlich, aber nur menschlich.«

Ich seufze, froh darüber, dass ich mich nur um die Sauberkeit der Böden und der Sitzbänke im Kirchenraum, die Sakristei und den Altarraum kümmern muss. Die Heiligenstatuen und goldenen Putten dürfen dagegen in aller Ruhe verstauben. Die werden nur unter großem Aufwand einmal im Jahr rechtzeitig vor Ostern gesäubert. Auch dieses Jahr sind Männer und Frauen des Pfarrrats angerauscht, haben Leitern aufgestellt und die Figuren und Engel mit Staubwedeln aus Straußenfedern befummelt, um sie für das höchste kirchliche Fest angemessen herzurichten.

»Du sollst nicht lügen«, höre ich Matthias flüstern.

»Du sollst nicht begehren«, flüstere ich zurück.

Er schweigt. Ich spüre, wie mein Herz ein Stückchen einreißt. Dann tut es einen Hüpfer, denn Matthias legt seine Handfläche auf das hölzerne Trenngitter zwischen uns. Ich drücke meine Hand auf der anderen Seite dagegen und fühle die Wärme.

»Magdalena. Jesus hat niemals gesagt, dass wir enthaltsam leben müssen. Das ist eine Erfindung der Kirche. Ich bin sicher, dass unsere Liebe nicht falsch ist, aber ...« Er hält inne.

»Aber?«, wispere ich.

»Aber wir müssen vorsichtig sein. Und jetzt backst du dem Hammerherrn eine Torte, packst ein Essenspaket und gehst morgen zu ihm. Sag ihm einfach, was passiert ist. Er ist kein Unmensch.«

Meine Kniegelenke knacken unfreundlich, als ich mich in die Aufrechte begebe.

»Keine Bußgebete, ehrwürdiger Vater«, flüstere ich.

»Weib!«

Ich presse mein Gesicht gegen das Gitter und sehe Matthias grinsen.

»Führe mich nicht in Versuchung, dich heute Abend übers Knie zu legen und zu züchtigen. Und jetzt schick mir den nächsten Sünder in den Beichtstuhl!«

24

Ich habe den Korb gut befüllt. Schwer ist er. Allerdings ist der Weg nicht weit, die Schlepperei wird sich also in Grenzen halten. Ich rieche den Speck, den ich in Wachspapier gewickelt habe. Ein ordentliches Stück befindet sich ganz unten im Korb. Daneben steckt ein Laib Brot, auf dem Paprika liegen. Auf dem Speck steht eine Schüssel mit Eiern, die, jedes für sich, in ein Stück Tuch eingeschlagen sind, sollen sie doch heil ankommen. Tomaten blinzeln mich ebenfalls an. Besonders behutsam stelle ich am Schluss die Backform obenauf und lege ein Tuch über alle Spezialitäten.

Wenig später stehe ich vor der großen Eingangstür der Schneebergvilla. Sie ist imposant. Ebenso imposant ist der Türklopfer in Form eines Ambosses. Ich hebe den Hammer an, lasse ihn auf den Amboss fallen und wiederhole das Klopfen. Laut ist das. Um wie viel lauter muss das Geräusch im Inneren der großen Eingangshalle sein? Erst dann sehe ich den Seilzug der Türglocke. Doch noch bevor ich auch daran ziehen kann, wird die Tür aufgerissen.

Jakob steht vor mir. Insgeheim habe ich ihn »Jakob Hochnäsig« getauft. Angestrengt runzelt der Mann seine Stirn und betrachtet mich von oben herab. Sein gefauchtes »Was soll der ungebührliche Lärm?« lässt mich zusammenzucken.

»Guten Tag«, begrüße ich ihn dennoch höflich, obwohl mir mehr danach ist, diesem arroganten Schnösel einen beherzten Tritt gegen das Schienbein zu verpassen.

»Gib schon her!«, ist seine Antwort. Jakob greift nach dem Korb, den ich am Boden abgestellt habe.

»Nein!«, fauche ich nun meinerseits, reiße mich dann aber zusammen. »Ich soll das vom Herrn Pfarrer persönlich überbringen. Außerdem habe ich eine Nachricht für Herrn Schneeberg zu übermitteln. Wenn er nicht zu Hause ist, komme ich ein anderes Mal wieder. Wäre aber schade um die schöne Heidelbeer-Topfentorte.«

Ich hebe den Kopf und starre Jakob herausfordernd an. Sekunden verstreichen. Ich nehme den Korb auf den Arm und verkünde: »Gut, dann komme ich eben morgen wieder.« Danach wende ich mich resolut ab.

In diesem Augenblick höre ich die tiefe Stimme von Oscar Schneeberg fragen: »Jakob, wer besucht uns?«

Ein Lächeln stiehlt sich auf mein Gesicht. Dabei verhalte ich mich aber so, als hätte ich nichts gehört. Zügig gehe ich die Stufen hinunter.

»Warte gefälligst!«, zischt mir Jakob hinterher, worauf ich auf der untersten Stufe stehen bleibe und mich zum Sekretär des Hammerherrn umdrehe. Inzwischen steht Schneeberg hinter seinem knurrigen Lakaien, betrachtet zuerst mich, dann den Korb interessiert.

»Guten Tag! Ich bringe etwas vom Herrn Pfarrer. Zudem gibt es Dinge, die Sie wissen sollten.« Ich zögere einen Augenblick. »Allerdings braucht das ein Gespräch unter vier Augen.«

Mit erhobenem Kopf werfe ich dem Hammerherrn einen Blick zu und warte, bis er endlich nickt. Mein Herz pocht heftig. Bin ich eben zu frech gewesen? Schließlich geht es nicht um irgendwelche Geheimnisse. Ich will nur nicht in Jakobs Gegenwart zu einem Geständnis gezwungen werden, was das verschwundene Hemd betrifft.

»Ich habe frische Heidelbeer-Topfentorte mit. Haben Sie Lust darauf?«

Oscar Schneebergs Gesicht verzieht sich zu einem verschmitzten Grinsen. »Jakob, bitte lass uns Kaffee in den Wintergarten bringen.«

Endlich gibt Jakob den Weg frei, wenn auch widerwillig. So hoheitsvoll, wie es mit einem großen Korb am Arm möglich ist, schreite ich an Jakob vorüber und gehe hinter dem Hausherrn her. Am liebsten hätte ich »Ätsch!« gerufen, reiße mich aber zusammen und ignoriere Jakob. Innerlich triumphiere ich.

Der Wintergarten, das weiß ich, wurde nachträglich an der Westseite des Hauses angebaut. Staunend stelle ich fest, dass man vom Anbau einen herrlichen Ausblick hat. Ich sehe die Haller Mauern vor mir. Der Kleine und der Große Pyhrgas drängen sich in den Mittelpunkt. Schneebedeckt und schroff. In einigem Abstand davor, so als betrachtete er seine großen Brüder, liegt der bescheidene Kalvarienberg mit seiner Kirche. Der Hügel scheint sich ehrfürchtig vor den beiden Riesen zu verneigen. Ich nehme das schöne Panorama in mich auf und fühle mich plötzlich winzig und armselig. Demütig schaue ich auf die Wiesen und Wälder, die Hügel und Gebirgszüge, die von einer Macht geschaffen wurden, die größer ist als alles Menschliche.

Ein Räuspern holt mich in die Gegenwart zurück. »Beeindruckend, nicht wahr?«

Rasch fasse ich mich wieder. »Die hohen Fenster bringen die Natur ins Haus«, sage ich leise.

»Nicht nur das, auch Helligkeit und Wärme. Aber es stimmt, es ist vor allem der großzügige Blick in die Landschaft, den ich besonders liebe.«

Ich fühle einen Anflug von Neid auf diesen reichen Mann. Und dann geht mir durch den Kopf, dass die Aussicht aus dem Obergeschoss noch spektakulärer sein muss.

Offenbar hat Oscar Schneeberg mein Staunen bemerkt, denn als er mir den Korb abnimmt, fügt er hinzu, was ich mir schon gedacht habe: »Oben liegen mein Schlafzimmer und der private Salon. Früher waren die Räumlichkeiten in ihrer Verwendung anders verteilt. Nachdem sich aber mein Arbeitsumfeld verändert hat, habe ich den Wohnbereich nach vorne und das Büro nach hinten verlegen lassen.«

Ich trete einen Schritt vor. Mein Blick gleitet über die ferne Ansammlung von Häusern. Südöstlich, auf der anderen Hausseite, liegt der Herrschaftsgarten, in dessen Mitte ein Brunnen und an dessen Hangseite ein Gewächshaus steht, das dem angebauten Wintergarten ähnlich ist. Dort befindet sich auch das ehemalige Gärtnerhaus, das auch jetzt noch von Gärtnern bewohnt wird. Das für die Gartenarbeit zuständige Ehepaar lebt zurückgezogen und kümmert sich bereits seit Jahren um die Grünanlagen. Sie scheinen ihre Arbeit gut zu machen, denn das, was ich sehe, gefällt mir. Ich erinnere mich, dass vor ewigen Zeiten ein Kuhstall in der Nähe des Gärtnerhäusls existierte, doch den gibt es längst nicht mehr. Und plötzlich wird mir bewusst, dass ich auf die ehemaligen Bauten des Sensenwerkes starre. Der Schneeberghammer liegt als Geisterdorf zu meinen Füßen.

»Grandios« flüstere ich, »aber es muss irrsinnig laut gewesen sein, während die Hämmer ihre Arbeit taten.«

Der Hammerherr lacht. »Es war laut. Und wie.« Inzwischen hat er sich zu mir gesellt und hebt den Arm. »Das kleine Häuschen links, das nutzen wir jetzt als Gartenhaus. Darin wohnte einst unser landwirtschaftlicher Verwalter. Jetzt dient es nur noch unserem Vergnügen. Manchmal übernachten auch Gäste darin. Und gegenüber«, sein Zeigefinger wandert nach rechts, »befinden sich der Eiskeller und die Mostpresse. Beides wird noch benutzt. Der Eiskeller ist unser begehbarer Kühlschrank, der uns keinerlei Energie kostet. Das ist etwas Wunderbares. Vom Herbst bis weit ins neue Jahr hinein konnten wir früher darin Lebensmittel kühl aufbewahren. Inzwischen lassen wir aber keine Eisberge mehr kommen, sondern verwenden ihn hauptsächlich für die Einlagerung von Obst und Gemüse.« Oscar Schneeberg zeigt auf ein lang gezogenes Gebäude am Fluder. »Das war das Mühlhaus. Erst letzte Woche hat mich der Sohn eines Landwirts um seine Verpachtung gebeten. Er möchte eine Tischlerei darin betreiben.«

»Und?« Ich sehe den Hausherrn neugierig an.

Er grinst.

Im selben Augenblick wird mir klar, dass ich zu weit gegangen bin. Ich werde vor Verlegenheit rot. »Entschuldigung, es geht mich nichts an, ob Sie verpachten oder nicht.«

Immer noch grinst der Hammerherr. »Ich habe ihm zugesagt, mir die Verpachtung durch den Kopf gehen zu lassen. Ich mag die Stille hier. Vielleicht ärgern mich die Geräusche seines Handwerks. Andererseits, wie zuvor erwähnt, früher war es hier auch laut. Ich weiß noch nicht, welche Entscheidung ich treffen werde. Vermutlich werden der junge Mann und ich noch weitere Gespräche führen müssen.«

Schneeberg zeigt auf dunkelgrün bewachsene Stellen in der Wiese. »Diese dunklen Linien im Gras sind die Fundament-Umrisse der alten Scheiterhütte. Der Wind hat sie im vergangenen Herbst umgedrückt. Unser Heizholz wird jetzt im ehemaligen Pferde- und Schweinestall aufbewahrt. Von dort ist es nicht weit zur Villa. Allerdings überlege ich, an der Stelle des ehemaligen Kuhstalls eine Hütte zu bauen. Das wäre bequemer. Und dahinten, auf der rechten Seite, befindet sich der Hammer. Das ehemalige Herz des Sensenwerks. Dort war es nicht nur laut, sondern auch heiß. Man könnte sagen, das Gebäude beherbergte die Hölle auf Erden. Vom Bach zweigt der Fluder ab, genau dorthin wurde das Wasser geführt, um die Hämmer anzutreiben. Das alte Schmiedehaus steht direkt daneben. Es war einmal die Schlafstätte der Sensenschmiede. Manchmal lebten darin bis zu einhundert Leute. Nicht nur Schmiede, auch Handwerker und Bedienstete, von der Köchin bis zum Zimmermädchen.«

»Das war eng.«

»Das war sehr eng«, bestätigt Schneeberg. »Das Haus wurde verkauft. Heute wird es von einem pensionierten Köhler und seiner Familie bewohnt. Einer seiner Söhne ist nicht aus dem Krieg zurückgekommen. Der zweite ist Maurer. Ein Beruf, in dem er gut ausgelastet ist.«

Oscar Schneeberg schweigt. Ich denke an das Gemälde, das im Flur des Pfarrhofs hängt. Darauf sind noch wesentlich mehr Häuser abgebildet. Alle gehörten sie früher zum Sensenwerk. Ich weiß von einem Haus, in dem die Sensen für den Versand hergerichtet wurden, von Werkstätten, Magazinen und weiteren Gebäuden. Auch Kohlebarren gab es, in denen große Mengen an Holzkohle gelagert wurden. Doch das alles ist Vergangenheit.

Ein Räuspern ertönt. Schneeberg dreht sich um. Eine kugelrunde Person bringt Kaffee, Servietten und Besteck, strahlt den Herrn aus asiatisch wirkenden Augen an, knickst und wartet.

»Das ist Lieselotte, aber sie mag es besser leiden, wenn man sie Lotti nennt.«

Schneeberg nickt, und Lotti gießt Kaffee ein. Ich hebe die Torte vorsichtig aus dem Korb, stelle sie auf einem niedrigen Tischchen ab und nehme auf dem angebotenen Sessel Platz. Lotti schneidet den Kuchen an, legt einzelne Stücke auf die Teller und sieht dann den Hausherrn fragend an.

»Darf Lotti auch ein Stück haben?« Der Hammerherr wirft mir einen bittenden Blick zu, worauf ich eifrig nicke.

»Aber natürlich. Es ist doch Ihre Torte, Herr Schneeberg. Sie brauchen mich nicht um Erlaubnis ersuchen.«

Strahlend huscht Lotti mit einem Stück Torte zur Tür hinaus.

»Lotti würde nirgends Arbeit finden. In meinem Haushalt ist sie gut aufgehoben.«

Eine Weile herrscht Stille. Tortenstücke werden aufgegessen, Kaffee wird getrunken. Der Blick durch die hohen Türen des Wintergartens hinaus ins Blau des Himmels und über das Grün der Wiesen und Wälder ist bezaubernd. Mir kommt plötzlich in den Sinn, dass es dem Hausherrn längst unangenehm sein muss, mich zu unterhalten. Also ist es an der Zeit, ein Geständnis abzulegen, dann den Kopf schamhaft einzuziehen und zu verschwinden.

»Schmeckt Ihnen die Torte?« Gespannt sehe ich meinen Gastgeber an.

Der lacht laut auf. »Sie sind wie alle Köchinnen. Wenn ich nicht laut schmatze oder mir den Bauch vor Vergnügen reibe, dann genügt das wohl nicht?«

»Sie haben weder geschmatzt, noch haben Sie sich den Bauch gerieben. Das hätte ich bemerkt.«

»Also gut, mir schmeckt die Torte. Sehr sogar. Es ist lange her, dass ich etwas so Gutes genossen habe. Nicht nur das, ich habe bereits ein zweites Stück gegessen und werde den Rest gegen Lotti verteidigen müssen. Gegen meinen Sekretär sowieso, und dann muss ich meiner Haushälterin später Rede und Antwort stehen, warum mir ihr Kuchen heute nicht schmeckt. Sie wird mich mit verachtenden Blicken strafen und mir unterstellen, dass ich sie loswerden will. Mit dieser Schuld«, er sieht mich verschmitzt an, »müssen Sie dann leben.«

»Ich lebe mit einer ganz anderen Schuld. Wissen Sie, eigentlich ist die Torte nur dazu da, um Sie mir gegenüber wohlwollend zu stimmen. Ich habe nämlich nicht auf Ihr Hemd aufgepasst.«

»Verwaschen?« Schneeberg betrachtet mich zweifelnd.

»Nein, gar nicht. Den Waschvorgang und das Bügeln hat es einwandfrei überstanden. Auch den sonntäglichen Weg in die Kirche. Ich wollte Ihnen das Kleidungsstück gestern nach der Messe geben, aber Sie waren nicht da – und das Hemd am Ende auch nicht mehr. Als ich mir die Kommunion geholt habe, habe ich es in der Kirchenbank liegen lassen. Und als ich zurückkam, war das Paket weg. Ich weiß nicht, was der Dieb darin zu finden gehofft hat. Aber Ihr Hemd kann der Langfinger mit Sicherheit nicht in der Öffentlichkeit tragen, befinden sich doch Ihre Initialen an den Manschetten.«

Der Hammerherr wirkt verblüfft. »Ihnen wurde mein Hemd in der Kirche gestohlen?«

Ich nicke verlegen. »Wenn Sie möchten, arbeite ich den Gegenwert ab. Ich kann Sie bei einer Festlichkeit unterstützen, wenn Ihnen das recht ist.«

»Das ist eine gute Idee. Ich werde bei Gelegenheit auf diesen Vorschlag zurückkommen.«

Schneeberg erhebt sich. Für mich ist es das Zeichen zu verschwinden. Die Verabschiedung fällt knapp aus. Sein Sekretär, von dem ich annehme, dass er gelauscht hat, bugsiert mich und den leeren Weidenkorb zur Tür hinaus.

Mein Gewissen wurde durch die Beichte nicht erleichtert. Matthias' Bußaufgaben sind in dieser Hinsicht wesentlich befreiender, als es die Absolution des Hammerherrn war. Sorglosigkeit, das ist es, was ich demnächst beichten werde. Sorglosigkeit im Umgang mit fremdem Besitz. Aber auch Sorglosigkeit, was meinen Ruf und mein Verhalten Matthias gegenüber betrifft.

Und noch etwas frage ich mich auf dem Rückweg ins Pfarrhaus: Ist Lotti etwa ein uneheliches Kind des Hammerherrn? Oder ist Schneeberg einfach ein netter Kerl, der etwas für Menschen mit Behinderung übrighat?

25

Neugierig sieht Oscar der Frau hinterher. Am unteren Ende der Treppe stellt sie ihren Korb ab und holt das dunkelgrüne Tuch mit den bunten Blüten daraus hervor. Zuvor hat sie es dazu verwendet, die mitgebrachten Nahrungsmittel abzudecken. In einer raschen Bewegung schüttelt sie das Tuch aus und legt es sich um den Kopf. Nicht unterm Kinn bindet sie die langen Enden des Stoffes, sondern sie wickelt sie locker um den Hals und verknotet sie im Nacken. Das sieht überraschend chic aus, findet Oscar. Jetzt noch ein modisches Kleid, dazu passende Schuhe, roter Lippenstift und eine große Sonnenbrille, und die Pfarrerskōchin würde eine adrette Frau abgeben.

Sie dreht sich noch einmal zur Villa um, mustert die Eingangstür, lässt ihren Blick über die Hausfront gleiten und bemerkt schließlich, dass sie von ihm beobachtet wird. Absichtlich ist er nicht vom Fenster zurückgetreten. Er ist auf diesem Anwesen Herr über Haus und Güter. Er kann hinterherstarren, wem er will.

Sie hebt verabschiedend die Hand, lächelt, nickt ihm zu und schreitet dann rasch aus. Kurz darauf ist sie im dunklen Schattengrün der langen Kastanienallee verschwunden, die sein Anwesen vom Rest des Dorfes trennt.

Oscar schenkt sich ein Glas Cognac ein, stellt sich wieder ans

Fenster und denkt nach. Sie ist eine einfache Frau, auf gewisse Weise gewitzt. Wenn er das Geschehen in Windischgarsten richtig in Erinnerung hat, starb ihr Mann im letzten Winter. Gab es nicht einen Skandal darum? Nein, das war es nicht.

Etwas spukt in seinem Kopf herum. Er denkt an das grüne Kopftuch. Die kurzen Haare der Frau, die sich in Wellen um ihren Kopf schmiegen, helfen ihm schließlich auf die Sprünge. Es war *doch* ein Skandal. Die Verwandten ihres Mannes schoren ihr damals den Schädel kahl. Sitten wie im Mittelalter. Es ging ihnen offenbar um die Entwürdigung der Frau. Darüber haben seine Leute ausführlich getuschelt. Magdalena ist also bestraft worden. Nur wofür? Der Tod ihres Mannes war doch ein Unglücksfall.

Oscar kneift die Augen zusammen. Ging es darum, sie zu demütigen, Macht zu zeigen und sie aus dem Haus zu jagen? Aus einem Haus, das nach dem Tod ihres Mannes ihr Erbe gewesen wäre, wenn dieser das verfügt hätte? Allerdings ist kurz darauf ein männlicher Angehöriger ins Haus gezogen. Das weiß Oscar genau.

»Ländliche Gemeinschaften und deren grausame Rituale«, flüstert er und nimmt einen Schluck vom Cognac. Ein »Mhmm« entkommt ihm. Er betrachtet die goldbraune Farbe des schweren Getränks und nippt noch einmal genießerisch daran. Köstlich schmeckt der. Oscar schwenkt das Glas und sieht die Flüssigkeit an, die darin herumschwappt.

Und dann ist da noch der Pfarrer, der die Frau im Anschluss an dieses abscheuliche Geschehen bei sich aufnahm. Oscar zuckt mit den Schultern. Welcher Mann hätte schon etwas gegen eine hübsche Haushälterin? Bestimmt keiner mit Augen im Kopf. Auch keiner, der mit Frauen etwas anzufangen weiß. Oscar grinst. Doch gewiss werden die Handlungen eines Geistlichen strenger bewertet als die eines Normalsterblichen. Dem Pfarrer hätte es daher besser zu Gesicht gestanden, sich eine alte Frau anstelle einer jungen Witwe ins Pfarrhaus zu holen. Bestimmt sind sich darin auch die meisten seiner Schäfchen einig. Kein Wunder, dass über Magdalena geredet wird. Das entsprechende Getuschel hört Oscar regelmäßig, denn Kirchen- und Wirtshausbesuche sind unerschöpfliche Quellen der Wahrheitsfindung. Zumindest aber werden von dort aus Gerüchte rasch verbreitet.

Erneut kommt Oscar das grüne Kopftuch in den Sinn. Das Tuch, das sich Magdalena gerade um den Kopf legte, ist doch identisch mit dem, das der Pfarrer gestern während der Sonntagsmesse fallen ließ. Während der Kommunion. Darüber haben im Anschluss nicht nur seine Bediensteten getuschelt. Auch sein Sekretär Jakob ist, was seine Beobachtungsgabe und die Vielfalt an Neuigkeiten betrifft, ein verlässlicher Lieferant. Informationen sind die Würze des Lebens. Oscar lächelt.

Nachdenklich setzt er sich. Sein Blick geht hinaus ins Blau des Himmels. Er lehnt sich zurück und sinnt über sein bisheriges Leben nach. Er befindet sich eindeutig auf der Gewinnerseite. Großen Anteil daran haben die teilweise jahrzehntelang zurückliegenden Entscheidungen seines Vaters Aloisius.

Eigentlich hält Oscar nichts von heimlichen Mutmaßungen und hinterhältigem Gemunkel. Dennoch hat sich bereits so manche weitergetragene Information als wertvoll für das Familienvermögen erwiesen. Noch vor dem Krieg zum Beispiel erwarb sein Vater auf Zuflüsterungen hin ein Firmenareal. Eine ausgeschlachtete Halle, dazu eine Menge Bauland. Dem damaligen Besitzer lag daran, das Grundstück und die Gebäude loszuwerden, denn eine Reise stand an. Angeblich hatte der Verkäufer vor, mit seiner Familie nach Amerika auszuwandern. In Wahrheit war es eine Flucht. Ob es der Familie gelungen ist, sich vor dem aufkommenden Rassenwahn zu retten?

Das seinerzeit gekaufte Betriebsgelände war jedenfalls deutlich größer als der Wirtschaftsbereich des Schneeberghammers, der durch das Tal und die umliegenden Landwirtschaften begrenzt wurde. Aloisius Schneeberg beließ die Produktion der Sensen im Hammer, wollte aber moderne Technik am neuen

Industriestandort einsetzen. Die Herstellung von Mähmessern und Mähmesserklingen sollte anlaufen. Doch bald schwiegen die Hämmer. Der Beginn des Zweiten Weltkrieges unterbrach die von Aloisius und Oscar Schneeberg geplante Modernisierung. Es bestand kein Interesse an einer Aufrüstung der Landwirtschaft. Dagegen war nun die Rüstungsindustrie im Aufschwung. Wehrfähige Männer wurden in den Kampf befohlen: Es tobte Kriegslärm, wohingegen Produktionslärm vor allem im Rüstungsbereich herrschte.

Dennoch gab es sehr konkrete Zukunftspläne. Für danach. Für friedliche Zeiten, die für Aloisius Schneeberg nicht mehr kamen, weil er sich Gefechten, tieffliegenden Bombern, einschlagenden Granaten und am Ende dieser einen Kugel stellen musste, die ihm die Halsschlagader zerfetzte. Mit einundsechzig Jahren starb Aloisius an der Front, und Oscar erbte ein Unternehmen, dem es an Geld und vor allem an Arbeitskräften mangelte.

Wenig später, am Sterbebett seiner Mutter Rosa, erfuhr Oscar, dass sein Vater sein Leben für ihn gegeben hatte. Man hatte den alten Schneeberg anstelle des jungen an die Front geschickt. Oscar begriff, was er bereits vermutet hatte, nämlich dass dies nur möglich gewesen war, weil sich sein Vater äußerst linientreu verhalten hatte. Bestimmt war auch reichlich Geld in die entsprechenden Säckel geflossen.

Das schlechte Gewissen, das ihm seine Mutter mit ihren letzten Atemzügen einimpfte, veranlasste Oscar dazu, sein Geschäftsleben neu auszurichten. Er war es vor allem seinem Vater schuldig, daher kalkulierte Oscar zu Kriegsende hart. Seine erste Ehe war zu einer leidenschaftslosen Angelegenheit geworden. Zwar waren dieser Vereinigung zwei Töchter entsprungen, doch mehr war nicht mehr zu erwarten. Längst hatte sich seine Frau einen Geliebten zugelegt und stand ihrem Ehemann nicht mehr zur Verfügung. Die Scheidung war rasch vollzogen, Schmutzwäsche wurde nur in geringem Ausmaß gewaschen.

Oscar sah sich jedenfalls unverzüglich nach einer neuen Frau um. Dass ihm ihr Aussehen gleichgültig gewesen wäre, kann er nicht behaupten. Vor allem aber musste die neue Frau eine besondere Qualität aufweisen: Sie musste massenweise Geld in die Ehe einbringen. Er dagegen stellte seinen guten Namen zur Verfügung und sein unternehmerisches Geschick.

Aloisius Schneeberg hatte einst die Herstellung von Gleisen im Sinn gehabt. Auch der Fahrzeugbau war ihm immer im Kopf herumgegangen. Doch Oscar verwarf die Pläne des Vaters, denn der Holzhandel drängte sich ihm geradezu auf. In den Nachkriegsjahren waren Baumaterialien gefragter denn je. Allerdings wollte sich Oscar nicht nur auf eine Sparte konzentrieren. Neben Bauholz wurden unter anderem Getreide, Düngemittel und andere Baustoffe verkauft. Der neue Firmenstandort war ideal dafür geeignet, und bald standen zwei Namen im Firmenbuch – seiner und der seiner jungen Frau, die allerdings nur auf dem Papier als Geschäftsführerin fungierte. Sie hatte sich zu einem Drittel eingekauft, ihm ihr Geld gegeben und damit dem neu gegründeten Baustoffhandel beherzt unter die Arme gegriffen. In finanziellen Angelegenheiten wollte Elvira nicht mit Details belästigt werden, sie erkundigte sich aber regelmäßig nach dem Stand der Geschäfte, die immerhin gut liefen.

»Elvira.« Oscar seufzt. In diesem Augenblick klopft es an der Tür. Auf Oscars »Herein!« betritt sein Sekretär Jakob das Zimmer. Die Miene des Mannes zeigt eine Mischung aus Vergnügen und Missmut.

»Das Pfarrerliebchen ist gegangen«, erklärt er seinem Dienstgeber mürrisch, öffnet ein Fenster und lässt frische Luft herein. Hinter Jakob tanzt Lotti ins Zimmer und stellt das benutzte Geschirr auf ein großes Tablett. Sie freut sich erkennbar über das Stück Heidelbeertorte, das noch auf einem Teller liegt. Mit dem Geschirr klimpernd verlässt sie den Raum.

»Das Pfarrerliebchen«, sagt Oscar schärfer als nötig, »wird mir demnächst bei der Organisation einer Veranstaltung helfen.« Er trinkt seinen Cognac in einem Zug aus und fixiert seinen Sekretär mit einem strengen Blick.

Jakob betrachtet seinen Dienstherrn verdrossen, atmet scharf ein und schafft es nicht, sich zurückzuhalten. Sein »Aber warum das denn?« zischt durch den Raum.

»Ich werde Leute aus dem Dorf aufs Gut einladen. Den Bürgermeister, den Gemeinderat, den Arzt, dazu deren Frauen, auch die Hebamme und natürlich den Pfarrer.« Nachdenklich sieht Oscar zum Fenster hinaus. »Jedenfalls will ich Ende September ein weltliches Erntedankfest in der Villa feiern. Dazu werde ich die Hilfe der Pfarrersköchin in Anspruch nehmen. Sie hat zugesagt, euch bei der Organisation der Festivität zu unterstützen. Kochen. Servieren. Wo immer eine flinke Hand gebraucht wird.« Sein Sekretär muss nicht wissen, dass noch nichts fix vereinbart wurde, dass er diese Idee gerade erst geboren hat. Er würde Magdalena einfach in die Pflicht nehmen. Angebot ist Angebot.

Die Tür knarrt. Lotti prescht erneut ins Zimmer. Schnuppernd stellt sie sich an Oscars Seite, nimmt ihm das Glas aus der Hand und bringt es fort. Er weiß, dass sie es nicht leiden kann, wenn er Alkohol trinkt. Alkohol ist Teufelszeug in Lottis Augen. Etwas, mit dem man es nicht übertreiben sollte. Auch seine verstorbene Frau war dieser Meinung. Nur der örtliche Wirt sieht das nicht so streng.

»Lotti«, ruft Oscar der jungen Frau hinterher, »was hältst du von einem Fest hier im Hammer?«

Lotti lacht hell auf.

Oscar nickt ihr zu. Sein Plan ist soeben abgesegnet worden. »Jakob, es ist beschlossene Sache. Lotti ist auch einverstanden.«

Sein Sekretär seufzt, verdreht die Augen und wartet.

»Jakob, ich brauche Sie heute nicht mehr.« Oscars Stimme klingt kühl. Er sieht seinem Angestellten hinterher, der sich an der Tür noch einmal umdreht, den Mund öffnet und offenbar etwas sagen will. Oscar mustert ihn mit festem Blick. Kopfschüttelnd schließt Jakob die Tür hinter sich.

Die Leute im Dorf werden sich das Maul zerreißen, wenn er nach dem Tod seiner Frau derart flott wieder zur Tagesordnung übergeht. Das weiß Oscar wohl. Er stemmt sich vom Sessel hoch, schlendert entspannt zum Servierwagen, greift nach einem sauberen Glas und schenkt sich neuerlich ein. Zufrieden mustert er den schweren Cognacschwenker mit den fein eingeschliffenen Pflanzenstrukturen. Plötzlich jedoch ekelt ihm vor dem Alkoholgeruch. Er stellt das Glas ab, lässt sich in einen Sessel fallen und seufzt.

Was wissen die Dorfbewohner schon über das Drama seiner zweiten Ehe? Im Prinzip bestand die nur auf dem Papier. Seine Frau war vor allem in Nervensanatorien und klimatisch angenehmen Gebieten rund ums Mittelmeer unterwegs, um ihre angegriffene Gesundheit zu stabilisieren. Wurde er nach ihr gefragt, schob er stets eine Lungenkrankheit vor. In Wahrheit war Elvira von Anfang an unglücklich. Sie vermisste binnen Kurzem die Wärme Spaniens und flüchtete sich in eine tiefe Schwermut. Elvira fühlte sich im gemeinsamen Haushalt nie richtig wohl. Hier waren ihr die Natur zu wild und die Menschen zu grob. Sie fand zudem keine Beschäftigung, die sie fasziniert hätte. Eigentlich ist es ein Wunder, dass seine Frau überhaupt von ihm schwanger wurde. Waren sie doch ständig getrennt, hatten kaum jemals Zeit füreinander, sich schon auseinandergelebt, bevor sie überhaupt zueinanderfinden konnten.

Oscar runzelt die Stirn. Er überdenkt sein damaliges Verhalten. Er ist sich sicher, dass er sich Elvira gegenüber stets großzügig gezeigt, ihre Freiheiten nie besonders eingeschränkt hat. Niemals hat er sie zu etwas gezwungen, sie an seine Seite zitiert, sie mit Repräsentationspflichten überhäuft, wie es einem Ehemann in seiner Position durchaus zugestanden hätte. Als sich jedoch herausstellte, dass sie nach der anfänglichen Lust bald keine Freude mehr an ihm als Mensch und Ehemann fand, das gemeinsame Bett mied wie der Teufel das Weihwasser, überwältigten ihn Trauer und Wut. Als dann auch noch Elviras fragiler

Körper streikte und keines der Kinder, die sie empfangen hatte, am Leben erhalten konnte, begann sie ihn anzuwidern. Dafür schämt er sich auch jetzt noch, denn ihr einsames Schicksal wurde auch zu seinem.

Dennoch traf es ihn schwer, als er begriff, dass die drei Totgeburten ihre Ehe gänzlich zerstört hatten. Elvira entfernte sich fluchtartig von ihm, brachte ganze Länder, einmal sogar einen Kontinent zwischen sich und ihn. Oscar blieb zurück, tat das, was er gut konnte. Er vergrub sich in seine Arbeit und war doch nie zufrieden mit seinen Erfolgen. Wie gern hätte er seine Geschäftserfolge geteilt: den Ankauf eines Sägewerkes, die gut gehende Messerfabrik, die Beteiligung an einer Ziegelfabrik, die Neugründung einer Maschinenfabrik. Doch da war keine Frau, die sein Herz berührte, die ihn mit strahlenden Augen ansah und mit ihm seine Erfolge feierte. Da war auch niemand, mit dem er seine Niederlagen besprechen, bei dem er sich Trost holen konnte. Und auch seine intimsten Wünsche blieben unerfüllt. Zumindest was Letzteres betraf, sah er sich bald nach Ersatzbefriedigung um. Diskret natürlich.

Oscar weiß, dass er mit dem Tod seiner Ehefrau eine neue Unabhängigkeit genießt, wenn sich das Gefühl von Freiheit im Zusammenhang mit Elviras Ableben auch frevelhaft anfühlt. Dennoch hat ihn ihr Tod von einer lieblosen Ehe erlöst. Vielleicht ging Elvira Ähnliches durch den Kopf, während sie ihre letzten Atemzüge tat. Vielleicht hätte sie gern noch länger gelebt. Vielleicht ist sie aber auch leicht gegangen. Er weiß es nicht, denn er verbrachte die Nacht nicht neben der Sterbenden.

Oscar schließt die Augen. Er denkt wieder zurück an die Zeit, als er um Elvira warb, spürt wieder dieses wunderbare Gefühl der Freude, das ihn damals überwältigte. Als er sie das erste Mal sah, wollte er Elvira mit Haut und Haaren besitzen. Sie spielte Katz und Maus mit ihm, das war ihm wohl bewusst. Er hat diese liebestolle Theateraufführung wahnsinnig genossen, doch am Ende musste sie sich ihm ergeben. Geld spielte dabei eine wesentliche Rolle. Vor allem für Elviras Eltern, die ihre Tochter mit einem anständigen Namen versorgt wissen wollten und sich großzügig zeigten.

Oscar rutscht tiefer in den Sessel. Noch ist er nicht zu alt für neue Sünden. Er lächelt und weiß: Wenn er jetzt im Sessel einschläft, wird ihn später sein gesamter Körper schmerzen. Trotzdem erlaubt er sich eine kurze Pause.

Oscar bemerkt nicht, wie Lotti ins Wohnzimmer kommt. Die junge Frau stellt ihm die Fußbank zurecht, hebt seine Beine an, legt sie darauf ab und deckt ihn mit einer Decke zu. Dann trinkt sie den Cognac aus, den Oscar nicht mehr angerührt hat, rülpst leise, verdunkelt den Raum, indem sie die Vorhänge sorgsam schließt, und huscht aus dem Zimmer.

26

Ich bin gut gelaunt. Den gesamten Rückweg über sitzt ein heiteres Lächeln in meinem Gesicht. Einmal perlt sogar pure Freude über meine Lippen, sodass ich übermütig laut auflache. Erst wenige Schritte vor dem Pfarrhof gestehe ich mir Zweifel ein. Habe ich mich getäuscht? Eigentlich ist es doch nur der Anflug einer Ahnung, der mich zu diesem Hochgefühl veranlasst. Ich schüttle energisch den Kopf. Nein, ich täusche mich bestimmt nicht. Ich fühle ihn, diesen zarten Hauch der Gewissheit. Ich habe den Funken der Begierde in den Augen des Hammerherrn aufblitzen sehen. Ein Funke, den alle Männer in sich tragen, weil sie immerzu Lust auf Abenteuer verspüren. Doch dieses Abenteuer gilt es hinauszuzögern, und gleichzeitig muss ich den Mann ermutigen.

Ich bin mir sicher, dass der Hammerherr mein Angebot annehmen wird, denn er hat zu meinem Vorschlag genickt. Er ist noch einer vom alten Schlag, der auch einen Tauschhandel akzeptiert. Der Wert des Hemdes wird eben durch den Wert meiner Arbeit ersetzt.

Ich weiß außerdem, dass ich Oscar Schneeberg mehrere Flöhe ins Ohr gesetzt habe. Den Floh der Begierde, der ihm zuflüstert: Nimm sie dir! Den Floh des Zweifels, der ihm empfiehlt: Lass die Finger von dieser Frau! Doch das Begehren und die Entsagung sind wie ein Teufel und ein Engel, die einem böse Unartigkeiten zuraunen und fromme Anweisungen erteilen. Und da sind noch andere Flöhe: übermütige, zielstrebige und stolze.

Ich weiß wohl: Sobald Schneeberg nach mir rufen lässt, muss ich mich klug anstellen. Ich muss den Hammerherrn reizen, ohne ihm die Chance auf Erfüllung zu geben. Ihn ermutigen, ohne mich ihm billig zu ergeben. Bestimmt gefällt es ihm, wenn ich ihm zuhöre und ihn bewundere. Dabei darf ich aber auf keinen Fall kriecherisch wirken. Ich muss ihn anfeuern und im selben Atemzug dafür sorgen, dass er niemals den Respekt vor mir verliert. Er muss mein Held sein dürfen. Eine echte Aufgabe ist das. Eine Herausforderung. Aber ich werde dieses Spiel üben. Wozu habe ich Matthias? An ihm kann ich meine Künste erproben. Ich werde Matthias reizen und mich ihm entziehen. Er ist mein Versuchskaninchen.

27

»Kann es sein, dass Lieselotte, die junge Frau, die im Schneeberghammer arbeitet, die uneheliche Tochter des Hammerherrn ist?«

Ich bringe Matthias mit dieser Frage offensichtlich in Verlegenheit. Ich bemerke es daran, dass er sich intensiv mit dem Inhalt des Wäschekorbs beschäftigt, den er mir hilfsbereit nachgetragen hat und der nun unmittelbar vor ihm auf dem Boden steht.

Matthias vermeidet es, mich direkt anzusehen. Ich bücke mich, greife nach einem weißen Hemd und schüttle es kräftig aus, bevor ich es an die Wäscheleine hänge. Matthias reicht mir schweigend die Wäscheklammern. Dem Hemd folgt ein Talar. Mein fragender Blick bleibt an ihm hängen, doch Matthias weicht einer direkten Antwort aus. »Ist es nicht ein bisschen spät, um Wäsche aufzuhängen?«

»Es wird eine warme Nacht, Matthias. Morgen, am frühen Vormittag, ist die Wäsche trocken.«

Kurz darauf flattern die einfachen Gewänder der Ministranten neben einer weinroten Stola, die mit goldenen Lebensbäumen und großen Kreuzen bestickt ist. Danach folgt die Unterwäsche des Pfarrers, die vermutlich noch nie von derart jungen Fingern berührt und an die Leine gehängt wurde. Meine Kleider finden sich neben der pfarrherrlichen Leibwäsche wieder und würden mit Sicherheit für entsetzte Blicke sorgen, denn bestimmt ist mancher Passant der Meinung, dass auch die Wäsche im Pfarrhof nach strengen Kriterien getrennt und getrocknet werden sollte.

Matthias greift nach dem nächsten Wäschestück, um es mir zu reichen, und hält plötzlich ein dünnes Unterkleid zwischen den Fingern. Behutsam streicht er über den fadenscheinigen Stoff und räuspert sich dann verlegen. Rasch gibt er mir das armselige Fetzchen, bevor er sich nach seinen schwarzen Stutzen bückt.

»Das Gerücht geht um, dass Oscar der Vater ist. Allerdings gibt es keine Mutter dazu. Jedenfalls nicht offiziell. Angeblich wurde das Baby in einer Nacht-und-Nebel-Aktion vor die Haustür der Hammerherrenvilla gelegt. Die Behinderung des Kindes wurde nicht gleich erkannt. Es war ein niedliches Neugeborenes, das beinahe ständig schlief. Dann jedoch bemerkte man, dass das Mädchen ein besonderes Kind war.« Matthias streicht eine dunkelgrüne Stola glatt, auf der Weizenähren, Weintrauben und Kreuze aufgestickt sind. »Die Köchin kümmerte sich in den ersten Jahren um Lieselotte, ganz so, als wäre das Mädchen ihr eigenes Kind. Schließlich meinte Oscar Schneebergs erste Frau Greta, Ähnlichkeiten des Kindes mit ihrem Mann zu erkennen. Und da war sie nicht die Einzige. Die Ehe war ohnehin bereits zerrüttet. Und so wurde Lieselotte einer der Gründe für die spätere Scheidung. Zumindest wird das geflüstert. Der zweiten Frau – Elvira – war das Kind gänzlich gleichgültig. Die war ohnehin die meiste Zeit nicht vor Ort.« Matthias zuckt mit den Schultern, gibt mir eine seiner Unterhosen, nimmt dann eine von meinen aus dem Wäschekorb und grinst frech. »Das ist aber nicht deine schönste Unterhose, oder etwa doch?«

»Lieber Herr Pfarrer. Ich arbeite in einem bescheidenen Haushalt. Genauso bescheiden ist daher meine Unterwäsche.«

Gerade habe ich das mit goldenen Fäden bestickte schneeweiße Altartuch aufgehängt, dessen Größe perfekt vor neugierigen Blicken schützt. Ich schummle mich dahinter vorbei und werfe einen prüfenden Blick über die Schulter zum großen Eingangstor des Pfarrhofs, das meist einladend offen steht. Auch heute ist das der Fall. Schließlich bringe ich das Altartuch in die korrekte Position, um unerwünschte Einsichten zu verhindern. Dann wende ich mich an Matthias, schüttle meinen Kopf und greife nach meiner Unterhose, die Matthias immer noch interessiert mustert. Ich umarme ihn einen flüchtigen Augenblick lang und lege dann meinen Kopf an seine Brust. Matthias seufzt, streichelt meinen Rücken und nimmt mich fest in die Arme. Als ich den Kopf hebe und ihm hoffend in die Augen sehe, küsst er mich auf die Stirn. Ein harmloser Kuss.

Enttäuscht winde ich mich aus der Umarmung, bücke mich nach einem weiteren Kleidungsstück, bitte um mehr Wäscheklammern und flüstere verschmitzt: »Matthias, stell dir bloß vor, was in deiner Pfarrgemeinde los wäre, wenn ich beim Greißler die schöne Unterwäsche aus dem teuren Katalog bestellen würde. Die würden doch den Scheiterhaufen anheizen und mich knusprig braten. Und dich womöglich dazu.«

Mit einem verführerischen Hüftschwung drehe ich mich weg und befestige das letzte Wäschestück an der Leine. Flott marschiere ich dann zurück zum Pfarrhaus, den leeren Korb unterm Arm.

***

Matthias' Hand streicht über den dünnen Stoff von Magdalenas Unterkleid. Das Material ist an manchen Stellen derart durchscheinend, dass es höchstens noch eine oder zwei Wäschen aushalten wird. Vielleicht ist es an der Zeit, mit seiner Haushälterin den Ankauf einiger neuer Kleidungsstücke zu besprechen. Züchtig sollten die Teile aber schon sein, sonst würde es wirklich übles Gerede geben, denn hetzende Zungen halten niemals still.

Matthias denkt über die Predigt der kommenden Messe nach, und plötzlich hat er sein Thema: Verleumdung.

Abwesend betrachtet er eine von Magdalenas Unterhosen, zupft daran, streicht sie glatt und bemerkt nicht, dass er beobachtet wird.

28

Korbinian Antritter findet die Fummeleien des Pfarrers an der Unterwäsche seiner Haushälterin zumindest eigenartig, wenn er auch einem anderen Mann ein derartiges Verhalten durchaus zugestehen würde. Nicht dass die Fetzen der Frau hübsch wären. Daran befinden sich keine zarten Spitzen, keine Bändchen, auch keine neckischen Rüschen. Rein gar nichts, was auch nur annähernd aufreizend sein könnte. Das ist mit ein Grund, weswegen Korbinian das Verhalten des Pfarrers befremdet.

Außerdem ärgert es ihn, dass er nicht genau sehen konnte, was die beiden hinter dem großen weißen Tuch anstellten. Allerdings ist ihm sofort aufgefallen, dass ihre Füße sehr dicht beieinanderstanden. Seiner Meinung nach zu nahe für ein harmloses Gespräch zwischen Pfarrer und Haushälterin. Die innige Eintracht zwischen einem Gott versprochenen Mann und einer attraktiven Frau, die man durchaus als Versuchung bezeichnen könnte, ist ihm nicht geheuer. Er wird jedenfalls weiter dafür sorgen, dass in der Gemeinde getuschelt wird.

Lächelnd macht sich Korbinian auf den Weg ins Wirtshaus. Vielleicht lassen sich auch bei Oscar Schneeberg Zweifel säen. Wie schnell wohl der Pfarrer seine Pfarre los wäre, sollte der Hammerherr Bedenken an der Ehrbarkeit des Gottesdieners anmelden?

29

Matthias folgt Magdalena ins Haus. An einem der Fenster im ersten Stock bleibt er stehen, blickt von oben in den Pfarrhof hinunter und bewundert den Bauerngarten, der unter Magdalenas Händen regelrecht aufblüht. Er freut sich über den Anblick der Wäschestücke, die sich sanft im Wind bewegen. Die Dirndlkirsche nahe dem Brunnen wird im Herbst reichlich Früchte tragen. Ob es Magdalena versteht, Schnaps zu brennen?

Zufrieden wandert sein Blick über das kleine Reich, das ihm zugeteilt wurde. Er hätte es schlechter erwischen können, befindet Matthias. Gerade will er sich abwenden und Magdalena in die Küche folgen, als ihn eine Bewegung am großen Tor irritiert. Ein Fremder steht im Torbogen und blickt in seine Richtung. Ein Hut verbirgt sein Gesicht. Der Mann wendet sich ab, tritt dabei aber aus dem Schatten. Grüne Kleidung. Ein Jäger also. Sein Gang ist geschmeidig. Und dann ist er auch schon weg.

Ein scharfer Schmerz schießt durch Matthias' Körper, denn er kennt diese Bewegungen nur zu gut. Es ist tatsächlich Korbinian!

30

Dem Wirt vom Gasthaus zur Sonne ist jeder Besucher recht. Zumindest jeder, der nicht stundenlang an einem längst schalen Bier herumnuckelt, sondern Geld in die Gastwirtschaft bringt und seine Frau in Ruhe lässt. Außerdem braucht niemand zu glauben, hier randalieren zu dürfen.

Seine Gäste halten sich an diese allgemeingültigen Benimmregeln, die häufig nur durch ein deutlich erkennbares Hochziehen der Augenbrauen oder ein ernstes Stirnrunzeln mitgeteilt werden. Manche Dorfbewohner sieht man jedoch selten im Lokal. Den Pfarrer und die Ministranten beispielsweise. Dafür umso häufiger den Bürgermeister, die Gemeinderäte, die örtliche Jagdgesellschaft und deren Anhänger. Auch Wilderer befinden sich unter seinen Kunden, werden jedoch verschwiegen gedeckt, denn der Wirt hat nichts dagegen, frisches Reh- und Hochwildfleisch zu verarbeiten.

Die Bauern aus den umliegenden Landwirtschaften treffen sich vor allem sonntags bei ihm im Gasthaus. Manche sitzen bereits eine Weile vor der Messe am Tresen und unterbrechen ihren Aufenthalt nur, um sich für ein Stündchen in der Kirche zu zeigen. Spätestens mit dem Verklingen des letzten Glockenschlags strömen dann aber wirklich fast alle in seine Gaststube, auch die, die die Messe ohne vorherigen Abstecher ins Wirtshaus besuchten.

Väter bringen ihre Söhne mit. Meist schicken sie die Frauen und Töchter nach Hause. Schließlich ist der sonntägliche Aufenthalt dazu gedacht, sich auszutauschen, sich auf den neuesten Stand zu bringen und vor allem, um Männerthemen zu besprechen. Fallweise sind bei ihm sogar schon Hochzeiten angebahnt worden, und dabei ist es nicht nötig, dass die Töchter anwesend sind, um für Aufruhr zu sorgen oder ihr Einverständnis zu bekunden. Es reicht, wenn sich die Männer einig sind.

Regelmäßig werden Erfolge begossen, oder es wird mit anderen Heldentaten geprahlt. Misserfolge eines Kontrahenten werden genüsslich breitgetreten. Egal, ob die Kuh im Stall gestorben ist oder die Bäuerin des Landwirts nebenan während der Geburt des achten Kindes. Flüsternd und feixend wird über Liebschaften berichtet, Gerüchte werden in die Welt gesetzt, aufgeschnappt und fleißig weitergetragen. Alles abseits der Norm ist von brennendem Interesse.

Der Wirt trocknet gut gelaunt die gespülten Gläser ab und stellt sie griffbereit unter die Theke, als die Glocken zum Gebet rufen. Heute hat er seine Frau in die Kirche geschickt und ihr eingeschärft, nach der Messe rasch zurück in die Wirtschaft zu eilen. Soll sie ruhig eine Weile für seine und ihre Seele beten, danach wartet ohnehin wieder genug Arbeit auf sie.

Gerade hat Matthias das Haupt über den Altarstein geneigt, ihn mit der Stirn berührt, danach den Opfertisch geküsst und die Kirchenbesucher laut mit »Im Namen des Vaters und des Sohnes und des Heiligen Geistes« begrüßt, worauf die Gemeinde mit einem andächtigen »Amen« antwortet.

Der junge Pfarrer sieht sich um. Erst kürzlich wurde die Renovierung des Presbyteriums fertiggestellt. Schön sieht es aus. Allerdings stehen weitere Aufgaben und damit auch Ausgaben an: Das Kircheninnere vertrüge längst eine frische Farbe, genauso müsste der Außenanstrich erneuert werden. Der Kirchturm ist in schlechtem Zustand und auch das darauf befindliche Kreuz. Die Marienkapelle wartet auf ihre Sanierung. Außerdem wäre es praktisch, wenn es endlich ein elektrisches Geläut gäbe, findet Matthias. Und der Zustand der Orgel ist erbärmlich. Für all das braucht es Spenden, die in den Opferstöcken und Klingelbeuteln landen sollen.

Immerhin: Heute ist die Kirche gut besucht. Die Menschen scheinen um den Wert göttlicher Vergebung zu wissen. Dennoch würde er für keinen Anwesenden, der älter als zwei Jahre ist, die Hand ins Feuer legen. Auch nicht für sich selbst, denn er weiß wohl um die Gefahren, denen er und die Seelen seiner Kirchengemeinde ausgesetzt sind.

In der ersten Reihe sitzt die Völlerei, daneben der Hochmut, einige Reihen dahinter der Zorn, die Trägheit und die Habgier. In seinem eigenen Inneren tobt die Wollust. Vor allem aber auch der Neid auf jene, die ihr im Rahmen der Ehe nachgeben dürfen.

Sein Blick wandert weiter. Hin zu Magdalena, deren himmlischer Körper auf seine Begierden aufregend lustvoll reagiert. Bereits beim Gedanken daran, was er gestern Nacht mit ihr anstellen durfte, wird sein Wille schwach und sein Glied hart. Matthias seufzt leise. Er kennt seine Schwächen, und daher ist seine aktuelle Predigt nicht nur für die Gemeindemitglieder, sondern auch für ihn selbst gedacht. Allerdings stürzte er sich in seiner Vorbereitung nicht auf die Thematik der unterschiedlichen Begierden, die er reichlich verteufeln könnte, denn beschämt stellte er währenddessen fest, dass er keine Lust hat, sich selbst zu geißeln. Zwar ist er keinen Deut besser als die, die heute vor ihm sitzen und ihn fragend ansehen, weil er bereits zu Beginn der Messe ungewöhnlich lang schweigt und ihre Geduld damit hart auf die Probe stellt. Allerdings muss er sich keinem von ihnen gegenüber rechtfertigen. Am Ende ist er nur seinem Herrn im Himmel Rechenschaft schuldig.

Matthias' Gedanken schweifen neuerlich ab. Die gestrige Nacht war ein herrlicher Genuss. Er durfte Magdalenas weiche Haut berühren, hat an ihren krausen Schamhaaren gezupft, sich gierig in ihre Feuchtigkeit gebohrt und ihre Brüste hingebungsvoll geknetet.

Eine Frau hustet. Er hört, wie sich jemand umständlich räuspert. Das alles gilt ihm. Rasch reißt sich Matthias zusammen und hebt die Hand, worauf sich alle Blicke gespannt auf ihn richten. Er betrachtet seine Schäfchen der Reihe nach und sieht in ihren Gesichtern, dass sie sich fragen, was er heute wohl sagen wird. Vor allem aber bemerkt er ihre Ungeduld. Sie wundern sich bestimmt, warum er nicht endlich beginnt. Es macht ihm nichts aus, sie ein wenig auf die Folter zu spannen. So haben sie Zeit, über ihre Fehler nachzudenken. Matthias ist sich sicher, dass die sündigen Phantasien und die Taten seiner Schäflein ähnlich gelagert sind wie seine eigenen. Und die, die kein Interesse mehr am anderen Geschlecht haben, sitzen vermutlich in Gedanken längst bei ihrem Bier im Wirtshaus.

Matthias faltet seine Hände zum Gebet. Gemeinsam sprechen sie das Schuldbekenntnis und bitten Gott und Jesus um gnädiges Erbarmen. Dem folgen ein misstönender Gesang und das Tagesgebet. So geht es weiter. Lesung. Gesang. Lesung. Halleluja. Stille. Räuspern, Hüsteln und Scharren begleiten seine Gebete. Es langweilt ihn, mit Gott zu sprechen, der ihm noch nie geantwortet hat. Er beneidet seine Mitbrüder, die bereits während ihrer Ausbildung von Offenbarungen und Visionen berichteten. Matthias weiß, dass er nicht frei von Missgunst ist. Allerdings ist es wohl so, dass manche seiner Brüder besonders sind. Ihre Liebe zu Gott ist rein. Der himmlische Herr schenkte ihnen die Begabung, ihn zu sehen. Er dagegen ist ein Niemand.

Die Predigt fängt harmlos an. Matthias spricht über das Gute in jedem Menschen. Verkündet, dass die meisten als brave Christen zur Welt kommen, dann aber mit Versuchungen geprüft werden. Er erzählt eine Geschichte von einem Schaf, das nie mit dem frischen grünen Gras auf der eigenen Weide zufrieden ist. Immer ist das Gras auf der anderen Seite des Zaunes grüner und saftiger. Das Schaf nennt seine Artgenossen dumm, weil seine vierbeinigen Kollegen klaglos hinnehmen, was ihnen innerhalb der Weide angeboten wird. Das unzufriedene Schaf schimpft seine Mitschafe schlicht im Gemüt und naive Einfaltspinsel. Die Geschichte kommt gut an. Matthias bemerkt, dass die Kirchenbesucher gebannt zuhören. Sogar die Kinder, die häufig unruhig in den Bänken herumrutschen und von den Müttern zischend zurechtgewiesen werden müssen, hängen heute an seinen Lippen.

»Und eines Tages steckte das gierige Schaf wieder einmal sein Haupt durch den Zaun ins Freie, um das grünere und saftigere Gras auf der anderen Seite zu fressen«, fährt er fort und sieht sich abwartend um. Die kurze Pause führt dazu, dass sich die Zuhörer zu ihm vorneigen, ihn anstarren. Die Spannung steigt.

Mit fester Hand schlägt er auf den Rand der Kanzel, sodass etliche Zuhörer heftig zusammenzucken. Eine Frau schreit sogar laut auf.

»Da schlug ein Blitz unmittelbar vor dem Haupt des unzufriedenen Schafes ein, und ein Donnergrollen zog über den Himmel. Das Schaf …«, Matthias flüstert nun beinahe, sodass die Zuhörer gezwungen sind, den Atem anzuhalten, »… das Schaf wollte also seinen Kopf zurückziehen, doch es gelang ihm nicht rechtzeitig. Und als es dann endlich durch den Zaun zurück auf die Weide schlüpfte, stoben die anderen Tiere erschrocken auseinander, denn das Haupt des Schafes war vom Blitz schwarz eingefärbt worden. Mit einem dunklen Mal bestraft, war es zum schwarzen Schaf geworden. Zu einem schwarzen Schaf, das auch wir immer irgendwo in unserer Mitte haben.«

In einer der vorderen Frauenreihen verkündet eine Kinderstimme deutlich hörbar für alle: »Mama, wir haben doch auch solche Schwarzkopfschafe.«

Die angesprochene Mutter zischt: »Halt den Mund!«

Die Rundumsitzenden kichern.

»Manchmal wissen wir um diese verirrten Schafe«, fährt Matthias geradewegs fort. »Doch nicht immer geben sie sich zu erkennen. Sie tarnen ihren Neid, ihren Hass, ihre Missgunst, ihre Verleumdungen hinter einem freundlichen Blick. Sie verstecken sich hinter ihrem dicken Pelz und hinter Sätzen wie: ›Glaub mir, ich meine es nur gut mit dir.‹ Oder: ›Du kannst mir ruhig vertrauen.‹«

Matthias sieht sich um. Auch Oscar Schneeberg ist anwesend. Er hält seinen Kopf gesenkt. Auf der Frauenseite sitzt Magdalena und blickt ihn treuherzig an. Matthias wird deswegen verlegen. Sein Blick geht rasch über sie hinweg, auf keinen Fall darf er an ihrem Gesicht hängen bleiben, sich von ihren Reizen ablenken lassen und seinen Erinnerungen Nahrung geben. Seine Pause dauert bereits zu lange. Unruhe kommt auf.

»Hütet euch vor jenen, die euch Einflüsterungen anbieten. Hütet eure eigenen Zungen. Hütet euch vor dem Teufel, der euch jeden Tag verführen will, denn eure Seelen sind leichte Beute. Erkennt schwarze Schafe und meidet sie.«

Mit diesem Satz beendet er seine Predigt, geht über zum Glaubensbekenntnis und zu den Fürbitten, die die Eucharistiefeier einleiten. Die Kommunion wird gespendet. Die Leute rutschen aus den uralten hölzernen Bänken und kehren danach wieder zurück. Gegen Ende der Messe werden sie zappelig.

Matthias winkt einen Mann aus den vorderen Reihen zu sich. Der nickt, stellt sich in den Gang zwischen die Bankreihen, setzt eine völlig verschmierte Brille auf und liest der Kirchengemeinde die Veranstaltungen der kommenden Woche vor. Sein Mesner Barnabas, das freut Matthias, ist in der Lage, einigermaßen flüssig zu lesen.

Barnabas kündigt das Bibelgespräch für Mittwoch an. Er weist darauf hin, dass der Chorleiter neue Lieder mit dem Chor einstudiert hat, die in der nächsten Sonntagsmesse gesungen würden. Außerdem werde beim kommenden Gottesdienst zweier jüngst Verstorbener gedacht, Elvira Schneeberg und Angela Schwarzbrenner. Letztere sei in hohem Alter an allgemeiner Schwäche gestorben. Eine Kinderkirche solle demnächst stattfinden, und in wenigen Wochen finde das Erntedankfest statt. Der Pfarrer bitte deswegen um Sachspenden, damit der Altar farbenfroh mit Obst, Gemüse, Getreide und

Blumen geschmückt werden könne, denn Erntedank sei ein Fest, um Gottes Schöpfung zu loben.

Die Beine in den Kirchenbänken scharren ungeduldig, und kaum hat Barnabas seinen Platz wieder eingenommen, wartet alles gespannt auf den letzten Akt.

Matthias tritt vor, sieht sich um, hebt seinen Arm – und erstarrt. In einer der letzten Reihen sitzt *er*. Er hat seinen Hut nicht abgenommen, was an sich schon ein Frevel ist. Als er bemerkt, dass der Blick des Pfarrers auf ihm ruht, beugt er sein Haupt und kippt den Hut in einer lässigen Bewegung in seinen Schoß.

Matthias geht zum Segen über. »Der Herr sei mit euch.«

»Und mit deinem Geiste«, kommt als vielstimmige Antwort.

»Es segne euch der allmächtige Gott, der Vater und der Sohn und der Heilige Geist.« Wieder gleitet Matthias' Blick hin zur letzten Bankreihe. Das bekannte Gesicht verursacht ihm Herzrasen. Er hustet trocken. Sehnt sich nach einem Schluck Messwein oder gleich nach dem Inhalt einer ganzen Flasche.

»Amen«, dröhnt es in seinen Ohren.

»Gehet hin in Frieden.«

»Dank sei Gott, dem Herrn.«

Matthias küsst wie bereits zum Beginn des Gottesdienstes den Altar, beugt seine Knie, erhebt sich und zieht mit den Ministranten aus der Kirche. Die Kinder wuseln in der Sakristei durcheinander und schälen sich aus ihren Messgewändern. Normalerweise erinnert er sie daran, ordentlich mit den Kleidungsstücken umzugehen, sie zumindest aufzuhängen. Doch heute steht ihm nicht der Sinn danach. Magdalena, das weiß Matthias, wird später ohnehin für Ordnung in der Sakristei sorgen.

Stimmen dringen aus dem Kirchenraum zu ihm. Langsam leert sich das Gebäude. Eigentlich hätte er jetzt die Sakristei verlassen und sich zu den Gläubigen begeben sollen. Hände schütteln. Zuhören. Verständnis für ihre Sorgen zeigen. Mut zusprechen. Doch Matthias verlässt die Kraft. Er sinkt auf einen Stuhl.

Einer der Ministranten, der gerade zur Seitentür hinausstürmen will, kommt noch einmal zu ihm zurück. »Herr Pfarrer, ist Ihnen schlecht?«

Matthias hebt den Kopf, sieht den Buben an und lächelt. »Raus mit dir an die frische Luft! Und richte den anderen Kindern meinen Dank für die heutige Hilfe bei der Messe aus.«

Der Bub nickt und ist mit einem Sprung dahin.

Matthias schließt die Augen und lehnt sich im Sessel zurück. Er denkt an leise Schwüre, an unerlaubte Gefühle und an ein Gesicht, das er einst lieb gewonnen hat. Damals brach er ein Gebot, das er nie hätte brechen dürfen.

In diesem Augenblick betritt jemand die Sakristei. Matthias erwartet Magdalena. Er hat sich getäuscht.

31

Ich bin mit der hinausströmenden Menge ins Freie getreten. Der Ablauf nach der Messe ist stets der gleiche. Zumindest dann, wenn das Wetter freundlich zu den Kirchengängern ist. Heute scheint die Sonne.

Eine Weile werden alle am Kirchenvorplatz stehen, sich im Schatten der Linde unterhalten. Die Frauen werden sich bald mit den kleineren Kindern auf den Weg nach Hause machen und auch die Töchter dem Zugriff der übermütigen Burschen entziehen, während die halbwüchsigen Knaben und die gestandenen Männer einen kürzeren Weg bevorzugen: den ins Gasthaus zur Sonne.

Blasius Trauthaler und seine Frau Emma sind tüchtige Wirtsleute. Sie behandeln alle gleich. Das Bier ist kühl, der Wein nicht saurer als anderswo. Vor allem aber sind es Emmas Kochkünste, die die Leute ins Gasthaus locken. Es ist daher nicht unüblich, dass viele Männer am Sonntagmittag von ihren Frauen gescholten werden, weil sie das heimische Mahl nicht mehr anrühren, nachdem sie zuvor bereits Emmas Menü genossen haben. Sicherlich hängt später deswegen so mancher Haussegen schief. Bestenfalls nur kurzzeitig.

»Während der Woche«, höre ich den Bäcker zu seiner Frau sagen, »muss ich essen, was du auf den Tisch stellst. Am Sonntag ist mir Emmas herausragende Kochkunst lieber.«

Unabsichtlich entkommt mir ein Schmunzeln. Neugierig warte ich auf die Reaktion der Bäckersfrau. Die wiederum wirft ihrem Mann einen scharfen Blick zu, wendet sich an die nebenstehende Freundin und verkündet laut, dass sie morgen besonders lang schlafen werde, denn Brot und Semmeln könne der Herr des Hauses auch im Alleingang herstellen. »So schwer ist das nicht«, fügt sie hinzu und lädt ihre Freundin zu sich nach Hause auf ein spätes Frühstück ein. Die Damen marschieren resolut an den Männern vorüber, die nicht wissen, ob sie den Bäcker auslachen oder bemitleiden sollen.

Ich schaue mich weiter um. Matthias, der sich üblicherweise unter die Leute mischt, ist nicht zu sehen. Die Ministranten dagegen rennen bereits vergnügt schreiend herum. Vergeblich werden sie von ihren Müttern zur Ordnung gerufen, doch der Ungehorsam der Buben hat sich mit der Schnelligkeit ihrer Beine verbündet. Sie sind auf und dahin. Nichts und niemand kann ihren Bewegungsdrang aufhalten.

»Wie gefällt dir die Arbeit im Pfarrhof?« Jemand zieht an meinem Ärmel, sucht hartnäckig meine Aufmerksamkeit.

Ich wende mich lächelnd um und begegne dem lauernden Blick einer Bäuerin. Die Frau hat sich ihr ganzes Leben lang noch nie um meine Befindlichkeit gekümmert. Was die gerade jetzt von mir will, denke ich und sage lächelnd: »Danke, die Arbeit geht mir leicht von der Hand.«

»Deine Haare sind schon gut nachgewachsen.« Die Bäuerin zeigt ungeniert auf meinen Kopf. Ich nicke nur.

Die jüngste Tochter der Bäuerin schiebt sich zwischen ihre Mutter und mich. Kritisch betrachtet sie meine kurz gelockten Haare und zupft an ihrem eigenen dicken Zopf herum. Ich sehe, dass die junge Frau ihr Gesicht zu einer arroganten Grimasse verzieht. Gleich wird irgendein dummer Satz folgen, dessen bin ich mir sicher.

Das Mädchen grinst. »Ich würde die nächsten zwei Jahre nur noch mit Kopftuch herumlaufen, wenn ich du wäre. Du siehst aus wie ein Knabe. Das wird keinem Mann gefallen. Obwohl«, sie zuckt herzlos mit den Schultern, »für Witwen interessieren sich Männer sowieso nicht.«

Ich sehe das Funkeln der Gehässigkeit in den Augen der Bäuerin. Der Frau scheint zu behagen, dass ihre Tochter eine Spötterin ist.

»Kind«, sage ich laut, sodass alle Umstehenden die Ohren spitzen, »ich wünsche dir, dass du nie vor der Zeit Witwe wirst. Wenn du einmal einen reichen Bauern heiratest, sollt ihr lange miteinander leben dürfen. Ihr sollt gemeinsam uralt werden.«

Keine zwei Atemzüge später höre ich ein Flüstern in meinem Rücken. »Ist das jetzt ein frommer Wunsch oder ein Fluch?« Eine Frau kichert.

»Magdalena!«, höre ich den Pfarrer rufen.

»Ich komme schon, Herr Pfarrer.«

Ich nicke verabschiedend, drehe mich um und begegne Matthias' strengem Blick mit einem feinen Lächeln. Ich kenne mich aus. Ich weiß, was Matthias will. Zügig mache ich mich daher auf den Weg in die Kirche, um dort aufzuräumen. Lieber hätte ich mich allerdings ins Wirtshaus gesetzt. Nicht an einen der Männertische, besser etwas abseits, um wie ein Mäuschen zu lauschen, welche Wichtigkeiten dort besprochen wurden.

32

Oscar Schneeberg sitzt eine halbe Stunde nach der Messe immer noch in der Kirche. Er denkt darüber nach, in welcher

Form seine verstorbene Frau in seinem Leben bleiben sollte. Insgeheim gesteht er sich ein, dass er dies nicht für sich selbst macht. Nein, es soll ein Zeichen sein. Etwas, das eine deutliche Aussage vermittelt. Jeder soll auf den ersten Blick erkennen, dass er seine Frau vermisst. Dass er ihre Gegenwart stets schätzte. Die Windischgarstner sollen sehen, dass mit ihrem Tod auch etwas in ihm gestorben ist. Ein leidender Witwer ist ein Mann, dem Verständnis entgegengebracht wird. Dessen ist sich Oscar sicher.

Dann endlich, als er den Blick zur Frauenseite schweifen lässt, an die Stelle, wo sich vorne der Marienaltar befindet, hat er eine Eingebung. Ein Porträt. Er wird seiner Frau ein gemaltes Andenken bereiten. Öl auf Leinwand. Vermutlich hätte ihr das sogar gefallen. Die große Halle seiner Villa bietet genug Platz an den Wänden. Die schreien regelrecht danach, behängt zu werden. Besonders die hohe Wand an der Treppe ist perfekt dafür geeignet. Dass auch er die Verstorbene täglich sehen wird, damit kann Oscar leben. Vor allem aber ist der Aufgang in seine privaten Räumlichkeiten der beste Ort für eine Zurschaustellung seiner ewigen Liebe.

Er möchte keinen berühmten Maler beauftragen, das ist es ihm nicht wert. Außerdem kommt es mit Sicherheit besser bei den Leuten an, wenn er sich eines Einheimischen bedient. Der Künstler, an den er denkt, ist Landschaftsmaler. Aber hat der Mann nicht vereinzelt auch schon Porträts angefertigt? Oscar senkt den Kopf, betrachtet seine gepflegten Fingernägel. Sehnsucht überfällt ihn. Er will mit diesen Fingern wieder den Leib einer Frau erkunden. Viel zu lang hat er darauf verzichtet.

Ein Geräusch stört seine Gedanken. Die Kirchentür ist fest ins Schloss gefallen. Er meint, Schritte zu hören, ist sich aber nicht sicher. Eine Minute später steht er seufzend auf. Er sieht sich um. Er ist allein in der Kirche.

Als Oscar das Kirchentor öffnet, steht ihm unerwartet Magdalena gegenüber. Sie grüßt ihn höflich und will sich an ihm vorbeischieben. Er tritt zur Seite, hält ihr die Tür auf, atmet ihren Duft ein und sieht ihr nach, wie sie das Kircheninnere betritt. Bestimmt richtet sie alles für die nächste Messe her. Gerade will er die Tür wieder schließen, als sie sich zu ihm umdreht und ihm ein strahlendes Lächeln schenkt. Er antwortet mit einem Kopfnicken, aber da geht sie schon ihrer Arbeit nach und beachtet ihn nicht weiter.

Sie ist hübsch. Plötzlich beneidet er den Pfarrer.

33

In der Kirche angekommen, greife ich nach einem Korb und sammle die Gotteslobe ein, die in den Bänken liegen geblieben sind. Ich staple sie auf dem schmalen Tisch beim Eingang. Auf einer der Bänke auf der Männerseite liegt ein Regenschirm. Lächelnd frage ich mich, wer heute Regen erwartet hat. Auch der Schirm landet auf dem Tisch. Nächste Woche werden er und sein Besitzer sich gewiss über ein Wiedersehen freuen. Auf der Frauenseite befinden sich selten Fundsachen. Frauen neigen dazu, sich noch einmal umzudrehen und die Kirchenbank auf vergessene Hinterlassenschaften zu prüfen. Kinder, Kopftücher, Kaugummipapier. Schmunzelnd stelle ich fest, dass ich recht habe. Alle siebenundzwanzig Reihen auf der Frauenseite sind leer. Nur Liederbücher liegen auch hier herum, die ich einsammle und ordentlich zu den anderen gebe.

Mit einem Besen in der Hand gehe ich danach prüfend die Gänge ab. Auch der Besen hat kaum Arbeit. Blumenvasen werden mit Frischwasser befüllt. Verwelktes wird entfernt. Das Weihwasser wird geprüft und nachgefüllt, Kerzen werden kontrolliert, die Kleidung in der Sakristei wird ordentlich gefaltet und verstaut. Zuletzt denke ich noch an den Beichtstuhl. Bevor ich gleich die Kirche verlasse, werde ich die Türen einen Spalt öffnen. Etwas Frischluft kann dadrin nicht schaden. Der Schweiß der Angst soll aus den schmalen Kabinen entweichen.

Heiter beschwingt gehe ich am Taufbecken vorüber, schenke dem Taufengel einen freundlichen Blick und zwinkere dem heiligen Johannes in seiner verstaubten Kutte zu. Gierig atme ich den Weihrauchduft ein, der sich längst in die Mauern und Holzverkleidungen gesogen hat. Wie sehr liebe ich diesen warmen, aromatisch weichen Geruch, der mir seit ewigen Zeiten Sicherheit vermittelt.

Unter den hohen, farbenfroh verzierten Bleiglasfenstern befindet sich ein schrankartiger, beinahe schwarzer Holzkasten mit getönten Scheiben. Der Beichtstuhl. Bestehend aus drei Abteilen. Die mittlere Zelle ist für den Pfarrer reserviert, links und rechts davon befinden sich die Kabinen für die Bußfertigen. Kritisch betrachte ich die geschnitzten Verzierungen an den Türen. Vielleicht sollte ich mir rasch einen Staubwedel holen, denn das dunkle Holz ist mit einem grauen Flaum verunziert. Das sieht hässlich aus. Die grünen Vorhänge an den Fenstern der seitlichen Beichtstuhltüren sind zur Hälfte zurückgezogen. Ein Zeichen, dass sich niemand darin befindet, man den Beichtstuhl also jederzeit betreten kann. Und auch der Vorhang in der mittigen Kabine ist zur Seite geschoben. Es wartet also derzeit kein Pfarrer auf Beichtwillige.

Ich öffne die Tür links vom Platz des Pfarrers und werfe einen Blick hinein. Alles sauber. Danach widme ich mich der schmalen Zelle, in der normalerweise Matthias auf seinem Stuhl sitzt und den Sündern zuhört. Auch hier ist alles in Ordnung. Die hölzerne Pforte zum dritten Beichtraum, das weiß ich, hat sich irgendwann verzogen. Die muss energischer behandelt werden, denn sie klemmt immer ein wenig. Ich rüttle am Knauf, hebe die Tür mit meiner Schuhspitze an und ziehe wieder am Griff. Nur widerstrebend gibt die Tür nach. Ein paar Tropfen Öl in den Angeln werden Wunder wirken. Auch dafür will ich gleich noch sorgen.

Schuhe, denke ich. Dort stehen Schuhe.

»Wer hat hier …?«, entfährt es mir entrüstet, bevor ich mit einem Ruck in das Innere des Beichtstuhls gezerrt werde, wo sich eine Hand fest auf meinen Mund legt.

34

Vitus wagt kaum zu atmen, als ihm der Hammerherr seinen Vorschlag unterbreitet. Bisher hat er hauptsächlich Sägewerke und Bauernhäuser aus allen Perspektiven gemalt, Mühlen mit sich wild drehenden Mühlrädern oder Weizenfelder und Frauen bei der Heuernte, wobei die Ernte stets das dominierende Element war. Nur selten wird er gebeten, Gesichter zu verewigen. Eine Landschaft hält still. Man muss nichts großartig arrangieren, höchstens hie und da eine klitzekleine Beschönigung auf die Leinwand bringen. Arbeitende Menschen dagegen haben kaum Zeit, innezuhalten. Schon gar nicht die vielen Stunden, die es für ordentliche Porträts braucht. Es wird angepackt, nicht dem Müßiggang gefrönt und dagesessen, damit am Ende eine Bauernfamilie in ihrem schönsten Gewand an der Wand hängt. Schade um die Zeit und das Geld – das ist es, was die Menschen denken.

Wieder lächelt Vitus selig. Oscar Schneeberg hat ihm seine Idee tatsächlich auf dem Kirchenvorplatz präsentiert. Einfach so. Im Vorübergehen. Er bat ihn, ihn zu besuchen. Morgen am späten Vormittag. »Öl auf Leinwand«, murmelte der Mann und verabschiedete sich dann.

Vitus starrt dem Hammerherrn ein Loch in den Rücken, sieht ihm mit offenem Mund hinterher. Auch jetzt kann er es noch nicht glauben. Er darf etwas für Oscar Schneeberg malen. Etwas, das für immer und ewig an der Wand hängen wird. Etwas, das mit seiner Signatur versehen ist.

Vitus zittert vor Freude und Aufregung. Er muss seine Nervosität unbedingt in den Griff bekommen. Grinsend genießt er die Blicke der Windischgarstner und macht sich dann raschen Schrittes auf ins Wirtshaus. Sie werden ihm ohnehin alle nachrennen und ihn löchern. Dessen ist sich Vitus sicher.

35

Korbinian hatte die Sakristei verlassen, wo der Pfarrer in einer Art Schockstarre zurückgeblieben war. Plötzlich hatte er Lust darauf, sich ins Wirtshaus zu setzen und die Wirkung seines Kurzbesuchs, der bloß Erinnerungen wecken sollte, bei einem Krug Bier zu genießen. Dann aber war ihm Magdalena in den Sinn gekommen. Die Frau würde bestimmt auf Geheiß des Pfarrers für Ordnung in der Kirche sorgen müssen. Er wollte sie dabei überraschen. Also hatte Korbinian seine Richtung geändert und schlich sich zurück in die Kirche.

Er war überrascht, denn in einer der vorderen Reihen saß Oscar Schneeberg. Sein Dienstherr schien tief ins Gebet versunken, bemerkte ihn nicht. Geduldig wartete Korbinian hinter einer der Säulen, bis der Mann endlich die Kirche verließ. Erst dann ging er zum Beichtstuhl, um sich darin zu verstecken.

Nun sitzt Korbinian geduldig in der dunklen, muffigen Zelle, die gewöhnlich den reuigen Schäfchen vorbehalten ist. Er ärgert sich. Wenn die Menschen hier nur wüssten, wie hörig ihr Priester dieser Frau ist. Erst kürzlich beobachtete er die beiden. Unglaublich, wie liebevoll der scheinheilige Matthias mit seiner Helferin umging. Den Wäschekorb schleppte er ihr hinterher. Er benahm sich wie ein Schuljunge, der seine Lehrerin verehrte. Versteckt hatten sie sich hinter den im Wind flatternden Tüchern. Es brauchte nicht viel Phantasie, um sich auszumalen, was dahinter geschah. Zwei Menschen, die sich eng aneinanderdrückten, deren Fußspitzen sich beinahe berührten, reichten sich nicht nur Wäscheklammern, um feuchte Socken aufzuhängen. Die tauschten mit Sicherheit Umarmungen und Küsse aus. Es wäre furchtbar naiv, anderes zu denken.

Verärgert über das unmoralische Verhalten des Pfarrers, hat er daraufhin Gerüchte gestreut. Längst vermuteten die Leute im Dorf ein Verhältnis zwischen dem Pfarrer und seiner Köchin. Noch wagte niemand, es laut zu verkünden, allerdings würde man die Windischgarstner bald beim Einkaufen tuscheln hören. Oder beim Arzt. Oder wenn sie ihr Vieh bewerteten und verkauften.

Im Beichtstuhl wartend, denkt er darüber nach, dass alles nur eine Frage der Zeit ist. Dass beim Tod von Magdalenas Mann nichts mit rechten Dingen zugegangen sein kann. Dass das Weib bestimmt Dreck am Stecken hat. Und nun mit dem Pfarrer anbandelt. Was wird als Nächstes kommen? Erpressung.

Dann zuckt Korbinian zusammen, er hört Schritte, drückt sich alarmiert an die Rückwand der Kabine. Endlich öffnet sich die Tür, und vor ihm steht des Pfarrers Herzchen und starrt auf seine Schuhe. Noch bevor Magdalena etwas sagen kann, bringt er sie in seine Gewalt.

Korbinian grinst, während er die auf die Kniebank hingesunkene Frau betrachtet und seine Hose im Schritt aufknöpft. Erpressung liegt auch ihm. Er kann davon nur profitieren.

Roh zerrt er die ohnmächtige Magdalena hoch und drückt mit fester Hand das hölzerne Gitter ein, das die Zelle des Pfarrers von der Kabine der Beichtwilligen trennt. Er schiebt den Oberkörper der Bewusstlosen grob durchs Fenster ins Priester-Abteil, packt sie bei den Hüften und zieht ihr Kleid hoch. Mit einem Ruck zerreißt er ihre Unterhose, wühlt sich in das weiche Fleisch zwischen ihren Beinen, hört sie jämmerlich klagen, was ihn nur noch mehr erregt. Soll sie ruhig zu sich kommen und kämpfen. Ihr rebellisches Verhalten steigert seine Lust.

Seine Hose gleitet zu Boden, er stößt zu, erwartet, dass sie sich widersetzt, was ihr jedoch nur schlecht gelingt, denn ihre Arme befinden sich auf der anderen Kabinenseite. Fest hält er ihre Hüften umklammert. Sie kann nicht vor und nicht zurück. Das Luder entkommt ihm nicht.

Doch nichts passiert. Sie schweigt still. Ist die Frau denn immer noch bewusstlos? Korbinian ist enttäuscht. So hat er sich das nicht vorgestellt. Er zieht sich zurück. Mit der flachen Hand schlägt er ihr hart auf die weiche Rundung ihres Hinterns. Keine Reaktion. Für einen Augenblick überlegt er, von ihr abzulassen. Dann aber gibt sie einen eigenartigen Laut von sich, ihr rechter Arm zuckt hoch, sie will sich wehren, und Korbinian grinst.

»Das wird ein Spaß, meine Schöne«, knurrt er und dringt brutal in Magdalena ein. »Du bekommst jetzt, was du verdienst. Und ich verspreche dir: Deinen frevelhaften Liebhaber hol ich mir auch noch.«

36

Der Druck auf meinem Mund nimmt zu. Auch meine Nasenlöcher werden von der Pranke zugedrückt, die sich auf die untere Hälfte meines Gesichts presst. Ich ringe schwer nach Luft. Endlich lässt er locker. Ich keuche, versuche zu schreien, kann es aber nicht. Kein Ton kommt über meine Lippen. Mein »Nein, nein, nein!« formt sich nur in meinem Kopf.

Vor mir sehe ich das rote Kissen auf der Bank, auf der Matthias sonst während des Beichtgesprächs sitzt. Ich erkenne den dunkelbraunen Holzboden und einen Teil der Vertäfelung des Beichtstuhlinneren. Für einen Moment wundere ich mich, wie ich in diese Lage gekommen bin, bis ich begreife, dass mein Oberkörper durch das Beichtfenster geschoben wurde, während sich mein restlicher Körper noch in der Seitenkabine befindet. Schließlich verschwimmt alles vor meinen Augen, und eine schwere Wolke senkt sich auf mich. Ich weiß nicht, wie es mir gelingt, mich tief in mein Innerstes zurückzuziehen, während der Mann mir Gewalt antut, aber alles in mir stumpft plötzlich ab. Es ist mein Körper, an dem er sich vergeht, aber ich bin nicht in diesem Körper. Gleichzeitig überfällt mich panische Angst, und ich denke, ich werde sterben. Dabei will ich doch nur leben.

Nachdem er fertig ist mit seinem schändlichen Akt, zerrt er mich zurück in den Seitenteil des Beichtstuhls. Ich sacke zu Boden, will in irgendeinem Loch verschwinden, aber er gibt keine Ruhe, reißt mich hoch. Zuerst schlägt er mich auf die eine Wange, dann auf die andere. Meine kaum hörbaren Klagelaute lassen ihn für wenige Augenblicke innehalten. Er wartet. Sein Atem ist das einzige Geräusch in der Kabine. Neben dem Schlagen meines Herzens, das vor Angst derart rast, dass es schmerzt. Ich halte die Augen geschlossen und sinke erneut schlaff zusammen. Was wird er mit mir anstellen, wenn ich die Augen öffne? Was passiert, wenn ich ihm ins Gesicht sehe und ihn erkenne? Ich will das nicht, denn ich bin mir sicher, er würde mich totschlagen, weil ich später mit dem Finger auf ihn zeigen könnte.

Außerdem weiß ich ohnehin, wer er ist. Sein Geruch verrät ihn. Ein Geruch, den ich zuvor schon vereinzelt wahrgenommen habe. Einmal im Gasthaus, als ich in Matthias' Auftrag eine Einladung zur Erstkommunion des jüngsten Wirtskindes überbrachte. Ein anderes Mal am Friedhof, als er sich zu dicht neben mich stellte. Dann noch ein weiteres Mal, als ich in der Kirche an dem grün gekleideten Mann vorüberging, der in einer der letzten Reihen auf der Männerseite saß. Mein Vergewaltiger ist der Jäger des Hammerherrn, der seit Ende des letzten Jahres in dessen Diensten steht.

Es kann insgesamt nur wenige Minuten gedauert haben. Mir schien die Tortur elend lang. Ekel und Wut überschwemmen mich. Schreien möchte ich. Ihn beißen und kratzen. Doch ich bringe keinen Ton heraus, und mein Körper ist so schwach, als wäre ich krank. Ich fühle mich wie lebendig begraben.

Noch ist mein Martyrium nicht vorüber: Er schüttelt mich, zieht mich erneut zu sich heran und prüft, ob ich noch atme. Einen Moment lang fürchte ich, dass er sich noch einmal an mir vergehen will. Er zerrt grob am Oberteil meines Kleides, sodass die Knöpfe abspringen und der Stoff reißt. Meine mangelnde Gegenwehr frustriert ihn, er schnaubt grantig, lockert seinen Griff und lässt endlich von mir ab, worauf ich einfach zu Boden sinke. Ich bin für ihn nicht besser als ein zerfetztes Kleidungsstück, das nicht mehr wert ist, geflickt zu werden.

Ich verharre still und warte, bis er endlich aus der Tür ist und sie fest hinter sich zudrückt. Erst als die Kirchentür krachend ins Schloss fällt, beginnt dieses Wimmern, von dem ich nicht glauben kann, dass es von mir kommt. Meine Stimme ist mir so fremd wie der geschundene, zerkratzte und geschlagene Körper, den ich nur zu gern gegen einen anderen eintauschen möchte.

So findet mich Matthias, der wenig später noch einmal durch seine Kirche geht, um nach dem Rechten zu sehen.

37

Matthias muss Magdalena, die in zusammengekrümmter Haltung vor ihm am Beichtstuhlboden hockt, regelrecht aus der Seitenkabine zerren. Entsetzt stellt er fest, dass ihr Gesicht geschwollen, ihre Kleidung zerrissen und ihre Fingerknöchel blutig sind. Offensichtlich hat sie sich gegen ihren Angreifer gewehrt. Ein Blick auf das zerbrochene Holzgitter, das den seitlichen Beichtstuhl von seiner eigenen Kabine trennt, bestätigt, dass sie sich nicht freiwillig hier hineindrängen hat lassen.

Als Magdalena endlich schwankend vor ihm steht, bückt er

sich. Zitternd hält sie sich an seinen Schultern fest, während er ihr den Rockteil ihres Kleides zurechtzieht. Er sieht die vielen blutigen Schlieren auf ihren Unterschenkeln und Schienbeinen. Entsetzt schließt er die Augen, stemmt sich hoch, legt ihr einen Arm um die Taille und stützt sie. Er bemerkt einen Fetzen weißen Stoffes, der an der inneren Türklinke hängt. Matthias greift danach, betrachtet das Tuch und registriert erst dann, dass er Magdalenas Unterhose in der Hand hält.

Später, als er Magdalena in der Sakristei in einen Sessel drückt, schämt er sich, denn sein erster Gedanke war: Was, wenn ihn jemand dabei gesehen hat, wie er eine übel zugerichtete Frau heimlich in einen Nebenraum der Kirche brachte? Was, wenn jemand irrtümlich glaubt, er sei für den Zustand der Zerschundenen verantwortlich?

Matthias schiebt den Riegel zum Kircheninneren vor und prüft, ob die Tür der Sakristei ins Freie abgesperrt ist. Erst dann nimmt er die große Flasche mit dem Weihwasser und holt ein Handtuch aus dem Kasten. Er feuchtet das Tuch an und wischt der starr vor sich hin blickenden Magdalena behutsam das Gesicht ab. Erschüttert betrachtet er die zahlreichen blauen Flecken und Kratzspuren auf ihrem Oberkörper und bemerkt mit Entsetzen, dass sich eine Bisswunde im weichen Fleisch ihrer linken Brust befindet. Sie zuckt zusammen, als er ihr Kleid abstreift und sie behutsam reinigt.

»Komm, Magdalena«, sagt er leise, »ich mach dich sauber. Dann gehen wir ins Pfarrheim.«

Sie reagiert mit einem Blinzeln, sieht ihn an und sagt nichts.

»Steh auf«, bittet er sie leise und hilft ihr dabei, worauf das zerrissene Kleid von ihren Hüften zu Boden fällt.

Eine seiner Soutanen wird als Ersatz herhalten müssen, denn das, was am Boden liegt, besteht nur noch aus Fetzen. Der Mann, der dafür verantwortlich ist, bediente sich grausam an Magdalena.

Matthias dreht sie behutsam um, betrachtet ihren Rücken, dann ihren Hintern, der Spuren von Fingernägeln zeigt. Er sieht die Bisswunde auf ihrer rechten Schulter. Wut steigt in ihm hoch, als er ihr ein frisches Handtuch gibt, damit sie sich im Intimbereich selbst reinigen kann. Als er ihr die Soutane überstreift, seufzt sie, lässt sich zurück auf den Sessel sinken, stützt ihr Gesicht in ihre Hände und beginnt, erbärmlich zu weinen.

Plötzlich ist es Matthias gleichgültig, ob ihn jemand dabei sieht, wie er seine Liebste ins Pfarrheim bringt. Es ist ihm gleichgültig, ob sich die Menschen darüber ereifern, was die Frau am Leib trägt. Er sammelt die Tücher und Überreste ihrer Kleidung ein und zieht Magdalena vom Sessel hoch. Widerstandslos lässt sie sich von ihm helfen. Nur eines ist Matthias nicht gleichgültig: Er will nicht, dass Magdalena verurteilende Blicke und gehässige Beschimpfungen aushalten muss, sollte jetzt zufällig jemand des Weges kommen. Sie muss um jeden Preis vor der Neugier der Dorfbewohner geschützt werden.

»Warte noch ein bisschen«, flüstert er. »Ich komme gleich wieder.«

Sanft drückt er Magdalena zurück auf den Sessel und verlässt mit dem Stoffbündel die Sakristei. Er sieht sich aufmerksam um. Alles ist ruhig. Sogar die Vögel haben ihr fröhliches Gezwitscher eingestellt. Matthias geht rasch über den alten Friedhof und steuert direkt auf den nahen Pfarrhof zu. Dreihundert Meter etwa. Ob sie die nachher ungesehen werden bewältigen können?

Im Innenhof beim alten Pfarrhofschuppen öffnet er die Gittertür zu dem Abteil, in dem jede Menge Werkzeug und andere Dinge aufbewahrt werden. Den Fetzen in seiner Hand wirft er in eine Scheibtruhe. Er wird das Bündel später verbrennen, jetzt aber ist eine andere Sache wichtig. Er greift nach etwas, das Magdalena immer im Schuppen hängen lässt. Ihre Gartenschürze.

Rasch geht Matthias zurück zur Sakristei, macht behutsam die Tür auf und findet Magdalena genau so vor, wie er sie zurückgelassen hat. Folgsam steht sie auf. Matthias bindet ihr die Schürze um. Jetzt ist seine Soutane tatsächlich zu einem schwarzen Kleid mit grauer Schürze geworden. Etwas, das eine Gärtnerin, die gleichzeitig seine Haushälterin ist, durchaus so tragen könnte. Zumindest, wenn man die Kleidung nicht aus nächster Nähe in Augenschein nimmt. Sollte beobachtet werden, wie er Magdalena stützt, und sollte man ihn später darauf ansprechen, dann wird er zur Not sagen, sie habe sich verletzt, sei gestolpert und ihr habe der Knöchel wehgetan. Die banalsten Antworten sind immer die besten.

»Wir gehen.« Matthias greift Magdalena um die Taille.

Sie sieht ihn an und löst sich stöhnend aus seiner Umarmung. »Ich schaff das allein«, ist alles, was sie sagt. Langsam geht sie los. Erst am Eingang zum Pfarrhof gibt sie einen wimmernden Laut von sich und sinkt auf ihre Knie.

Der Tee, den Matthias mit Veronal versetzt zubereitet, soll Magdalena zumindest eine durchschlafene Nacht bescheren, bevor nach dem Aufwachen die Erinnerungen an das grauenhafte Erlebnis neuerlich auf sie einstürzen werden.

38

Vitus ist aufgewühlt. Er weiß, dass er eine nahezu schlaflose Nacht vor sich hat. In erster Linie beschäftigt ihn die Frage, was er morgen anziehen soll. Alles, auch jene Kleidungsstücke, die ihm bisher noch recht ordentlich erschienen, sind ihm nun zu schäbig für einen Besuch im Schneeberghammer.

Danach überlegt er, welche seiner Arbeiten er dem Hammerherrn präsentieren soll. Vitus glaubt zu wissen, weswegen er gerufen wird. Erst vor wenigen Monaten hat er das Porträt eines jungen Mannes gemalt. Für dessen Mutter, die sich ewig an den zu früh verstorbenen Sohn erinnern wollte. Sie bemäkelte jedoch, dass das Bildnis ihrem Sohn nur wenig ähnlich sehe. Also hat sie es am Ende doch nicht gekauft, und er ist darauf sitzen geblieben.

Vitus findet das Ölgemälde des jungen Mannes schön, deshalb widerstrebt es ihm, es zu übermalen. Aufgehoben hat er es – was ihn jetzt freut, denn er wird es mitnehmen. Dann gibt es noch zahlreiche weitere Ölbilder, Bleistiftzeichnungen und Aquarelle in seinem Fundus. Außerdem Landschaften und Tiere. Hühner, Schafe und Schweine sowie jede Menge unterschiedlicher Blüten auf verschieden großen Formaten. Manche auf Karton, andere auf grundierten Holzplatten. Ein gemalter Bauerngarten ziert in zahlreichen Einzelbildern die Regale im Atelier, das er nur deshalb Atelier nennt, weil das einzige Fenster prächtige Lichtverhältnisse zulässt.

Vitus seufzt und gähnt dann herzhaft. Zumindest sind seine Aquarelle originell. Vereinzelt hat er ihnen markante Profile von Dorfbewohnern verpasst. Er grinst und fragt sich, ob sein künftiger Auftraggeber diese Kleinigkeiten überhaupt bemerken wird.

Irgendwo befindet sich auch noch ein Scherenschnitt. Ein Werk aus frühen Zeiten. Das Profil eines Mädchens, das er einst sehr verehrte. Der Scherenschnitt war als Geschenk gedacht, wurde jedoch nie verschenkt. Er hatte nicht den Mut dazu, denn sie hatte längst einen wohlhabenden Verlobten. Der Scherenschnitt passt zwar nicht zu seinen sonstigen Arbeiten, ist aber hübsch und würde als Ablenkung vom üblichen Standard dienen. Stolz ist er außerdem auf ein besonders gelungenes Werk: eine Frau im roten Kleid, die ein riesiges Noriker-Pferd führt. Bereits mehrmals wurden ihm dafür Kaufangebote unterbreitet, doch bisher wollte er sich nicht davon trennen. Farbe und Motiv sagen ihm zu. Er hängt daran.

Einige besondere Anfertigungen – Akte nackter Frauen – bewahrt Vitus verborgen hinter anderen Werken auf. Vielleicht würden sie Schneeberg gefallen. Vielleicht würden sie aber auch einen völlig falschen Eindruck hinterlassen. Vitus ist unschlüssig.

Und dann kommt ihm siedend heiß in den Sinn, dass er nichts besitzt, um seine Werke sicher zu transportieren. Einzig einen großen Karton, der in der Mitte geknickt und zu einer Art Schutzumschlag gefaltet ist. Die billige Variante einer Transporttasche anstatt einer schönen, großen Zeichenmappe aus Leder.

Vitus seufzt und schiebt seine besorgten Gedanken zur Seite. Am Ende bleibt ihm ohnehin nichts anderes übrig, als den Besuch bei Oscar Schneeberg abzuwarten und sich einfach möglichst gut zu verkaufen. Wenn der Hammerherr ihn angesprochen hat, ist er wohl auch mit seinen Arbeiten vertraut. Warum also noch weiter zweifeln?

Mit einem zuversichtlichen Gefühl schläft Vitus endlich ein.

39

Ich erwache aus einem traumlosen Schlaf. Meine Blicke gleiten an die Zimmerdecke. Plötzlich dreht sich alles, und mir wird speiübel. Mein Kopf schmerzt. Es ist, als hätte ich zu viel Alkohol getrunken. Mein Gesicht fühlt sich heiß und geschwollen an.

Seufzend drehe ich mich im Bett zur Seite und sinke dann schmerzgepeinigt zurück. Schlagartig erinnere ich mich, mein Gehirn gibt Bilder frei, die nur aus einem Alptraum stammen können. Ich sehe das dunkelrote Kissen vor mir, auf dem normalerweise der Priester während der Beichte sitzt. Die Erinnerung an die Vergewaltigung trifft mich wie ein Schlag in die Magengrube, und ich begreife entsetzt, dass mein geschundener Körper tatsächlich all das erdulden musste: Schläge, Kontrolle, Demütigung. Ich wurde entehrt.

Ein heftiger Schmerz durchfährt meinen Körper. Es fühlt sich an, als würde mein Herz zerfetzt. Während ich mich zusammenkrümme, weiß ich, dass der körperliche Schmerz vergehen wird. Auch die äußerlichen Wunden werden heilen. Der seelische Schmerz jedoch wird mich weiter plagen, einer grausamen innerlichen Marter gleich, weil Gewalt gegen mich ausgeübt wurde. Bereits mein toter Mann Gustav beherrschte es, gegen meinen Willen über mich zu verfügen, und nun benutzte mich auch noch der Fremde gnadenlos.

Ich atme tief ein, meine Rippenbögen schmerzen, worauf ich einen erbärmlichen Jammerlaut ausstoße. Aus den Augenwinkeln nehme ich eine dunkle Gestalt wahr und zucke in Panik zusammen. Dann jedoch schärft sich mein Blick, und ich erkenne im fahlen Licht des Mondes das Gesicht des Schlafenden. Matthias. Er sitzt in einem Ohrensessel an meiner Seite. Er hat an meinem Bett gewacht. Vor dem Angreifer konnte er mich jedoch nicht schützen.

»Matthias«, krächze ich, räuspere mich, sammle Speichel in meinem trockenen Mund, schlucke und versuche es erneut. Mein Mund ist trotzdem wie ausgetrocknet, meine Stimme versagt. Ich strecke den Arm aus und berühre seinen Oberschenkel.

Matthias reißt die Augen auf, reibt mit den Händen sein Gesicht und starrt mich an. »Wie geht es dir?«, fragt er zögernd.

Ich bemerke, dass es auch ihm schlecht geht, dass er darunter leidet, was mir passiert ist. Unausgesprochen steht seine Frage »Wer war es?« zwischen uns.

40

Vitus macht sich fein. So fein es ihm eben möglich ist. Bereits tags zuvor hat er sich ein Hemd vom Nachbarn geborgt. Ein hochwertig gewobenes Stück Stoff. Kühl und glatt liegt das weiße Leinen nun auf seiner Haut. Die lange Lederhose ist speckig. Aber eine Lederhose darf so aussehen. Mit ihr ist er auf keinen Fall schlecht gekleidet. Auf eine Jacke verzichtet er, dafür ist es ohnehin zu warm. Unter seinen Hemdkragen bindet er ein Trachtenband, das er gleich noch mit einem Grandlknopf fixieren will. Danach betrachtet er sich zufrieden im Spiegel. Er wird rechtzeitig, vor allem aber gut gekleidet zu einem zweiten Frühstück im Schneeberghammer auftauchen.

»Ich werde den Hammerherrn mit meiner Malkunst zufriedenstellen.« Vitus greift nach dem Karton mit den gesammelten Kunstwerken. »Ich werde endlich einen ordentlichen Batzen Geld verdienen.«

Auch auf dem Weg zur Villa sagt sich Vitus die beiden Sätze halblaut im Wechsel vor. Das hält seine Nervosität im Zaum. Dort angekommen, hat er plötzlich vergessen, was er sich ständig vorgesagt hat.

Oscar Schneebergs Sekretär empfängt ihn, bringt ihn in den herrschaftlichen Salon und bittet ihn, Platz zu nehmen. »Herr Schneeberg kommt sofort.« Der Mann sieht ihn kritisch an und verlässt dann den Raum.

Kaum dass Vitus sitzt, öffnet sich die Tür erneut. Rasch erhebt er sich. Umsonst. Die Respektsbekundung gilt nun irrtümlich einem jungen Ding, das augenscheinlich nicht ganz hell im Oberstübchen ist. Das Mädchen bringt Geschirr und betrachtet Oscar neugierig. Er findet, dass sie ihm zu nahe kommt, denn sie stellt ihm die Tassen und Untertassen beinahe auf den Bauch. Vitus räuspert sich. Sie starrt ihn an und zeigt auf etwas auf seinem Hemd, worauf Vitus erschrocken nach einem Fleck sucht. Doch da ist nichts.

»Gott sei Dank«, entfährt es ihm.

In diesem Augenblick geht die Tür wieder auf. Der Sekretär tritt lächelnd ein, hinter ihm Oscar Schneeberg.

Vitus reißt es erneut vom Sessel hoch. Er verbeugt sich in Ehrerbietung. Als er sich wieder aufrichtet, sieht er in ein verdutztes Gesicht. Der Hammerherr mustert ihn vom Scheitel bis zur Sohle, tritt näher, hält ihm die Hand zum Gruß hin, worauf

Vitus' Hand nach vorn schießt. Oscar Schneeberg jedoch greift nach dem Ärmel des Leinenhemdes, das Vitus trägt. Er packt ihn am Handgelenk und verdreht ihm den Arm, sodass die eingestickten Initialen, die Vitus zuvor nicht aufgefallen sind, sichtbar werden. Ein S schlingt sich auf dem Stoff der Manschette um ein O.

Sekretär Jakob, der sich bisher still verhielt, grinst nun boshaft und verlässt den Raum. Die Tür wird mit einem leisen Klicken geschlossen.

»Woher haben Sie dieses Hemd?«

Vitus tritt einen Schritt zurück, doch Schneeberg zieht ihn wieder zu sich heran. »Woher?«

»V-vom Nachbarn ge-geborgt«, stottert Vitus und starrt ebenfalls auf die Buchstaben.

»Name?«

»Tierarzt Dr. Clemens und Senta Braunschmied.«

Schneeberg nickt. »Sie dürfen mir das Hemd gewaschen zurückbringen. Jetzt aber reden wir über das, was ich außerdem von Ihnen haben will.«

Vitus verlässt die Villa mit einem derartigen Hochgefühl, dass er meint zu schweben. Oscar Schneeberg hat sich viel Zeit für ihn und seine Kunst genommen. Genau hat er die mitgebrachten Bilder studiert und ihn danach zufrieden nickend zum Frühstück gebeten. Der Hammerherr servierte ihm Kaffee. Nicht die junge Frau, die zuvor um Schneeberg und ihn besorgt war. Auch nicht der Sekretär, der nichts anderes zuwege brachte, als sich hochnäsig zu verhalten. Nein, er ist vom Hammerherrn selbst bedient worden.

Vitus tänzelt leichtfüßig ein Stück die Allee entlang. Am liebsten möchte er singen, spart sich das aber, denn in dieser Hinsicht ist er gänzlich unbegabt.

Bevor er ging, zeigte ihm sein Auftraggeber die freie Wandfläche oberhalb der Stiege, bekundete einen Größenwunsch und überreichte ihm Aufnahmen seiner verstorbenen Ehefrau.

Fotos, die Vitus bei der Anfertigung des Porträts helfen sollen. Er solle zuerst einen Entwurf ausarbeiten, den er dem Hammerherrn am kommenden Sonntag präsentieren möge. Nach der Messe.

Vitus weiß genau, es wird das größte Bild werden, das er bisher malen durfte. Dass es auch das beste Bild wird, dafür muss er natürlich sorgen. Und er hegt noch weitere Gedanken, denn womöglich werden sich durch diesen besonderen Auftrag noch andere ergeben, von Gästen des Hammerherrn, die von dem Werk beeindruckt sein werden, das künftig für alle deutlich sichtbar in der Empfangshalle des Schneeberghammers hängen wird.

Im Geist fertigt Vitus bereits eine erste Skizze an. Dunkler Hintergrund. Davor eine strahlende Schönheit mit herausforderndem Blick. Lebenslust und Freude werden aus ihren Augen sprühen. Aber die Frau sollte auch eine hoheitsvolle Haltung einnehmen. Für einen kurzen Augenblick spielt Vitus mit der Idee, ihr eine Zigarre in die Hand zu drücken und sie lässig-provokant auf einen wuchtigen Stuhl zu setzen, verwirft seinen progressiven Einfall aber sofort wieder. Für derart gewagte, eher moderne Porträtinterpretationen hätte Oscar Schneeberg womöglich kein Verständnis.

Und wieder blickt Oscar Schneeberg jemandem hinterher, der Schritt für Schritt im Dunkel der langen Allee verschwindet. Nur die weiße Reflexion des Hemdes zeigt ihm noch eine Weile an, wo sich der Maler gerade befindet, bevor der helle Stoff allmählich von der Dunkelheit geschluckt wird.

»Senta. Du Luder.« Oscar weiß nun, wer sein Hemd aus der Kirchenbank genommen und Magdalena dadurch in Schwierigkeiten gebracht hat. Die Frau des Tierarztes ist also für den Diebstahl verantwortlich, und ihr Mann sorgte gutmütig und nichts ahnend für Aufklärung.

Oscar schmunzelt. Senta hat ihm vor zwei Jahren eine Weile sinnliche Freude bereitet, bis sie von sich aus entschied, den Rückzug anzutreten. Er vermutet, dass sie sich damals aus einem bestimmten Grund aus der heimlichen Beziehung zurückzog. Sie hat wohl gehofft, er würde um sie kämpfen, ihr hinterherlaufen, sich von seiner ständig abwesenden Frau trennen.

»Total verkalkuliert«, wispert Oscar, und wieder streicht ein Lächeln über sein Gesicht.

Immer wenn er in der Kirche grüßend an Senta vorübergeht und seinen Platz einnimmt, straft sie ihn besonders auffällig mit Nichtachtung. Er fragt sich häufig, ob ihr Verhalten dadurch nicht bloß mehr Aufmerksamkeit erregt.

Ein letztes Mal sieht Oscar das weiße Hemd zwischen den Kastanienbäumen aufblitzen. Bald wird es sich wieder dort befinden, wo es hingehört.

41

Ich plage mich Tag für Tag aus Matthias' Bett. Insgeheim bin ich ihm dankbar, dass er mich nicht allein lässt. Dass er mich nicht zurück in mein eigenes Bett schickt. Allerdings ist mir nicht nach Umarmungen zumute, auch nicht danach, liebevoll umsorgt zu werden. Immer wenn sich Matthias behutsam nähert, um mich zu trösten, rücke ich von ihm ab. Dafür schäme ich mich. Er kann nichts für die Handlungen des anderen. Ich darf ihn nicht für die Taten dieses Mannes bestrafen. Ich will nur nicht allein gelassen werden.

Ständig frage ich mich, was den Jäger zu seiner grausamen Tat veranlasste. War mein Betragen irgendwie aufreizend? An meiner biederen Kleidung kann es bestimmt nicht gelegen haben, die ist nur wenig reizvoll. Oder hat er sich durch meine kühlen Antworten damals auf dem Friedhof provoziert gefühlt? Die Unwissenheit quält mich. Ich will nicht glauben, dass die Schuld für sein Verhalten bei mir liegt, fürchte mich aber vor entsprechenden Anschuldigungen. Jeder anderen Frau hätte ich geraten, sich an die Gendarmerie zu wenden. Ihn anzuzeigen. Mir selbst will ich diese Schmach ersparen.

***

Matthias fügt Magdalenas Abendtee regelmäßig Veronal hinzu. Seit dem Vorfall im Beichtstuhl sorgt er auf diese Weise für ihren Schlaf. Dann liegt sie still neben ihm im Bett und bewegt sich kaum, sodass er manchmal fürchtet, er hätte es mit der Dosis übertrieben.

Nach einer ruhigen Veronal-Nacht muss Magdalena erst wieder ins Leben finden. Sie ist morgens immer angeschlagen vom betäubenden Einfluss des Medikaments. Zumindest aber bleibt sie von nächtlichen Alpträumen verschont. Matthias schämt sich, denn Magdalena gegenüber verschweigt er sein Tun. Außerdem handelt er nicht frei von Egoismus, denn Magdalena in einen tiefen Schlaf zu versetzen ist die einzige Möglichkeit, sie tröstend in die Arme zu nehmen. Kaum ist sie wach, weist sie seine Berührungsversuche energisch von sich.

Auch in der Nacht von Samstag auf Sonntag liegt Matthias neben Magdalena. Er wartet. Inzwischen kennt er die Wirkung von Veronal. Anfangs zuckt Magdalena noch mit den Gliedmaßen, bis sich eine gewisse Trägheit über sie legt. Wenn er mit ihr spricht, wird ihr die Zunge schwer, die Abstände zwischen seinen Fragen und ihren Antworten werden länger, ihre Erwiderungen sind am Ende meist unverständlich. Sobald Magdalena nichts mehr sagt, dreht er sie zur Seite. In Folge schläft sie wie eine Tote und reagiert auf keinen Reiz von außen.

In den letzten Nächten hat er nur den Arm um sie gelegt, sie sanft berührt, ihr die Haare aus dem Gesicht gestrichen, ihren Nacken geküsst. Gestern jedoch wurde er mutiger, befühlte ihren Leib, die Weichheit ihrer Brüste, und stellte sich vor, wieder mit ihr zu schlafen. Er wagte es nicht, seine Phantasien in die Wirklichkeit umzusetzen, war er doch nicht sicher, ob sie davon nicht doch aufwachen würde.

Doch heute hat Matthias das Veronal etwas höher dosiert, deshalb wirft er alle Bedenken über Bord. Sein Glied ist hart. Er weiß, dass seine Tat verwerflich ist. Aber ihn verführt der Gedanke, sich die vom Schlafmittel narkotisierte Magdalena zu nehmen. Sie wird es nie erfahren. Er muss nur darauf achten, sich nicht durch die Feuchtigkeit eines Samenergusses zu verraten.

Matthias atmet schwer, hält immer wieder inne, um zu prüfen, ob Magdalena tatsächlich noch im Tiefschlaf liegt. Schließlich kann er sich nicht mehr zurückhalten. Langsam dringt er in sie ein, fühlt ihre Wärme und bewegt sich lustvoll. Er küsst ihren Rücken, ihre Schultern, berührt all die Stellen, die sie ihm seit Kurzem versagt, und stöhnt unterdrückt auf. Rechtzeitig zieht er sich aus ihr zurück, ergießt sich in seine Unterhose, die er im letzten Augenblick hochzerrt. Befriedigt liegt er neben der tief schlafenden Magdalena, lauscht ihrer regelmäßigen Atmung, die sich seit Minuten kein bisschen verändert hat. Schließlich nagt das schlechte Gewissen an ihm. Angeekelt von seinem triebhaften Verhalten steigt er aus dem Bett, um sich zu waschen.

Was ist nur in ihn gefahren, sich über eine Wehrlose herzumachen? Wem sollte er seine Verfehlungen gestehen?

Matthias denkt an die beiden Bußgürtel, die er seit seinem Einzug im Pfarrhof in seinem Kleiderkasten verbirgt. Viel zu lang hat er diese Selbstkasteiungsinstrumente nicht mehr benützt. Es ist an der Zeit.

42

Vitus vergräbt sich seit Tagen in seinem Atelier, wo er verschiedene Skizzen von Elvira Schneeberg anfertigt. Im Stehen. Im

Sitzen. Zu Pferde. Am liebsten mag er die Zeichnung, auf der sie mit überkreuzten Beinen auf einer Treppe sitzt. Sie trägt wie auf einem der Fotos ein Cocktailkleid aus luxuriösem Krepp. Der knöchellange Rock besteht aus zahlreichen Plisseefalten. Das Oberteil präsentiert sich mit eleganter, schulterfreier Silhouette und einem modischen Twist-Detail an der Taille. Lange Handschuhe betonen die schlanken Arme der jungen Frau. Eine Perlenkette und Perlenohrringe schmücken ihren Hals und die Ohren. Ihre dunklen Haare sind zu einem Dutt gebunden. Sie sieht nicht direkt in die Richtung des Betrachters, sondern auf einen seitlichen Punkt, sodass ihr makelloses Profil zur Geltung kommt. Ihre Füße stecken in schwarzen Riemchensandalen. Besonders reizend wirken die blutrot bemalten Zehennägel.

Vitus starrt seine Skizze begeistert an. Oscar Schneeberg wird hoffentlich genauso gefesselt sein. Trotzdem fertigt er weitere Bilder an. Auf einem schaut Elvira den Betrachter direkt an. Ein getupftes Tuch liegt um ihren schlanken Hals. Sie trägt eine weiße Bluse und einen dunklen, weit ausgestellten Rock, der ihre schönen Beine gerade so zeigt, wie es noch schicklich ist. Hohe Absätze verlängern die Beine. Herausfordernd hat sie ihre Arme in die Hüften gestemmt und betrachtet Vitus mit ernster Miene. Dieses Bild wäre seine zweite Wahl.

Zufrieden packt Vitus die skizzierten Unterlagen in seinen Künstlerkarton. Morgen wird er dem Hammerherrn die Werke präsentieren. Aufregung fährt ihm in die Glieder.

Vitus findet, dass er sich eine Belohnung verdient hat. Er macht sich auf den Weg ins Wirtshaus. Im Gasthaus zur Sonne will er sich einen ordentlichen Schluck gönnen.

Korbinian bürstet seine Jacke aus. Er besitzt nur zwei davon. Die hier ist die gute grüne. Die andere ist die, die er vor allem zur Jagd trägt. Auf der befinden sich beinahe ständig Flecken vom Blut und vom Schweiß der Tiere, die er häufig mühsam und weit schleppen muss, wenn er bei der Jagd erfolgreich war.

Der Jäger kneift die Augen zusammen und reibt ein bisschen

Dreck vom Kragen seiner Jacke. Morgen wird er den Pfarrer im Beichtstuhl besuchen und ein ernstes Wort mit ihm reden.

In der Schneebergvilla betrachtet Oscar die Fotos seiner ersten Frau. Die Scheidung war nicht billig, aber am Ende ein guter Entschluss. Er blättert im Album weiter, sieht den Töchtern dabei zu, wie sie größer werden, sieht Enkelkinder und wirtschaftliche Erfolge, die sich zwischenzeitlich als Misserfolge herausstellten, aber auch umgekehrt. Er lächelt breit, als er ein Foto vor sich hat, das Elvira und ihn zeigt. Sie halten Gläser in den Händen und prosten dem Fotografen zu. Elviras Vater hat die Verlobung festgehalten. Einige Seiten später folgen Hochzeitsfotos. Dann kommen nur noch leere Seiten.

Oscar stutzt. Ganz hinten hat jemand das Bild eines Mädchens hineingekritzelt. Eines molligen jungen Dings, das fröhlich in die Welt blickt. Nicht mehr als ein paar Striche, die ein Kleid darstellen sollen, einen geflochtenen Zopf auf dem Kopf, viel zu lange Arme und Beine und rote Lippen in einem kugelrunden Gesicht. Lotti hat sich also in seinem Album verewigt.

Wieder lächelt Oscar, schlägt das Album zu und findet, dass es um einige weitere Fotos ergänzt werden sollte.

43

Seit halb acht sitzt Matthias bereits im Beichtstuhl. Die erste halbe Stunde hat er zum innigen Zwiegespräch mit Gott genützt, ihm sein Herz ausgeschüttet und ihn um Rat gebeten, doch eine Antwort ist auch heute nicht gekommen. Matthias wundert sich darüber nicht, er hat nichts anderes erwartet.

Er fragt sich, wie seine Zukunft aussehen soll. Und Magdalenas. Gibt es eine Möglichkeit für ein gemeinsames Leben? Oder werden sie ihre Zuneigung weiterhin geheim ausleben müssen, wie es vielfach der Fall ist? Was, wenn sie schwanger wird?

Matthias stützt seine Stirn in die Handflächen und hadert mit seinem Schicksal. Er ist ohnehin nur seiner Familie zuliebe Pfarrer geworden. Viel lieber hätte er Geschichte und Sprachen studiert. Aber sein Vater entschied für ihn. Matthias sollte seiner Familie den direkten Weg in den Himmel bereiten. In Gedanken, Worten und Werken. Dabei war gerade der Vater nie besonders christlich eingestellt. Andererseits ist Matthias dankbar für seinen Platz hier in der Dorfgemeinschaft. Und was soll schon passieren? Er muss nur darauf achten, sich nicht dabei erwischen zu lassen, wie er seiner Haushälterin hinterherhechelt.

»Sicherer Arbeitsplatz, gutes Auskommen und am Lebensende der direkte Weg ins Paradies«, flüstert Matthias und richtet sich auf, weil er hört, wie jemand am Knauf der Beichtkabine rüttelt. Völlig unnötig, denkt Matthias schmunzelnd, denn die Tür, die immer ein wenig klemmte, wurde erst kürzlich abgehobelt und das zerbrochene Gitter ersetzt. Das neue Gitter ist noch deutlich heller als das auf der anderen Beichtstuhlseite, aber das tut der Beichtwilligkeit keinen Abbruch. Auch heute werden wieder etliche Sünder bei ihm vorsprechen.

»Grüß Gott, Herr Pfarrer.«

Matthias zuckt zusammen. Ein Gesicht drückt sich ans Gitter. Er sieht gefletschte Zähne, prallt zurück und erkennt, dass es kein Zähnefletschen ist, sondern ein Lächeln. Wenn auch ein grimmiges.

»So trifft man sich wieder. Hast du mich vermisst?«

Matthias schließt die Augen und murmelt ein kurzes Gebet. In der anderen Kabine sitzt der Mensch, den er einst liebte, der sich für immer einen Platz in seiner Seele erobert hatte. Den er nie vergessen konnte, auch wenn ihm anbefohlen worden ist, ihn nicht mehr zu kennen.

»Du hast mich rasch aus deinem Leben gestrichen, verstoßen

sowieso. Aber hab keine Sorge« – die tiefe Stimme des Mannes klingt emotionslos – »ich werfe dir nicht vor, dass du nichts unternommen hast, als sie beschlossen haben, mich auszustoßen. Du hättest die Gemeinschaft ohnehin nicht vom Gegenteil überzeugen können. Ich werfe dir nur vor, dass du mich verraten hast. Seit einem halben Jahr komme ich zu dir. Sitze regelmäßig in einer der hinteren Bänke deiner Kirche, und du würdigst mich keines Blickes. Wir haben einander geliebt. Ich war in deinem Herzen, und du hast kein einziges freundliches Wort für deinen ehemaligen Geliebten übrig.«

Matthias atmet scharf ein. Gerade spricht Korbinian Vorkommnisse an, an die er nicht erinnert werden will, auch wenn sie der Wahrheit entsprechen. Er hat diesen Mann geliebt, sich nach seiner Gesellschaft, seiner Klugheit, seinem Körper verzehrt. Doch im Priesterseminar war dafür kein Platz. Einen Mann zu lieben, war wider die Moral.

»Damals war ich schwach. Du hast das ausgenutzt. Ich weiß nicht …« Matthias bricht ab, fürchtet die Reaktion seines Gegenübers.

»Du bist heute auch noch schwach. Niemals kann ein Mann einen anderen verführen, wenn der es nicht will. Also komm mir nicht mit: ›Ich wollte das nicht. Du hast mich dazu überredet. Ich weiß nicht, ob ich einen Mann geküsst oder ihn intim berührt hätte, wenn du mich nicht dazu getrieben hättest.‹ Mein lieber Herr Pfarrer. Du wolltest diese Heimlichkeiten, genauso wie ich sie wollte.« Korbinian ist laut geworden, seine Stimme klingt nun boshaft.

Matthias schiebt den Türvorhang verstohlen ein Stück zur Seite und wirft einen raschen Blick nach draußen. Niemand sitzt in der Kirchenbank. Niemand wartet auf den Sündenerlass. Erleichtert seufzt er auf.

»Ich wollte, dass du leidest. Damals wollte ich das. Und als ich dich hier als neuen Pfarrer gesehen habe, habe ich gemerkt, dass ich immer noch will, dass du leidest. Genauso wie ich gelitten habe, sollst du dich vor Weinkrämpfen krümmen, sollst du unter den Augen deiner Ankläger für deine Verfehlungen büßen, sollst du dich wie der letzte Dreck fühlen.«

Korbinian schweigt. Sekunden verstreichen.

»Deine Haushälterin ist ein liebes Ding.«

»Sie ist kein Ding«, zischt Matthias, den eine schlimme Ahnung befällt.

»Sie hat es sich von mir besorgen lassen. Ich denke«, die Tür der Kabine wird aufgedrückt, »es hat ihr gefallen. So gut hat es ihr wohl schon lange keiner mehr gemacht.«

»Raus!« Der Schrei, der aus Matthias' Mund entweicht, tönt durch den gesamten Kirchenraum. In diesem Augenblick ist ihm völlig gleichgültig, ob jemand seinen herrischen Befehl vernimmt. »Du kannst deine Sünden behalten!«, ruft er Korbinian hinterher. »Deine Schandtaten werden dir niemals, hörst du, niemals vergeben!«

Korbinian hebt den Arm, winkt, ohne sich nach Matthias umzudrehen, und öffnet das große Kirchentor. Licht fällt ins Innere des Gotteshauses, rahmt Korbinian einen Augenblick ein, sodass es aussieht, als wäre er ein strahlender Engel. Dann fällt die schwere Tür laut krachend ins Schloss, und die düstere Dunkelheit kommt zurück.

Die Kirche füllt sich. Zwei Beichten hat Matthias vor der Messe abgenommen, Bußgebete aufgetragen, Absolutionen erteilt. Jetzt befindet er sich in der Sakristei, festlich gekleidet und umzingelt von Ministranten, die ihre Energie nur schwer bändigen können, sodass er immer wieder Ruhe einfordern muss. Der Kragen platzt ihm, als er das Geräusch reißenden Stoffes hört. Einer der Buben ist dem anderen auf seinen langen Kittel gestiegen. Später wird Magdalena das Malheur ausbessern müssen, und das, obwohl sie mit ganz anderen Sorgen kämpft.

Laut schimpft er los: »Der Teufel wird euch holen, wenn ihr das Eigentum der Kirche, das auch das Eigentum Gottes ist, derart schäbig behandelt.«

Die Stille, die daraufhin eintritt, betrifft nicht nur das Geschehen in der Sakristei. Auch im Kirchenraum ist das Gepolter der Gläubigen, die sich in die Bänke drängen, plötzlich verstummt.

Mehrstimmiges »Entschuldigung« ertönt. Die Buben stellen sich ihrer Ordnung entsprechend auf und warten mit gesenkten Köpfen auf den Beginn der Messe.

Magdalena betritt die Sakristei. Verwundert sieht sie sich um. »Normalerweise ist es hier nicht so still«, stellt sie fest, sieht den Riss im Kittel des Ministranten und schüttelt den Kopf.

»Ausziehen!«, befiehlt sie, greift in den Schrank und sucht nach Ersatz. »Ich werde heute während der Messe in der Sakristei bleiben.«

Matthias schaut dem Buben zu, wie er sich umkleidet. Er betrachtet Magdalena. Ihre Augen sind groß. Noch hat sie ihren Appetit nicht wiedergefunden, daher hat sie ordentlich Gewicht verloren. Er nimmt an, dass es sie Überwindung gekostet hat, aus dem Haus zu gehen, aber sie muss ihr Leben weiterleben, so gut es eben möglich ist, um den Leuten nicht Nahrung für weiteres Getuschel zu geben. Nach der Messe wird sie sich wohl dazu zwingen, über den Vorplatz zu laufen. Später wird sie sich mit Gießkannen hantierend am Friedhof zeigen. Zwar wird sich mancher wundern, dass sie während der Messe nicht an ihrem üblichen Platz war. Am Ende saß sie eben in irgendeiner Reihe, man hat sich nur nicht neugierig genug nach ihr umgesehen.

Matthias nickt Magdalena zu, räuspert sich und gibt das Kommando. Einer der Buben greift durch den Türspalt und zieht an der Glocke. Das Rauschen der Menschen, die sich von ihren Plätzen erheben, ist der Auftrittsapplaus für den Pfarrer und seine Ministranten. Die Gruppe verschwindet in den Altarraum.

***

Leise schließe ich die Tür hinter ihnen, höre nur noch Gemurmel und rücke meinen Sessel nahe ans schmale Fenster. Ich hole die Dose mit dem Nähzeug, die sich für rasche Änderungen immer im Kasten befindet, und beginne damit, den Kittel zu flicken. Eine Stunde habe ich dafür Zeit. Ich steche mich in den Finger, sehe, wie sich ein Blutstropfen bildet, und fange an zu weinen.

Glockengeläut beendet die Sonntagsmesse. Rechtzeitig zum Ende des Gottesdienstes bin ich doch noch mit meiner Näharbeit fertig geworden. Rote Flecken von meinem blutenden Finger zieren den weißen Stoff. Die Arbeit endet nie.

***

Die Buben betreten würdevoll die Sakristei, zerren an ihren Kleidern und stürmen danach nur wenig würdevoll ins Freie.

Matthias grinst und staunt über die wilde Ausgelassenheit der Jugend. War er früher auch so ungestüm? Er kann sich nicht mehr erinnern. Für einen kurzen Augenblick schließt er die Augen. Er atmet ganz bewusst. Während des Rituals der Messfeier hat er wieder zu einer gewissen inneren Ruhe zurückgefunden. Das tut ihm gut, das ist schön. Außerdem konnte er Korbinian nicht in der Besuchermenge ausmachen. Ihm ist ein Stein vom Herzen gefallen.

Matthias öffnet die Augen wieder und betrachtet Magdalena. Während er seinen Gedanken nachhängt, geht sie längst ihrer Arbeit nach. Er beobachtet, wie sie die Kleidung der Ministranten kritisch betrachtet und aussortiert, was gewaschen werden muss, faltet, was noch ein weiteres Mal verwendet werden kann. Matthias nickt zufrieden. Vielleicht wird doch wieder alles gut.

»Kommst du mit?« Matthias wirft einen prüfenden Blick zur nur angelehnten Tür der Sakristei, dann nimmt er Magdalena in die Arme. Verwundert darüber, dass sie sich seine Umarmung widerspruchslos gefallen lässt, küsst er sie auf die Stirn.

»Ich werde mich heute nicht unter die Frauen mischen. Der unmittelbare Bereich um die Kirche und der aufgelassene Friedhof brauchen dringend eine ordnende Hand. Für diese Dienstleistung werde ich bezahlt. Sollen ruhig alle sehen, was ich leiste. Außerdem wird mir das guttun.«

»Sonntagsarbeit?«

Magdalena nickt. »Sonntagsarbeit. Du arbeitest ja auch. Warum sollte ich nicht Blumen gießen und Unkraut jäten? Und später gehe ich noch auf den neuen Friedhof.«

»Gut. Ich komme bald nach und leiste dir Gesellschaft. Aber jetzt muss ich mich draußen sehen lassen.«

Er küsst Magdalena sanft auf den Mund. Sie zuckt nicht zusammen, wie es zuletzt häufig der Fall war. Matthias freut sich darüber.

44

Ich grüße und lächle ein falsches Lächeln. Verstohlen sehe ich mich um. Matthias wird von den Goldhaubenfrauen in Beschlag genommen. Das anstehende Erntedankfest sorgt für Aufregung. Vitus, der örtliche Maler und Hungerleider, unterhält sich mit dem Hammerherrn. Die beiden stehen im Schatten der Linde, abseits der Menge. Gerade überreicht Vitus dem Hammerherrn ein Päckchen und öffnet dann seine Zeichenmappe. Angeregt unterhalten sich die beiden Männer. Oscar Schneeberg hält einen Stoß Blätter in der Hand. Eines nach dem anderen sieht er sich an. Schließlich tippt er mit dem Zeigefinger auf einen Bogen, woraufhin der obenauf am Stapel landet.

Mir wird bewusst, dass ich die beiden Männer anstarre. Rasch stelle ich die Gießkannen in Reih und Glied auf, um sie am Brunnen zu befüllen, und wende den Gottesdienstbesuchern den Rücken zu, um Wasser in die erste Gießkanne zu pumpen. Das Geräusch ist peinlich laut. Ich halte inne und beschließe, lieber zuerst Unkraut zu jäten und später zu gießen. Energisch wende ich mich um, pralle gegen einen Mann, dresche dem Kerl reflexartig mit der Faust auf die Brust und stoße dabei einen lauten Schrei aus. Nun ist mir die Aufmerksamkeit aller sicher.

»V-verzeihung. E-es tut mir leid«, stammle ich entsetzt und halte mir dann beschämt die Hand vor den Mund. Ich habe dem Hammerherrn einen heftigen Schlag verpasst. Der keucht, verdreht die Augen, tut, als würde er stolpern, und grinst mich dann an.

»Hat wehgetan, bringt mich aber nicht um. Allerdings wird die Arbeitsbelastung, die am kommenden Freitag bei meiner Feier auf Sie wartet, durch Ihren wilden Angriff etwas intensiviert werden. Als Entschädigung sozusagen. Sie erinnern sich an Ihr Versprechen?« Er sieht mich abwartend an.

»Natürlich. Wann soll ich im Schneeberghammer sein? Vor allem aber: Wobei kann ich helfen?«

»Die Köchin freut sich ab Mittag über Ihre Unterstützung. Am Nachmittag treffen die Gäste ein. Appetithäppchen werden verteilt und Getränke ausgeschenkt. Dabei stehen Sie bitte meinen Leuten zur Seite. Später folgt das Essen. Zum Servieren des Festmahls werden Sie nicht benötigt, allerdings werden dann in der Küche wieder helfende Hände gefragt sein.«

Ich nicke.

»Spätabends klingt die Feier aus, dann brauche ich Ihre Hilfe nur noch beim Ausschank der Getränke. Am Ende werden manche betrunken sein und in der Villa übernachten, andere werden sich nach Hause verabschieden.«

Ich weiß nicht, ob ich an dieser Stelle schmunzeln darf. Prüfend sehe ich den Hammerherrn an. Die Augen des Mannes zieren Lachfalten. Also erlaube ich mir ein Lächeln.

»Haben Sie einen dunklen Rock? Am besten einen schwarzen. Dunkelblau oder grau geht auch. Dazu eine weiße Bluse. Schürze und Häubchen bekommen Sie von der Köchin.«

Ich fahre mir durchs Haar. Inzwischen lockt es sich wieder. Verlegen zupfe ich an einer Strähne.

»Schwarzer Rock. Weiße Bluse. Habe ich.«

»Gut. Dann sehen wir uns am kommenden Freitag. Mittags.« Der Hammerherr wendet sich ab, hält dann jedoch inne und dreht sich noch einmal zu mir um. Ich habe bereits nach der nächststehenden Gießkanne gegriffen, um nicht den Anschein der Untätigkeit zu erwecken. Er sieht mich an und nickt. »Danke«, sagt er freundlich und geht.

Während ich mich an der Gießkanne festhalte, sehe ich mich verstohlen um. Still ist es geworden. Kaum einer hat den Kirchenvorplatz verlassen. An anderen Tagen wäre die Hälfte der Messebesucher längst im Wirtshaus verschwunden, doch heute ist etwas geschehen, was es bisher noch nie gab. Der Hammerherr hat länger als üblich mit einer Person aus ihrer Mitte gesprochen. Zudem mit einer Frau, die deutlich unter seinem Stand ist. Nicht nur ein höfliches »Guten Tag. Wie geht es Ihnen?« wurde gewechselt. Der Mann begann ein Gespräch, und die Haushälterin des Pfarrers antwortete. So ging das eine Weile hin und her. Das ist bemerkenswert.

Die Stille am Platz dauert exakt so lange an, bis Oscar Schneeberg verschwunden ist. Als ich den Hebel der Schwengelpumpe bediene und deren quietschendes Geräusch als eine Art Startsignal ertönt, kommt wieder Bewegung in die Menge. Danach geschieht das, was ich erwartet habe: Plötzlich interessieren sich auch meine Mitmenschen, vor allem die Frauen, für die zahlreichen Töpfe mit den Zierblumen, die sich auf dem Kirchenareal befinden. Anstatt den direkten Weg nach Hause zu nehmen, wird Welkes abgezupft, gegossen und geplaudert. Bis ich schließlich am Brunnen von mehreren Frauen umzingelt bin, die sich unbedingt mit mir unterhalten wollen. Genervt von den Neugierdsnasen beschließe ich, mich um das Kircheninnere zu kümmern. Sollten sie mir nachlaufen, wäre mir das nur recht. Ich kann Hilfe gebrauchen.

Und die bekomme ich auch. Tatsächlich gehen mir zwei

Frauen nach. Schon wandern die Liederbücher flott zurück an ihren Platz. Fundsachen – eine Kinderbibel und eine Habichtsfeder – werden auf dem Tisch für Vergessenes abgelegt. Der Regenschirm, der erst kürzlich hier liegen gelassen wurde, hat offenbar seinen Besitzer wiedergefunden. Ausgerechnet Senta, die Frau des Tierarztes, die mich »Hure« schimpfte, greift zum Besen und beseitigt, was zu beseitigen ist. Viel ist es nicht.

Unmittelbar bevor ich mich bei den beiden Unterstützerinnen für ihre Hilfe bedanken und sie verabschieden kann, kommt doch noch die Sprache auf den Hammerherrn. Hermine, eine der Helferinnen, hält es nicht mehr aus.

»Was hat Schneeberg eigentlich von dir gewollt?«

Ich seufze und zucke mit den Schultern. »Ihr wisst doch, dass er nach dem Tod seiner Frau einige Tage Gast im Pfarrhof war. Der Herr Pfarrer hat dem Hammerherrn Mut zugesprochen und versucht, ihn mit geistigem Beistand zu trösten.«

Senta und Hermine nicken im Gleichklang. Einer der beiden Frauen würde ich in diesem Augenblick am liebsten den Besen über den Kopf ziehen. Mein Blick bleibt an Senta hängen. Eindringlich betrachte ich sie, was ihr offenkundig unangenehm ist. Hermine räuspert sich. Ich nehme den Faden wieder auf.

»Nachdem er wieder in seine Villa zurückgekehrt ist, war da ja noch die Wäsche des Hammerherrn. Ich habe sie gewaschen und wollte sie am Tag des Kirchgangs zurückgeben. Daher habe ich seine Kleidung mit in die Sonntagsmesse genommen. In die Bank«, ich zeige vage in die Richtung der Kirchenbank, in der ich damals saß, »habe ich das Packerl gelegt, bin zur Kommunion gegangen, und als ich zurückkam, waren die in Papier eingeschlagenen Sachen verschwunden. Weg. Könnt ihr euch das vorstellen? In unserer Kirche wird gestohlen.«

Die beiden Frauen schütteln entgeistert die Köpfe.

»Danach musste ich Herrn Schneeberg gestehen, dass ich nicht ordentlich auf sein Eigentum aufgepasst habe. Es wurde vereinbart, dass ich einmal aushelfen würde, wenn in der Villa

Hilfe benötigt wird. Ja, und jetzt ist eben am kommenden Freitag eine Veranstaltung im Schneeberghammer, und ich arbeite das teure Hemd ab, indem ich mich einen Tag lang in der Küche nützlich mache.«

Mehr brauchen die Frauen nicht zu wissen. Und mehr werden sie auch nicht erfahren, denn das Kirchentor öffnet sich. Matthias tritt ein.

»Bist du hier fertig, Magdalena?« Sein fragender Blick trifft mich, anschließend nickt er den beiden Helferinnen freundlich zu.

»Ja, Herr Pfarrer. Ich komme schon.« Ich treibe die zwei Frauen vor mir her ins Freie. »Vielen Dank für eure Hilfe«, beeile ich mich noch zu sagen und laufe dann hinter Matthias zurück in den Pfarrhof. Die Arbeit am Friedhof kann ich auch ein anderes Mal erledigen.

45

Noch vor Kurzem erschien mir der kommende Freitag in weiter Ferne. Jetzt jedoch, da er da ist, bin ich nervös. Ich fühle mich überfordert. Wenn ich an Essen denke, wird mir übel. Das geht schon seit Tagen so. In meinem Kopf setzt sich ein Gedanke fest: Ist es möglich, dass ich schwanger bin? Meine Unpässlichkeit plagt mich jedenfalls. Hauptsächlich ernähre ich mich daher von Apfelmus, Tee und Suppe. Der Geruch von Gebratenem widert mich an. Und gerade heute soll ich doch in der Küche bei Oscar Schneeberg helfen. Was, wenn ich mich danebenbenehme? Sicher kommen jede Menge nobler Gäste in den Schneeberghammer. Die haben doch alle Bedienstete, die genau wissen, wie man ein Glas reicht, wann man sich besser im Hintergrund hält und dass man zur Verfügung zu stehen hat, kaum dass die gnädige Frau mit den Wimpern klimpert.

Das sind Regeln einer Kultur, die ich nicht kenne. Vielleicht muss ich aber auch gar nicht unter die Leute. Vielleicht genügt es, wenn ich der Köchin zur Hand gehe und mich in der Küche nützlich mache.

Matthias versucht, mich zu beruhigen. »Das, was du bei mir am Pfarrhof machst, unterscheidet sich kaum von dem, was dir der Hammerherr anschaffen wird. Außerdem bist du ja nicht allein. Du brauchst nur zuzusehen, zu lernen, zu lächeln und zu schweigen. Du bist geschickt. Du schaffst das ganz bestimmt.«

Ich bin sogar zu aufgeregt zum Kochen, deswegen zwingt Matthias mich, vormittags eine Portion Kaiserschmarrn zu essen. Das ist eines der Gerichte, die er selbst zubereiten kann. Sein Lieblingsgericht. Eine reichliche Portion Rosinen befindet sich darin. Herrlich flaumig, herrlich süß ist er. Tatsächlich genieße ich den Schmarrn. Dazu gibt es ein Glas Milch. Danach ist mir wieder furchtbar übel. Ich hasse warme Milch. Nächstes Mal werde ich sie verweigern. Außerdem ist meine Aufregung nicht verschwunden. Im Gegenteil. Ich werde immer unruhiger.

Zum wiederholten Male prüfe ich die Optik meiner Kleidung. Die Bluse ist noch genauso weiß und sauber wie vor fünf Minuten. Der Rock ist schwarz. Der Saum ist allerdings bereits abgestoßen, aber so tief wird sich hoffentlich niemand bücken, um diesen Makel zu bemerken. Mit meinen Haaren bin ich unzufrieden. Damit ist nichts anzufangen. Sie sind viel zu kurz, um sie zu einem schönen Knoten zu flechten, aber immerhin so lang, dass sie mir ständig ins Gesicht hängen. Also habe ich meine Wellen zu einem Seitenscheitel gelegt und sie mit zwei schwarzen Haarklammern oberhalb der Ohren befestigt. Zumindest sehe ich nicht mehr aus wie ein Knabe.

»Hübsch bist du.« Matthias nimmt mich vor meinem Weggang in die Arme, worauf ich protestierend auf meine Bluse zeige. »Die wird doch zerknittert.«

Vorwurfsvoll sehe ich ihn an. Er lacht, fasst mich an der

Taille und küsst mich. Das erste Mal seit etwa zwei Wochen genieße ich dieses Gefühl der Vertrautheit. Ich drücke mich an ihn und bitte ihn um einen weiteren Kuss. Matthias malt mir ein Kreuz auf die Lippen, küsst mich noch einmal und schickt mich dann fort.

Ach, mir wäre lieber, er hätte dem Hammerherrn das Hemd bezahlt. Was, wenn ich den Gastgeber blamiere? Rasch schlage ich mir diesen Gedanken aus dem Kopf, schreite flott aus und stehe viel zu schnell vor der prächtigen Villa. Wieder wird mir flau im Magen. Ich hebe den Blick zum Himmel. Auch das Wetter zeigt sich nicht von seiner besten Seite. Gestern noch strahlte die Sonne, doch heute ist mit Regen zu rechnen.

»Hoffentlich hält's noch eine Weile«, flüstere ich, bevor ich mir schließlich einen Ruck gebe und die Stufen zur Villa hinaufsteige.

46

Hektik empfängt mich. Der Sekretär des Hammerherrn winkt mich energisch in die Küche, wo mir eine Schürze »fürs Grobe«, wie er es nennt, ausgehändigt wird. Später würde ich eine gute Servierschürze erhalten, verspricht er mir. Dazu eine Haube, damit keine Haare in die Getränke oder ins Essen der Gäste geraten. Jakob seufzt, sieht mich an und rümpft die Nase. Er wirkt unzufrieden. Ich werde rot. Ein bisschen vor Ärger, aber auch vor Scham. Was ist es denn, was ihm missfällt?

»Mitkommen!«, befiehlt der Sekretär.

Folgsam laufe ich hinter ihm her. Gemeinsam betreten wir einen Raum am Ende der Eingangshalle. Das kleine Zimmer liegt verborgen unter der Treppe. Es ist ein Badezimmer, hell und freundlich ist es eingerichtet. Eine junge Frau verlässt es soeben. Ihre Augen strahlen.

Der Sekretär tritt zur Seite, schiebt mich durch die offene Tür und verkündet: »Marcella, bitte mach irgendwas. Diese Haare sind eine Katastrophe. So kann sie unsere Gäste unmöglich bedienen. Schließlich soll sie Getränke reichen.«

Marcella kümmert sich gerade um Lotti. Ich kann mir ein Lächeln nicht verkneifen, denn die junge Frau sieht völlig anders aus als sonst. Lottis Haar liegt in Wellen um ihren Kopf. Die Wimpern sind getuscht, die Lippen glänzen.

»Lotti«, entfährt es mir. »Hübsch siehst du aus. Deine Haare sind schön. Das schwarze Kleid steht dir.«

Lotti klatscht in die Hände und will aufstehen, wird jedoch von Marcella noch einmal in den Sessel gedrückt.

»Augenblick noch.« Sie pudert das Gesicht der jungen Frau behutsam und gibt ihr dann einen Klaps. »Jetzt!«

Lotti zischt ab.

»Wenn du eine Verschönerung brauchst, kommst du wieder«, ruft ihr Marcella hinterher.

Das bringt ihr eine Rüge von Jakob ein. »Wir schreien hier nicht!«

»Wir schreien hier nicht«, äfft ihn Marcella nach und kümmert sich nicht darum, dass er es hört.

Ich grinse in mich hinein.

»Ich werde dafür bezahlt, dass die Leute gut aussehen, mein Lieber«, erklärt Marcella. »Dazu gehört auch, dass ich manchmal laut werde. Alles klar?«

Jakob schüttelt missbilligend den Kopf, schiebt mich ein weiteres Stück vor und befiehlt: »Mach was draus!«

»Bitte Platz nehmen.«

Marcella drückt mich in den Stuhl. Der große Spiegel zeigt, dass eine hübsche Blondine, die ihr langes Haar zu einer Hochsteckfrisur geformt hat, direkt hinter mir steht. Zahllose Locken sind um ihren Dutt drapiert. Einzelne Strähnen fallen ihr locker ins Gesicht. Es sieht perfekt unperfekt aus.

»Du brauchst einen Schnitt«, verkündet Marcella und schaut

mich kritisch an. Sie umrundet mich. Ich meine, sie mit den Zähnen knirschen zu hören.

»Warum gönnt ihr Dorfleute euch nicht hie und da einen ordentlichen Friseurbesuch? Deine Haare könnten so nett aussehen. Ich finde es übrigens mutig, dass du sie derart kurz trägst.« Sie zupft die Spangen von meinem Kopf, freut sich laut, dass meine Haare frisch gewaschen sind, und fummelt wild darin herum. »Ich bin Marcella«, verkündet sie plötzlich zwinkernd. »Herzlich willkommen, Madame, ich werde mich heute um Ihr Aussehen kümmern.«

Ihr Getue nötigt mir ein Lachen ab. »Vielen Dank! Ich heiße Magdalena, und auf meinem Kopf kann es eigentlich nur besser werden.«

Nun lacht sie auch, angelt nach einem Tuch und legt es mir um. »Du hast hübsche Locken. Wir müssen sie nur bändigen.«

Sie murmelt etwas. Marcella hat offenbar Pläne. Keinen Gedanken verschwendet sie darauf, dass mir ihre Idee nicht gefallen könnte. Der Blick in den Spiegel verbietet mir ohnehin jeden Widerspruch. Die Frau wirkt hoch konzentriert. Außerdem denke ich an Lotti, die einfach umwerfend aussieht. Das will ich auch. Hübsch aussehen.

»Ich verpasse dir einen französischen Schnitt.« Marcella rollt die Rs dramatisch und hebt drohend die Schere. Ich schließe ergeben die Augen. Sie lacht wieder.

Während sie sich durch meine Haare arbeitet, erklärt sie, dass sie mir Stufen ins Deckhaar schneidet. Das würde meine Locken dazu animieren, in ihre natürliche Position zu springen, dem Haar mehr Fülle bescheren und mir einen ganz neuen Stil. Es genüge, die Haare zu waschen, sie an der Luft zu trocknen und sie danach in Form zu zupfen. Alles andere werde ihr grandioser Schnitt übernehmen.

Marcella feuchtet meine Haare an. Die Schere klackert um meinen Kopf. Ich mag das Geräusch nicht. Auch dass mir Haarsträhne um Haarsträhne abgeschnitten wird, gefällt mir nicht. Es erinnert mich an die Aktion der Verwandtschaft meines

Mannes. Vor allem an deren Freude, nachdem sie mir den Kopf gänzlich kahl geschoren hatten.

»Très chic«, flüstert Marcella direkt an meinem rechten Ohr. »Angsthäschen, du kannst die Augen wieder öffnen.«

Sie hält mir einen Spiegel so hin, dass ich meinen Hinterkopf sehen kann.

»Seitlich und hinten habe ich deine Haare etwas gekürzt. Sie sind jetzt fransiger. Und gut durchgestuft. Die Ohren sind frei, aber«, sie zupft an einer Locke, »vor den Ohren habe ich dir Haarsträhnen belassen, wie du siehst. Diese Koteletten sehen frech aus. Passt zu dir.«

Ich betrachte mich, finde mich fremd, aber irgendwie bezaubernd.

»Wie eine Elfe siehst du aus. Eine übermütige Elfe.« Marcella grinst. »Dein Deckhaar ist länger als die Seiten. Vorne verwuscheln wir die Haare, sodass dir ein paar Locken in die Stirn fallen. Selbst wenn dir jetzt der Wind ins Haar fährt, ist das gleichgültig. Es sieht immer aus, als ob es so gehört.«

Sie betrachtet mich kritisch, befiehlt »Augen zu!« und zupft mir die Brauen zurecht. »Fertig.« Marcella reicht mir roten Lippenstift. »Den trägst du abends auf. Nur keine Zurückhaltung. Wehe, ich sehe dich ohne. Und auch für dich gilt: Wenn du Hilfe brauchst, ich werde heute den ganzen Tag dafür bezahlt, die Ladys und Gentlemen optisch zu verfeinern. Unabhängig davon, ob sie in der Küche arbeiten oder zur Schar der Gäste gehören. Wenn die Tür offen ist, einfach herein mit dir.«

Sie nimmt mir den Umhang von den Schultern und bürstet mich ab.

»Abgang!«

Ich bedanke mich bei Marcella und gehe fröhlich zurück in die Küche.

47

Wir bekommen kaum etwas vom Eintreffen der Gäste mit. Erst als Jakob in die Küche stürmt, wissen wir, dass unsere Hilfe gefragt ist. Drei von uns sind für den Ausschank zuständig. Uns wird erklärt, dass Oscar Schneeberg mit seinen Gästen über die Anlage des ehemaligen Schneeberghammers bummeln, ihnen das alte Sensenwerk und die dazugehörenden Gebäude zeigen und sie zum Abschluss in den Garten führen wird. Dort befindet sich eine lange Tafel für das nachmittägliche Essen. Weiße Tischtücher bewegen sich im Wind. Geschirr und Gläser sind bereits aufgelegt. Noch hält das Wetter. Nur wenige Wolken stehen am Himmel.

Eine von uns soll in der Mühle für Getränkenachschub sorgen. Das ist meine Aufgabe. Eine andere Helferin wird in den stillgelegten Hammer geschickt. Die dritte Frau wartet darauf, dass die Herrschaften in den Garten kommen, um sie dort mit Getränken zu versorgen. Unmittelbar danach wird das Essen von den Bediensteten serviert.

»Magdalena, nicht Luftschlösser bauen, ab in die Mühle. Jetzt!« Jakob durchbohrt mich und die anderen zwei mit scharfen Blicken. »Die Getränke befinden sich bereits an euren Standorten, ebenso die Gläser. Ihr braucht nur Champagner in rauen Mengen auszuschenken. Die Korken«, verkündet der Sekretär, »werden fast von selbst knallen. Ihr werdet keine Probleme beim Öffnen der Flaschen haben. Und denkt daran«, warnend hebt er den Zeigefinger, »die Zufriedenheit unserer Gäste ist oberstes Gebot.«

Wie ein Butler zupft Jakob unsere gestärkten Schürzen zurecht. Marcella prüft Gesichter und Frisuren. Fehlt nur noch, dass wir alle einen Klaps auf den Hintern bekommen wie die Lieblingsrösser der edlen Herrschaften.

Und schon geht es los. Jede von uns eilt an ihren Bestimmungsort. Ich habe vergessen, auf die Toilette zu gehen. Noch habe ich allerdings Zeit, denn gerade konzentriert sich alles aufs

Herrenhaus. Rasch husche ich zur Rückseite der Mühle, zerre meinen Rock hoch und erleichtere mich. Ein wohliger Seufzer begleitet das Plätschern des Urins, was wiederum von einem lauten Lachen begleitet wird. Wenige Schritte hinter mir steht Oscar Schneeberg und grinst frech.

So würdevoll es in einer solchen Situation möglich ist, erledige ich mein Geschäft, verberge meinen Kopf aber verschämt im Stoff meines langen Rockes und warte darauf, dass er Anstand beweist und verschwindet. Endlich macht er sich vom Acker.

Wütend springe ich auf, schüttle meinen Rock aus und fauche: »Ihr Männer habt es leicht. Ihr stellt euch einfach zur Seite und tut, als ob ihr einen Holzstoß begutachtet oder euren Blick über die Ländereien schweifen lasst. Es ist unfair, eine Frau in Not auszulachen.«

Nicht bemerkt habe ich dabei, dass Schneeberg am Brunnen vor der Mühle steht, meine Nörgeleien also deutlich hören konnte. Wieder lacht er laut auf, geht an mir vorüber und betritt die Mühle. Rasch wasche ich mir die Hände im kalten Brunnenwasser und wische sie an der Rückseite des Rocks trocken. In diesem Augenblick kommt Schneeberg zurück ins Freie. Er hält eine Flasche in der Hand.

»Ich wollte Ihnen nur rasch zeigen, wie man die Flasche öffnet, ohne dass der gute Champagner zur Fontäne wird.« Er sieht mich an und grinst immer noch.

»Nun?«, erwidere ich kurz angebunden.

Er stellt sich neben mich. »Langsam kommen lassen.« Er legt seinen Daumen auf den Korken nahe dem Flaschenhals, schiebt ein bisschen an, sodass sich ein Spalt auftut. Dann dreht er ihn behutsam heraus. Der Korken löst sich mit einem leisen Ploppen aus seiner Position. Ein Zischen ist zu hören, mehr nicht.

»Klingt nicht aufregend. Kann ich bestimmt.«

»Soll nicht aufregend klingen, sonst ist die sprudelnde Kohlensäure mit einem Knall dahin. Das wäre schade, denn erst die

Kohlensäure macht den Champagner zum köstlich-prickelnden Getränk.« Er sieht mich eindringlich an.

Ich nicke als Zeichen, dass ich verstanden habe.

»Mitkommen!«, befiehlt er.

Fügsam betrete ich nach ihm das Innere der Mühle. Er befüllt zwei Gläser und reicht mir eines.

»Trinken. Lockert die Stimmung. Lässt Sorgen und peinliche Ereignisse vergessen.«

Er schmunzelt und hebt das Glas, während ich verlegen schnaube. Schließlich proste ich ihm zu, nehme einen Schluck und bemerke im selben Moment, dass er ein schönes weißes Hemd trägt, dazu eine passende Krawatte. Ist es möglich …?

»Sie haben das Hemd zurückerhalten? Oder haben Sie mehrere davon?« Ich zeige mit meinem halb vollen Sektglas auf sein Kleidungsstück und leere das Glas dann in einem Zug. Sofort fühle ich, wie der Alkohol seine Wirkung tut. Warm wird mir, auch ein wenig schwindlig.

»Da hatte jemand ein schlechtes Gewissen. Es wurde mir zurückgegeben. Eigentlich hätten Sie also nicht mehr aushelfen müssen, aber«, er sieht mich an, »ich mag es, wenn Sie um mich herum sind.«

»Ich muss das abwaschen«, sage ich und halte mein Glas wie einen Schild vor mich hin. »Sie entschuldigen mich.«

Er folgt mir, krempelt die Ärmel hoch und spült auch sein Glas unterm Wasserhahn des Brunnens ab. Wie er so neben mir steht, mit nassen Händen, seiner braunen Haut und den Haaren auf den Armen, überkommt mich plötzlich Lust. Ich gebe dem Alkohol die Schuld an diesem irrwitzigen Gefühl, nehme das Geschirrtuch von der Schulter und strecke meine Hand nach seinem Glas aus. Die sauberen Gläser stelle ich zurück aufs Tablett und trage es zurück in die Mühle. Er folgt mir.

»Ihre Haare sind schön geworden. Ich habe Marcella gebeten, sich darum zu kümmern.«

Er steht unmittelbar hinter mir. Ich höre seinen Atem nicht

nur, ich fühle ihn in meinem Nacken. Gleich wird er mich berühren. Rasch drehe ich mich zu ihm um, nehme die Champagnerflasche und schiebe sie zur Herstellung einer schicklichen Distanz zwischen unsere Körper. Er greift nach dem teuren Abstandshalter, trinkt einen ordentlichen Schluck direkt aus der Flasche und hält sie mir herausfordernd hin.

Ich zucke mit den Schultern, sehe ihn an und schüttle den Kopf. Er stellt die Flasche zur Seite. Dadurch ist er kurz abgelenkt, was ich schamlos ausnutze. Das Spiel von Reiz und Verführung kann auch ich spielen. Ich fasse nach seiner Krawatte und ziehe ihn daran zu mir. Willig gibt Schneeberg dem Zug nach und betrachtet mich überrascht, was mich heimlich amüsiert. Sein Gesicht befindet sich nur wenige Zentimeter von meinem entfernt.

»Küss mich!«, sage ich, ziehe fester und spüre endlich seine Lippen auf meinen. Sie sind kühl vom Alkohol. Seine Zunge öffnet meinen Mund. Ich schmecke Champagner, lasse zu, dass er mich an sich drückt. Seine Hände wandern meinen Rücken hinab, er legt sie auf meinen Hintern. Ich fühle die Wärme seiner Handflächen durch den Stoff und presse mich fest an ihn. Ich genieße es, wie er auf diese Annäherung reagiert, denn er schlingt seine Arme nur noch fester um mich und zerquetscht mich fast. Diese Leidenschaft hätte ich nicht von ihm erwartet.

Ich reibe meinen Unterleib an seinem. Nur ein bisschen. Gerade so, dass er darauf anspringen kann. Er stöhnt, nimmt meine Hand und drückt sie in seinen Schritt. Unter meiner Handfläche fühle ich das, was ich ohnehin geahnt habe. Er will mich. Ich reize ihn noch ein bisschen mehr, drücke und reibe den Stoff seiner Hose an delikater Stelle. Gleich wird das Spiel ohnehin zu Ende sein. Schneeberg weiß es noch nicht. In wenigen Augenblicken wird uns Jakob stören. Ich habe bereits durch die schmalen Ritzen der Fensterläden gesehen, wie der Sekretär eilig der Mühle zustrebt.

»Wir haben noch ein bisschen Zeit«, flüstert der ahnungslose Hammerherr, umarmt mich und küsst meinen Hals. Er drängt sich an mich. Und er täuscht sich. Das erste Mal seit ich Jakob kenne, spielt mir der hochnäsige Sekretär in die Hände. Unabsichtlich zwar, aber immerhin. Gleich wird er für eine Unterbrechung sorgen, die seinem Herrn bestimmt nicht recht sein wird. Wäre er nicht gekommen, hätte ich mir etwas einfallen lassen müssen, um Schneebergs Verlangen zu bremsen. Aber auf Jakobs Kontrollwahn ist Verlass.

»Herr Schneeberg«, ertönt eine Stimme von draußen. »Sind Sie hier?«

Schneeberg löst sich blitzschnell von mir, nimmt meine Hand, hebt sie an seinen Mund und küsst meinen Handrücken.

»Später! Das ist ein Versprechen«, sagt er und verlässt mich. Die Ausbuchtung seiner Hose spricht eine klare Sprache. Er ist scharf auf mich.

48

Die kommenden Stunden vergehen wie im Flug. Zuerst heißt es warten, dann werden die Gäste mit Getränken versorgt. Schön sind sie gekleidet. Derart herrliche Garderobe habe ich noch nie gesehen. Das Wort Eleganz bekommt für mich eine neue Bedeutung. Die Frauen sind umwerfend. Die Männer gepflegt und stolz.

Nach der Besichtigung kommt die Gesellschaft erneut an der Mühle vorbei. Die Gäste befinden sich bereits in heiterer Stimmung. Noch einmal schenke ich Champagner ein. Gläser klirren, Männer lachen, Frauen unterhalten sich. Ihre hohen Stimmen höre ich noch, als sie bereits dem Garten zustreben.

Ich gebe die Gläser in die dafür vorgesehenen Behälter, stelle die leeren Flaschen auf den Tisch und die vollen zurück in die Kisten. Jakob hat uns eingeschärft, für Ordnung zu sorgen, damit die dafür eingeteilten Männer später alles nur noch abholen, aber nicht mehr aufräumen müssen. Mein Blick gleitet noch einmal über mein Arrangement, danach mache ich mich auf den Weg in die Küche, um der Köchin zur Hand zu gehen.

Am Gartenzaun halte ich ein Weilchen inne und betrachte die Gäste an der langen Tafel. Der Bürgermeister und die Gemeinderäte sitzen am Tisch, ebenso der Arzt mit seiner Frau. Zu meiner Überraschung befindet sich auch Matthias unter den Gästen. Er hat kein Wort darüber verloren. Neben ihm sitzt die Hebamme, gegenüber der Tierarzt mit Frau. Beim Champagnerumtrunk waren die Dörfler noch nicht dabei, sie sind offenbar erst später dazugekommen.

Ein Zischen erregt meine Aufmerksamkeit. Lotti winkt mich zu sich heran. »Küche«, sagt sie und zupft an meinen Haaren herum, kaum dass ich in ihrer Reichweite bin.

Es ist bereits nach Mitternacht, als sich die letzten Gäste verabschieden oder in den ihnen zugeteilten Zimmern der Villa verschwinden. Nach und nach gehen die Lichter aus, nur in der Küche herrscht noch reger Betrieb. Mein Magen knurrt, während ich die letzten Teller spüle. Neben mir wird abgetrocknet. Andere sorgen dafür, dass für das Frühstück aufgedeckt wird. Die Köchin arrangiert die Überreste der Mahlzeiten appetitlich. Ein Mädchen hilft ihr dabei. Ich gähne, schnuppere und finde, dass ich mehr als nur eine Katzenwäsche vertragen kann.

»Wir essen noch eine Kleinigkeit!«

Jakob will protestieren, doch der scharfe Blick der Köchin lässt ihn verstummen. »Und ein Glas Wein haben wir uns auch verdient«, fügt sie hinzu und lächelt den Sekretär breit an.

Auf dem Küchentisch steht eine Platte, auf der sich verschiedene Köstlichkeiten befinden. Wir greifen begeistert zu. Alle scheinen noch einmal ihre Kräfte mobilisiert zu haben, denn für eine Weile geht es lustig zu. Gläser klirren, Augen glitzern, Blicke werden ausgetauscht. Besonders zwischen einem Mädchen und einem der Helfer, der zuvor für die schweren Arbeiten zuständig war. Nach und nach verabschiedet man sich. Gerade als auch ich aufbrechen will, steht Oscar Schneeberg in der Tür. In der Hand hält er ein Kuvert, das er seiner Köchin wortlos überreicht. Sie strahlt ihn an.

»Vorzüglich wie immer. Sie sind meine schönste Perle.« Er verbeugt sich so tief, dass die rundliche Frau rot wird und kichert.

Ich grinse verstohlen und schlüpfe am Hammerherrn vorbei zur Tür hinaus. Im Vorübergleiten streife ich absichtlich mit meiner Hand seine, werfe ihm einen raschen Blick zu und nicke verabschiedend. Ich finde es wunderbar, dass er mich noch einmal gesehen hat. Soll er sich ruhig an die aufregenden Minuten am Nachmittag erinnern. Es schadet nicht, wenn er sich nach mir verzehrt und mich nicht erreichen kann, weil ich schon fort bin.

Ich bin bereits auf dem Weg zur Außentreppe, als mich Schritte einholen.

»Warten Sie!«

Ich benehme mich, als hätte ich nichts gehört, sehe in den dunklen Himmel und freue mich, dass das Wetter gehalten hat.

»Warte!« Seine Schritte werden schneller. »Warte, bitte.«

»Ich bin müde.« Mehr fällt mir nicht ein.

»Ich weiß. Komm.«

Wenn jetzt noch jemand wach ist, dann sieht er, wie Oscar Schneeberg eine Frau aus dem Dorf am Arm nimmt, die sich seinem Wunsch nach einem Rendezvous skandalöserweise fügt.

49

Oscar Schneeberg führt mich die Treppe hoch. Ich erinnere mich an seine Schilderungen, dass sich die privaten Räumlichkeiten direkt über dem Salon befinden. Er bringt mich tatsächlich in sein Schlafzimmer und weiter durch eine Tür ins Bad. Noch nie zuvor habe ich ein derart schönes Badezimmer gesehen. Auf dunklem Schiffboden steht – unmittelbar vor dem Fenster – eine riesige Wanne auf Löwenfüßen. Schneeberg hantiert an Armaturen herum, woraufhin Wasser in die Badewanne plätschert. Die Wasserhähne sind vergoldet.

An der gegenüberliegenden Wand sind zwei Waschbecken montiert, darüber ist ein riesiger goldgerahmter Spiegel angebracht. Über uns funkelt ein Kronleuchter, der aussieht, als bestünde er aus Diamanten und nicht aus Glas. An den Wänden hängen Bilder von Badeszenen – nackte Männer und Frauen, die sich vergnügen – sowie kleine und große Gemälde mit Teichlandschaften und Fabeltieren, die aus dem Wasser auftauchen. Umwerfend ist auch die Tapete. Darauf abgebildet sind hellgrüne Palmwedel auf beigefarbenem Grund. Exotische Vögel tummeln sich in diesem Dschungel.

Am Ende des Raumes sehe ich zwei Türen. Eine davon ist nur angelehnt. Dahinter erspähe ich eine Dusche. Hinter der anderen Tür wird sich wohl eine Toilette befinden. Auf einem Handtuchhalter hängen Handtücher im Grün der Tapeten. Die Farbe wiederholt sich auch in den blickdichten Vorhängen, die Oscar eben zuzieht.

»Sie sind zu lang«, sage ich und zeige auf die Vorhänge, die wie Brautschleppen am Boden liegen.

»Das gehört so«, erwidert er und prüft die Wärme des Wassers in der Wanne, bevor er schließlich sein Hemd aufknöpft und aus der Hose steigt. Interessiert sehe ich ihm dabei zu. Seine Bewegungen sind sinnlich. Seine Unterwäsche fällt zu Boden. Eigentlich sollte ich verlegen sein, aber ich fühle mich wunderbar. Es muss an seinen Blicken liegen. Darin liegt Begehren.

Schließlich kommt Oscar zu mir. Er legt seine Handfläche auf meine Wange, streicht mit dem Daumen über meine Lippen und küsst mich. Seine Finger knöpfen meine Bluse auf, er zieht mir den Rock aus. Alles fällt und bauscht sich zu meinen Füßen. Ich stehe im dünnen Unterkleid vor ihm. Er bewundert mich.

Oscar berührt die verblassten Kratzer auf meinem Oberkörper und runzelt die Stirn über das halbrunde Mal auf meiner Brust. Seine Finger verschränken sich in meine. Er zieht mich an sich und schiebt die Träger meines Unterkleids zur Seite. Es fällt zu Boden. Meine Unterhose folgt. Das Wasser in der Wanne ist herrlich.

Diese Nacht hat ihren Preis, das ist mir bewusst. Oscar hat keine Ahnung, welche Hintergedanken ich hege. Er meint, mich zu erobern, dabei ist er meine willige Beute.

Und wohlig seufzend finden wir Gefallen aneinander.

50

Für Korbinian beginnt der Tag früh. Er hat sich vorgenommen, ein Stück Hochwild zu schießen. Er schultert seinen Rucksack und das Gewehr und will sich auf den Weg machen, als ihn ein Geräusch irritiert. Er runzelt die Stirn. Offenbar hat nicht nur für ihn der Tag zeitiger begonnen als üblich. Er hört Schritte.

Rasch verbirgt sich Korbinian hinter einer halbhohen Mauer. Gerade rechtzeitig. Eine Frau läuft an ihm vorüber. Sie bemerkt ihn nicht. Hätte sie ihn gesehen, wäre ihr wohl das Herz stehen geblieben. Es ist Magdalena, sein Beichtstuhlgeheimnis. Sie kommt aus der Villa. Bestimmt ist sie auf dem Weg ins Dorf, zurück zu ihrem Pfarrer.

Korbinian hebt sein Gewehr und visiert sie in der Dämmerung an. Es wäre ein Leichtes, ihr in den Rücken zu schießen. Er bräuchte nur abzudrücken. Er lässt die Waffe wieder sinken. Es gibt Wichtigeres zu tun, als lose Weibsstücke abzuknallen. Viel besser ist es, das Gesehene an richtiger Stelle anzubringen.

Ist es der Sekretär des Hammerherrn, der die Frau für sich

eingenommen hat? Korbinian grinst. Nein, das wäre zu wenig skandalös. Warum nicht gleich Oscar Schneeberg ins Gespräch bringen? Soll er zuerst der Tierarztfrau davon berichten? Sentas eifersüchtige Blicke bleiben häufig an Schneeberg hängen. Oder soll er eine entsprechende Beichte bei Matthias ablegen? Warum nicht ihm von Magdalenas unheiliger Allianz berichten, ihm den Floh ins Ohr setzen, dass sie ihn bereits wegen eines anderen abserviert hat? Korbinian streicht über den Schaft seiner Waffe.

»Morgen ist Erntedankfest. Ich denke, ich werde die Ernte jetzt einfahren«, flüstert er und macht sich auf den Weg ins Revier.

51

»Entweder du entschädigst mich, oder ich erzähle den Dorfbewohnern vom Verhältnis mit deiner Haushälterin. Du bist kein armer Mann. Als Pfarrer hast du doch kaum Ausgaben. Dich erhält die Kirche. Sicher bist du sparsam und hast Geld zur Seite gelegt. Außerdem kannst du ja behaupten, du brauchst Spenden für eine Kirchensanierung. Dachstuhl, Orgel, Holzwürmer, was weiß ich? Ist bestimmt genug zu tun in deinem erkennbar desolaten Gotteshaus. Oder geh zu Schneeberg. Lass dir was einfallen. Ich will Geld von dir. Siebzigtausend. Gemunkelt wird ohnedies bereits über dich und dein junges Liebchen. Es braucht nur noch ein wenig mehr Pulver, um die Bombe zu zünden.«

»Siebzigtausend Schilling!« Im ersten Augenblick ist Matthias versucht, aus dem Beichtstuhl zu stürmen, die Tür zur Nebenkabine aufzureißen und Korbinian zu verprügeln. Allerdings warten dieses Mal bereits andere Sünder auf die Beichte, und die sitzen in einer nur wenige Schritte entfernten Kirchenbank, vermutlich mit gespitzten Ohren, auf pikante Details zu örtlichen Sündenfällen hoffend. Also darf er sich auf keinen Fall eine derartige Blöße erlauben.

Er rutscht nervös auf seinem Sitzkissen hin und her und bereut es sofort, denn der um seinen linken Oberschenkel befestigte Bußgürtel schneidet ihn schmerzhaft ins wunde Fleisch. Matthias sucht krampfhaft nach einer Lösung. Er braucht Zeit, deswegen bittet er Korbinian: »Komm heute Abend in den Pfarrhof. Ich werde dafür sorgen, dass Magdalena nicht im Haus ist. Reden wir. Ich bin kompromissbereit, wenn du es auch bist.«

»Auf keinen Fall komme ich zu dir in den Pfarrhof. Wir machen das anders. Wir gehen gemeinsam auf die Pirsch. Im Wald hören und sehen uns nur Fuchs und Dachs. Ich will keiner Menschenseele begegnen.«

52

Senta, die auch darauf wartet, ihre Beichte abzulegen, findet sich wenig später einem geisterhaft bleichen Pfarrer gegenüber, der offenbar vergessen hat, das hölzerne Gitter zu schließen, das sich normalerweise zwischen Beichtvater und Sünder befindet. Sie erkennt Verzweiflung in seinem Gesicht, aber auch Hass und einen Funken Enttäuschung. Der arme Mann sieht aus, als ob er eine schlechte Nachricht erhalten hätte. Und dann schießt es ihr ein: Der Kerl ist verliebt und hat gerade begriffen, dass seine Angebetete sich anderweitig vergnügt.

Eine Erinnerung zuckt durch ihren Verstand. Sie lächelt bittersüß und sagt dann das, was sie immer sagt, wenn sie mit der Beichte beginnt: »Im Namen des Vaters, des Sohnes und des Heiligen Geistes.« Noch bevor der Pfarrer seinen Standardsatz vom Stapel lassen kann, der von der Erkenntnis der Sünden und der Erleuchtung handelt, spricht sie auch schon weiter: »Herr Pfarrer, bitte grämen Sie sich nicht zu sehr wegen Ihrer Haushälterin. Dass die ein Luder ist, hätte ich Ihnen schon eher sagen können.« Senta holt Luft, bemerkt, dass sie die völlige Aufmerksamkeit des Pfarrers hat, und fährt fort. »Wissen Sie, manchmal kann ich nicht schlafen, dann stehe ich nachts auf und setze mich ans Fenster, um Frischluft zu schnappen. Da bleibt es nicht aus, dass man Vorkommnisse wahrnimmt, die sonst keiner sieht. Und da ist mir eben aufgefallen, dass Magdalena in der Nacht von Freitag auf Samstag wirklich spät nach Hause gekommen ist. Eigentlich ja früh, wenn man es genau nimmt. Zu der Zeit waren die Fenster des Schneeberghammers längst finster. Die kam nicht von der Arbeit bei Oscar Schneeberg. Ich sehe da direkt hin. Die hat einen Liebhaber. Die sind Sie bald los. Glauben Sie mir, es gibt wirklich zuverlässigere Helferinnen als dieses dumme Weibsbild. Auch welche im passenden Alter.«

Matthias hört die Frau reden. Er spürt wieder den vermaledeiten Bußgürtel an seinem Bein. Zum zweiten Mal ist ihm heute danach, jemanden zu schlagen. Auch wenn dieser Jemand eine Frau ist und er sich unter Kontrolle haben sollte. Anstatt schlichtweg seine Faust durchs Beichtfenster zu stoßen und der Tierarztgattin ein blaues Auge zu verpassen, greift er nach dem Holzgitter, das erst kürzlich eingesetzt wurde. Ein Gitter, das Korbinian vorhin einfach aus dem Rahmen gedrückt hat, um Matthias von Angesicht zu Angesicht gegenüberzusitzen. Der Pfarrer reißt einen schmalen Holzstreifen nach dem anderen daraus heraus, bis es nur mehr aus einzelnen Teilen besteht. Danach zerbricht er diese Teile in zwei weitere Hälften.

»Raus«, sagt Matthias leise. »Raus!«, brüllt er dann laut, worauf Senta entsetzt aus der Kabine des Beichtstuhls stürzt und dafür verwunderte Blicke der beiden Männer kassiert, die ebenfalls auf ihr Beichtgespräch warten.

Matthias fragt sich verzweifelt, wie er die Messe zum Erntedankfest, die in einer Stunde beginnt, mit froher Miene hinter sich bringen soll. Er stützt den Kopf in seine Handflächen und weint.

53

Da Korbinian sich weigerte, ins Pfarrhaus zu kommen, sitzen der Pfarrer und der Jäger nun nebeneinander am Hochstand. Korbinians Jagdgewehr lehnt in der Ecke. Der Abend ist bereits herbstlich angehaucht.

»Dem Kalender nach ist es noch Sommer, aber ich spüre die Herbstkälte schon in meinen Knochen«, flüstert Matthias und zieht die Jacke an, die er vorsorglich mitgebracht hat. Die Dämmerung wird bald in die Nacht übergehen. Am Boden neben ihm steht eine Thermoskanne mit Tee. Matthias greift danach und stellt sie zwischen seine Oberschenkel.

Korbinian räuspert sich. »Denkst du noch an die Zeit, die wir gemeinsam im Priesterseminar verbracht haben? Die war doch schön.« Zweifel liegt in seiner Stimme.

Matthias begreift, was Korbinian von ihm hören will. Es war damals tatsächlich eine schöne Zeit. Sie haben miteinander gelernt, sich ausgetauscht und diskutiert. Sie sind regelrecht aneinandergeklebt. Derart intensiv, dass bald gemunkelt wurde. Vergeblich haben sie versucht, sich voneinander zu distanzieren. Am Ende hat die Versuchung über den Willen gesiegt. Sie haben Küsse ausgetauscht, ihre Körper erforscht, sich heimlich geliebt.

Dass ihre Zweisamkeit nicht lange gut gehen würde, haben sie naiv ignoriert und sich an verborgenen Orten im Kloster getroffen, wo sie ihre Liebe genießen konnten. Sie hatten ihre Aufregung nur schwer unter Kontrolle, haben jedem Treffen entgegengefiebert und tatsächlich geglaubt, schlauer zu sein als alle anderen. Bis sie schließlich erwischt wurden. Küssend im Beichtstuhl. Jeder das Geschlecht des anderen in der Hand.

Matthias hat die Situation eine Hundertstelsekunde schneller erfasst als Korbinian, hat geschauspielert und so getan, als wäre er von seinem Freund zu diesen Handlungen gezwungen worden. Man hat Korbinian noch in derselben Nacht unter Schmähreden aus dem Unterrichtsbereich des Klosters geworfen und ihn zwei Wochen lang in eine Zelle gesperrt, in der er täglich Buße tun musste. Laut beten. Sein Handeln bereuen. Sich kasteien. Mit Peitschen, an denen metallene Zähne befestigt waren, die sein Fleisch aufrissen. Mit Nagelgürteln, die sich an mehreren Stellen in seinem Fleisch festbissen und für dauerhaft offene Wunden sorgten. Um die Mitte, an den Oberschenkeln, an den Oberarmen. Als ob das noch nicht genug gewesen wäre, hat man für Striemen am Gesäß und am Rücken gesorgt. Wohlgemerkt, er hatte sich alle Schmerzen selbst zuzufügen. Tagtäglich sind seine Wundmale vom Abt begutachtet und noch nicht für intensiv genug bewertet worden. Eine Demütigung folgte der anderen.

Matthias seufzt. Ihn plagt die Erinnerung, aber auch die Schuld, den Geliebten verraten zu haben.

»Ich bitte dich um Verzeihung für alles, was ich dir angetan habe. Ein Leben in Buße ist nicht genug, um meine Verfehlungen dir gegenüber wiedergutzumachen.«

Zwischen Matthias' Oberschenkeln steht die Kanne mit dem Tee. Er fühlt die Wärme des Gefäßes an seinem Geschlecht. Einen Atemzug später beugt sich Korbinian zu ihm herüber und küsst ihn zart auf die Wange. Matthias dreht sich zum Jäger hin und küsst ihn ebenso sanft auf den Mund. Er weiß, er hat Korbinian gerade einen Judaskuss verpasst. Einen Kuss des Verrats. Außerdem bemerkt er Korbinians Erregung. Der Atem des Mannes geht schneller. Er hofft also immer noch. Eine trügerische Hoffnung, die sich für den Jäger nicht erfüllen wird.

»Warte«, wispert Matthias, »mir ist kalt.«

Er öffnet den Schraubverschluss der Thermoskanne. Der Tee darin ist nicht nur mit Rum verfeinert, sondern auch mit reichlich Veronal versetzt. Eine Menge, die für mindestens vier Todesfälle reicht. Zuerst gießt er Korbinian etwas in das mitgebrachte Krügerl, dann sich selbst. Schließlich sammelt er sich für eine Lüge, denn was er jetzt sagt, muss wie die Wahrheit klingen.

»Ich bereue zutiefst, was ich dir angetan habe. Meine Zuneigung zu Magdalena« – er hört, wie Korbinian in der Dunkelheit des Hochstands scharf einatmet – »ist nichts gegen die Liebe, die ich für dich empfunden habe und auch jetzt noch empfinde.«

Matthias hält inne, drückt Korbinian sanft die Tasse mit dem schwarzen Tee in die Hand und sucht sein eigenes Häferl. Plätschern unterbricht die Stille. Matthias befüllt seinen Becher. »Für meine Taten werde ich ohnehin im Fegefeuer büßen.«

Schluckweise trinken beide Männer die süße, heiße Flüssigkeit, genießen den Rum darin, küssen und berühren sich. Matthias empfindet Lust. Er fragt sich, was in den Windischgarstnern vorgehen würde, wenn sie den Pfarrer und den Jäger halb nackt am Hochstand fänden. Gemeinsam entschlafen. Für immer vereint. Er blickt in die Dunkelheit, sieht nichts und hat doch alles vor Augen. Diese Schande muss nicht sein. Auf keinen Fall sollen die Leute Gehässigkeiten verbreiten. Auch wenn er davon nichts mehr unter Kontrolle haben wird, so will Matthias dennoch für die nötige Sittsamkeit sorgen.

»Ich liebe dich«, sagt er leise und wartet. »Korbinian?« Seine Finger tasten nach dem Mann. Der Jäger ist zur Seite gesunken und atmet nur noch schwach. »Korbinian?«, flüstert Matthias noch einmal, schenkt seinen Becher voll und hebt das Gefäß an die Lippen des Mannes. »Trink, Geliebter!«

Wenig später fahren seine Finger behutsam an Korbinians Kleidung entlang. Er knöpft dem Jäger das Hemd zu, prüft den korrekten Sitz von Korbinians Hose, streicht zärtlich über dessen von Falten geprägtes Gesicht. Alles ist in Ordnung. Man wird ihnen nichts Verwerfliches nachsagen können.

Matthias spürt Übelkeit seine Kehle hochkriechen. Er zwingt sich, den Tee bei sich zu behalten. Die Flüssigkeit ist schließlich sein Garant für Frieden. Unter Aufbietung aller Selbstbeherrschung schluckt er die bittere Galle hinunter, schließt die Augen und konzentriert sich auf die Geräusche der Nacht. Der Wind streichelt sein Gesicht. Blätter rascheln, als wollten sie ihm etwas zuflüstern. Seine Hand sucht die des Jägers. Korbinian ist der einzige Mensch in seinem Leben, den er wirklich geliebt hat. Nun liebt und hasst er ihn zugleich. Mit schwerem Gemüt hebt er Korbinians Hand an seinen Mund und küsst den Handrücken des Mannes. Er wird gemeinsam mit Korbinian gehen. Müdigkeit überkommt ihn.

»Ein bisschen noch, dann ist alles gut«, wispert er in die Nacht und leert sein Gefäß. Dann lehnt er sich an Korbinian, im Wissen, dass man sie nebeneinandersitzend finden wird. Harmlos soll es aussehen. Der Jäger und der Pfarrer am Hochstand.

Im Ort hat Matthias zuletzt durchsickern lassen, dass er sich freue, zur Pirsch eingeladen worden zu sein, jedoch hoffe, dass kein Tier zu Tode kommen werde. Kein Tier muss sterben, aber sie beide werden bald im Tod vereint sein.

Korbinians Atmung wird flacher, die Zeit zwischen den Atemzügen länger, bis die Atmung völlig aussetzt. Matthias fühlt einen Anflug von Erlösung, malt dem Toten ein Kreuz auf die Stirn und flüstert: »Alles ist endlich.«

Matthias denkt an Magdalena. Er wünscht sich, sie hätten mehr Zeit miteinander gehabt. Ein Käuzchen lässt seinen Ruf ertönen. Es ruft Matthias zur immerwährenden Nacht, lockt ihn in den unendlichen Schlaf.

54

Am Montagmorgen wundere ich mich über das unberührt gebliebene Bett. Ich schiebe meine Hand zwischen Laken und Tuchent und fühle keinerlei Schlafwärme. Ein flaues Gefühl überkommt mich. Ich öffne das Schlafzimmerfenster, um den Raum auszulüften, erledige das, was ich sonst auch tue. Mit dem Unterschied, dass ich dieses Mal bloß *ein* Bett machen muss und nur für *eine* Person Frühstück zu richten brauche.

Während der Kaffee durch den Filter tropft, wasche ich mich, putze die Zähne und betrachte mich zufrieden im Spiegel. Ich frisiere meine Locken und zupfe sie zurecht. Hübsch sehe ich aus. Matthias hingegen würde mein Verhalten als Hochmut bezeichnen. Lächelnd verabschiede ich mich von meinem Spiegelbild, folge dem Duft des Kaffees, streiche mir ein Butterbrot, tunke meinen Finger ins Honigglas, lecke ihn ab und langweile mich. Ich denke nach.

Gestern ist Matthias nach dem Erntedankfest ins Wirtshaus gegangen. Später hat er mir erzählt, dass er mit irgendeinem Jäger zur Pirsch verabredet sei. Mein Abend ist daher ereignislos verlaufen. Tatsächlich war ich froh über die Ruhe, ging früh zu Bett und dachte vor dem Einschlafen an Oscar. Es war, als fühlte ich seine Hände noch auf meinem Körper, seine Lippen auf meinen. Seufzend streichelte ich mich und verschaffte mir selbst Befriedigung. Auch jetzt meine ich, Oscars Duft zu riechen und auch den der Bettwäsche, in der wir gemeinsam lagen, uns herumwälzten und unsere Lust genossen. Die Bezüge im Schlafzimmer des Hammerherrn dufteten herrlich fein nach Lavendel.

Spontan beschließe ich, Lavendel zu schneiden, die Blüten zu trocknen und Kissen dafür anzufertigen. Ich möchte Oscar eines dieser Kissen schenken. Immer wenn er es sieht und daran riecht, wird er bestimmt an mich denken.

Mit irgendeinem Jäger zur Pirsch verabredet, geht es mir

durch den Kopf. Hat sich Matthias etwa mit diesem Korbinian getroffen? Dieser Gedanke beunruhigt mich. Ich runzle die Stirn. Was hätten die beiden Männer miteinander zu schaffen?

Rasch trinke ich meinen Kaffee und spüle die Reste meines Honigbrots damit hinunter. Wenig später stehe ich mit einem scharfen Messer und einem sauberen Tuch im Garten und schneide Lavendel. Für einen Augenblick ist mir schwindlig, ich setze mich ins trockene Gras und fühle einen Hauch Verzagtheit. Ich habe keine Ahnung, was ich machen soll. Soll ich nach Matthias suchen? Oder soll ich ihn suchen lassen? Er ist der Pfarrer. Auf Pfarrer ist Verlass. Verschwundene Pfarrer sind etwas Seltsames. Das gab es in Windischgarsten noch nie. Alte Pfarrer, die starben, ja. Pfarrer, die gegen andere Pfarrer ausgetauscht wurden. Grantige Pfarrer. Pfarrer, die von der Kanzel wetterten, als bestünde die Dorfgemeinschaft ausschließlich aus boshaften Teufeln und Teufelinnen. Aber noch nie ist es vorgekommen, dass ein Pfarrer von seiner Haushälterin als vermisst gemeldet wurde.

Ratlos sitze ich in der Wiese, schneide weiter Lavendel und in einem Moment der Unachtsamkeit mich selbst in den Finger. Mein Daumen blutet. Hellrotes Blut tropft auf grüne Grashalme. Schließlich stecke ich den Finger in den Mund. Ich mag den Eisengeschmack meines Blutes nicht, verziehe das Gesicht und binde ein Taschentuch um die verletzte Stelle.

»Genug«, flüstere ich, schlage die abgeschnittenen Pflanzenteile in ein Tuch ein und setze mich für alle gut sichtbar auf die Bank vor dem Pfarrhof. Hier werde ich die Blüten abzupfen, die Stängel klein schneiden und die Pflanzenteile zum Trocknen vorbereiten. Ich werde mich in Geduld üben und warten. Vielleicht ergibt sich dabei ein Gespräch mit jemandem, der weiß, wo sich Matthias aufhält.

55

Matthias bleibt verschwunden. Die Frau des Tierarztes sieht mich auf der Pfarrhofbank sitzen, wirft mir nur einen bösen Blick zu und stößt einen missbilligenden Pfiff aus. Am späten Vormittag lässt der Bäcker einen Gruß an den Herrn Pfarrer ausrichten. Die Hebamme bittet mich, dem Pfarrer mitzuteilen, dass dem Tischler und seiner Frau in der Nacht Zwillinge geboren wurden. Der junge Vater werde bald wegen eines Taufgesprächs an ihn herantreten. Der Wirt fragt, ob er seine Thermoskanne zurückbekommen könne, die er dem Herrn Pfarrer kurzfristig geborgt habe.

Ich werde immer unruhiger und überlege, was ich tun kann, ohne für Wirbel zu sorgen. Ich werde um Rat fragen, an richtiger Stelle natürlich, denn wenn ich die geeignete Person um Hilfe bitte, kann sich diese nur geschmeichelt fühlen. Oscar soll mir, einer Frau in Not, helfen. Ich werde an seine Ritterlichkeit appellieren. Außerdem ist das der passende Zeitpunkt, ihn wiederzusehen. Er soll mich nur ja nicht aus dem Kopf bekommen.

Ich laufe zur Villa, renne die Stufen hoch und will gerade an der Glocke ziehen, als die Tür geöffnet wird. Der Maler Vitus lächelt jemanden an, der sich außerhalb meines Sichtbereichs in der Halle befindet, verbeugt sich knapp und prallt gegen mich, weil ich nicht mehr rechtzeitig ausweichen kann.

»Du?«, sagt er nur und will die Tür hinter sich schließen.

»Ja, ich«, sage ich laut und hoffe, dass die richtige Person meine Stimme hört und erkennt. Ich schlussfolgere richtig.

»Ach«, kommt es aus der Halle, »Magdalena.«

Die Tür schwingt erneut auf, mit einem Kopfnicken verabschiedet Oscar den neugierig wirkenden Vitus und bittet mich ins Haus.

»Wie kann ich helfen?«

»Der Herr Pfarrer ist verschwunden. Er ist nicht nach Hause gekommen, sein Bett ist unberührt. Angeblich ist er mit einem Jäger auf die Pirsch gegangen. Ich glaube, mit deinem …« Ich zögere einen Augenblick, weil mir das Du unpassend erscheint, und sehe Oscar prüfend an, der mich nicht missbilligend, sondern nur abwartend betrachtet. Sein Kopfnicken fordert mich zum Weitersprechen auf.

»Wahrscheinlich ist er mit deinem Jäger unterwegs. Vielleicht ist etwas geschehen.« Hastig spucke ich meine Sorgen aus, sehe Oscar fragend an und hoffe auf eine Antwort, zumindest aber auf Hilfe.

Oscar führt mich direkt ins große Wohnzimmer. Die Tür fällt hinter uns laut ins Schloss. Er betrachtet mich, und ich bereue, mich nicht sorgfältiger gekleidet zu haben. Das fadenscheinige Gartenkleid sieht bereits furchtbar mitgenommen aus. Er bemerkt den Verband an meiner Hand und zeigt darauf.

»Geschnitten«, flüstere ich und zucke mit den Schultern.

Oscar lehnt sich an die Tür und mustert mich eigenartig. Ich habe den Eindruck, Mitleid in seinem Blick zu erkennen. Das gefällt mir nicht, deswegen richte ich mich kerzengerade auf.

»Herr Schneeberg«, ich sehe ihn fest an, »wissen Sie, wo sich Ihr Jäger gerade herumtreibt?« Schon bereue ich das Wort. *Herumtreiben.* Der Ausdruck klingt genauso schäbig, wie mein Kleid aussieht. »Ich sorge mich um beide. Ich weiß nicht, warum«, füge ich etwas freundlicher hinzu, »es ist nur ein Gefühl.«

»Ich habe auch Gefühle.« Der Hammerherr greift nach meiner Hand und wickelt das Taschentuch von meinem Finger. »Was denkst du dir dabei? Du sprichst mich im Bett mit ›Oscar‹ an und verhältst dich jetzt mir gegenüber, als hätte es diese besondere Nacht nie gegeben.«

Er zieht mich zu einer Kommode, öffnet eine Schublade, wühlt darin herum und befiehlt mir, mich in den nebenstehenden Sessel zu setzen.

»Das brennt sicher höllisch.«

Oscar nickt bestätigend und benetzt ein sauberes Tuch mit einer Flüssigkeit, die derart scharf riecht, dass es mir die Tränen in die Augen treibt. Dann presst er mir das Tuch auf den zerschnittenen Finger. Ich unterdrücke einen Schrei, jedoch nicht den nachfolgenden Fluch.

»Scheißdreck, elendiger!« Erschrocken sehe ich Oscar an.

»Genau! Scheißdreck, elendiger. Mir ist es lieber, wenn du wieder ›Oscar‹ zu mir sagst. Stell dir vor, was die Leute denken, wenn du mich plötzlich duzt. Das ist doch herrlich skandalös.« Er grinst.

»Ich kann mir gut vorstellen, was sich die Leute denken. Daher werde ich es nicht tun. Sie werden mich ein loses Weib schimpfen und sofort das vermuten, was tatsächlich geschehen ist.«

»Und was werden sie über mich sagen?«

»Dir würden sie am liebsten auf die Schulter klopfen. Als Held wirst du dastehen. Als einer, dem keine Frau widerstehen kann. Danach werden sie dir ihre jungen, hübschen Töchter anbieten, in der Hoffnung, dass eine von ihnen die nächste Frau Schneeberg wird.«

»Du bist selbst noch jung, und hübsch bist du auch.« Oscar lacht, zieht einen Sessel heran und lässt sich neben mir nieder.

Nun muss ich doch schmunzeln. »Charmeur«, flüstere ich ihm zu, hebe meine Hand und streiche über seine Wange. Ich fühle die Wärme seiner Haut und die rauen Bartstoppeln.

»Ich garantiere für nichts, wenn du mich so aufreizend berührst.«

»Aufreizend?« Ich ziehe die Hand zurück. »Das ist in deinen Augen bereits aufreizend?«

»Weißt du, du duftest herrlich nach Wind und Sonne. Ich rieche sogar den Grasfleck, der sich so wunderbar auf deinem Hintern breitgemacht hat. Bist du mit deinem Rock über eine Wiese gerutscht?« Er sieht mich fröhlich an. »Außerdem schnuppere ich Lavendel. Deine Finger«, er zeigt darauf, »zuerst dachte ich, sie seien schmutzig, aber das ist das Violett der Lavendelblüten. All diese wunderbaren Aromen, dazu deine Haut, deine Haare, dein Körper, du bist die pure Verführung für mich.«

Längst dürfte sich meine Gesichtsfarbe zu einem dunklen

Rot verwandelt haben. Natürlich freue ich mich über das, was Oscar gesagt hat, gleichzeitig ist es mir aber auch ein bisschen unangenehm.

»Du denkst nicht, ich bin ein Luder, ein loses Ding, das sich jedem an den Hals schmeißt, der gerade daherkommt?«

»Wenn ich ein Maler wäre, würde ich dich nackt malen wollen. Wäre ich ein Sänger, würde ich dich besingen. Wäre ich ein Dichter, bliebe ich sprachlos. Du bist ein Luder und ein freches Weib, das mein Herz gestohlen hat.«

Insgeheim triumphiere ich. Es scheint, als hätte ich den Mann an der Angel. Mein Herz klopft aufregend schnell. Ich halte den Kopf gesenkt, betrachte fasziniert meinen Daumen, denn auf keinen Fall möchte ich, dass mich mein Blick verrät.

Oscar widmet sich wieder meiner Verletzung. Er greift nach dem Verbandsmaterial in der Dose und wickelt ein neues Tuch um meinen Finger. Mit einer Schere schneidet er die Enden ein und bindet die dünnen Streifen zu einer Masche.

»Hübsch.« Ich hebe die Hand und lächle. »Danke.«

»Komm, wir erkundigen uns nach Korbinian.« Oscar zieht mich vom Sessel hoch direkt in seine Arme. »Die Hand schön nach oben halten, Magdalena«, befiehlt er, »es soll ja nicht bluten. Außerdem …« Er küsst mich, drückt seinen Körper an meinen und gibt einen zufriedenen Laut von sich.

»Außerdem?«, frage ich neugierig.

»Außerdem kannst du mich nicht wegstoßen, wenn du die Hand hochhalten musst.«

Der Sekretär wird nach dem Aufenthaltsort des Jägers befragt. Eine sinnlose Befragung, denn er hat keine Ahnung, welche Hochstände Korbinian in welchem Rhythmus abklappert. Und er weiß auch nicht, ob oder welches Jagdgebiet er gestern mit dem Pfarrer besucht haben könnte. Überhaupt weiß er nichts von einem gemeinsamen Pirschgang mit dem Geistlichen.

Auch die Bediensteten, die sich in der Küche gerade Kaffee gönnen, zucken unwissend mit den Schultern. Nur ein Junge, der Mehl, Grieß und Zucker aus dem Dorf gebracht hat, liefert aufschlussreiche Hinweise. Der Hochstand am Bischofsberg sei zuletzt ein häufiges Ziel des Jägers gewesen. Und ja, er habe die beiden Männer gestern gemeinsam gesehen. Wohin sie unterwegs gewesen seien, wisse er allerdings auch nicht.

»Zuerst auf den Bischofsberg.« Oscar bittet mich in seinen Wagen. Er fährt einen Mercedes Benz. Das letzte Stück gehen wir zu Fuß. Die holprige Strecke ist zu viel für das edle Fahrzeug, wohingegen der ramponierte Militärjeep, den Oscar vor einiger Zeit aus amerikanischen Beständen für seinen Jäger erwarb, mühelos die Steigung bewältigt hätte. Und tatsächlich steht das Fahrzeug nur wenige Meter abseits vom Hochstand.

Ich sehe es zuerst – das schwarze Flattern eines Stoffes, der einer Soutane ähnlich ist. Erschrocken drehe ich mich zu Oscar um, der mit zusammengekniffenen Augen zum Hochstand starrt.

»Du bleibst hier«, ordnet er an und schiebt mich zum Jeep.

»Ich habe schon einmal einen Toten gesehen …« Meine Stimme bricht. Tränen schießen mir in die Augen. »Es ist Matthias. Ich erkenne seine Kleidung.«

»Magdalena«, sagt Oscar streng, »du weißt noch gar nicht, was geschehen ist. Du gehst jetzt keinen Schritt weiter. Warte hier!«

Oscar hat recht. Ich gehe sofort vom Schlimmsten aus. Vielleicht sitzen dort bloß zwei Betrunkene, die ihren Rausch ausschlafen.

Ich sehe zu, wie Oscar die Leiter hinaufklettert. Er hält sich am Handlauf fest, der oben unmittelbar neben der Tür angebracht ist. Das letzte Stück zieht er sich hinauf und wirft einen Blick in den Verschlag.

56

Oscar Schneeberg erfasst die Situation sofort. Hier sitzen zwei Männer. Ein Gewehr lehnt in der Ecke des Hochstands. Das alles sieht weniger nach einem Pirschgang als vielmehr nach einem Gespräch aus, nur dass die beiden Beteiligten nun tot sind. Äußerlich wirken sie unverletzt, aber was hier in der vorangegangenen Nacht geschehen ist, wird ein Arzt beurteilen müssen.

Oscar entdeckt eine Thermoskanne, die am Boden liegt. Etwas Flüssigkeit wurde verschüttet. Das Holz ist noch feucht. Wie ein Schwamm hat es die Nässe aufgesogen.

Insgesamt findet er die Szenerie unheimlich. Er sieht sich um. Sein Blick gleitet über die Baumwipfel hinunter ins Tal. Der Wald ist dunkel. Weit entfernt erspäht er die Dächer der Häuser. Eine Ansammlung von Punkten. Das Dorf. Er dreht sich ein letztes Mal zum Pfarrer um, blickt in das ruhige Gesicht seines Jägers und klettert dann die Sprossen der Leiter hinunter. Es ist Zeit, die Gendarmerie zu verständigen.

***

Ich mache mir keine Hoffnungen, dass Matthias noch am Leben ist. Oscars Gesicht sagt alles. Er zieht mich mit sich fort.

»Weg von hier«, sagt er und drückt mich dann auf den Beifahrersitz des Mercedes.

Schweigend fährt er los. Zurück ins Dorf. Ich bleibe still. Anfangs versuche ich, mich zusammenzureißen, doch die Tränen lassen sich nicht bremsen. Sie fließen zuerst still, dann jedoch schüttelt es mich schmerzhaft. Nahezu hysterisch weine ich.

Noch nie war jemand so gut zu mir wie Matthias. Und noch nie wurde mir jemand so grausam und endgültig entzogen.

57

Bald gehen Gerüchte um. Der Pfarrer und der Jäger. Ein verbotenes Geheimnis. Aus früheren Zeiten. War es ein Unfall? Nichts anderes ist denkbar, wenn auch Zweifel bleiben.

Korbinian Antritter, der tote Jäger, er ruhe in Frieden. Am Ende wird man einen Fremden begraben. Einen Mann, den man zwar vom Sehen her gekannt, mit dem man sich belanglos unterhalten hat, der aber von niemandem wirklich vermisst werden wird.

Matthias Wagstätter hingegen, der junge Pfarrer, war bei vielen beliebt. Auf seine saubere Soutane soll kein Makel fallen. Der Leichnam des Geistlichen ist bereits abgeholt worden.

Die Aufklärung der Todesfälle erweist sich als schwierig, und Gemunkel ist ohnehin wesentlich spannender als Klarheit. Über dieses womöglich frevelhafte Geheimnis wird man noch Jahre später hinter vorgehaltener Hand tuscheln.

Matthias soll, dies hat die Diözese beschlossen, nicht in Windischgarsten beigesetzt werden, sondern in dem Kloster, in dem er seine Ausbildung erhalten hat.

Auf Korbinians Leichnam dagegen ist niemand scharf. Erst heißt es, die Gemeinde werde die Bestattung aus eigener Tasche bestreiten müssen, bis sich schließlich der Hammerherr einmischt, die Grablegung befiehlt und die Kosten dafür übernimmt.

Und das Geraune geht weiter. War es ein Racheakt? War es Mord mit anschließender Selbsttötung? Oder haben die Männer den gemeinsamen Freitod gewählt? Unklar bleibt, wer wen getötet hat. War der Jäger verantwortlich für den Tod des Pfarrers, oder war es umgekehrt?

Der Arzt zuckt mit den Schultern und murmelt: »Schlafmittel in zu hoher Dosis.«

Worauf umgehend der Wirt von den örtlichen Beamten befragt wird, denn immerhin hat er die am Hochstand vorgefundene Thermoskanne verborgt. Der bestreitet jedoch die Befüllung der Kanne vehement und verbittet sich energisch, seine Hilfsbereitschaft, was das Verleihen von Dingen betrifft, mit einem Mord in Verbindung zu bringen.

Nur die Männer der Gendarmerie verweigern sich einem Ratespiel. Ihnen ist kein Geheimnis zu entlocken. Auch Bestechungsversuche in Form von Kuchen und Kaffee, Schnitzel und Bier lösen ihre Zungen nicht.

Allerlei Mutmaßungen hängen also in der Luft und züngeln durch Windischgarsten. Sie wandern über die neue Vitrine mit den Gebäckstücken hinaus aus der Bäckerei und direkt hinein zum Empfang der Tierarztpraxis, wehen dort weiter, suchen sich einen Weg durch Türschlitze und Schlüssellöcher in den Gastraum des Wirtshauses, wo sie über die Tische der Gäste wirbeln und alle und jeden durcheinanderbringen, bis die Menschen ihre Gedanken in Alkohol ertränken oder sie mit hilflosem Gelächter zur Seite geschoben werden.

Und was ist mit Magdalena, der Haushälterin des so überraschend verstorbenen Pfarrers? Ihr bleibt nichts anderes übrig, als auf den neuen Geistlichen zu warten. Doch als der eintrifft, verweist er sie kopfschüttelnd des Pfarrhofs. Er hat seine eigene Haushälterin mitgebracht.

58

Nervös betrachtet Vitus ein letztes Mal sein Gemälde, bevor er es sorgfältig in Packpapier wickelt. Draußen hupt jemand. Er weiß, wer es ist, wirft dennoch einen Blick aus dem Fenster. Noch einmal ertönt die Hupe. Das Geräusch klingt wie ein Hund, dem jemand auf den Schwanz gestiegen ist.

Oscar Schneeberg hat den Mercedes geschickt. Dieses Mal fungiert sein Sekretär als Chauffeur. Der hilft Vitus beim Verstauen des Bildes. Noch nie ist Vitus luxuriöser gefahren. Die Strecke ist kurz, umso mehr genießt er die Fahrt.

Senta sieht das Fahrzeug des Hammerherrn vorüberfahren. Eine Weile hoffte sie insgeheim, sie könne mit dem Mann, dem der Mercedes gehört, ein neues Leben beginnen. Mit knapp vierzig wäre es dazu noch nicht zu spät gewesen. Zwar hat sie einen untadeligen Mann geheiratet, der zudem ein guter Vater und ein hervorragender Tierarzt ist, allerdings ist das Leben an seiner Seite langweilig. Ihr täglicher Trott besteht aus einem Hin und Her in einer räumlich eng begrenzten Welt. Einer Welt, die derart klein ist, dass Senta nur noch Tristesse empfindet.

Da ist die Arbeit in der Tierarztpraxis, der gegenüber steht der Haushalt. Überdruss füllt Senta von den Haarspitzen bis zu den Zehennägeln, die sie sich gerade in feurigem Rot bemalt. Selbst diese aufregende Farbe muss sie in Strümpfen und geschlossenen Schuhen verstecken, denn ihr Mann hält nichts von derartigem Aufputz. Senta malt weiter. Dieses bisschen Rot ist eine stille Revolte gegen ihren Alltag, den andere bestimmt als wunderbare Stabilität empfinden würden. Womöglich ist sie nur undankbar.

Senta seufzt und verschraubt die Nagellackflasche. Sie stellt sie zurück ins Regal zu den anderen Schminkutensilien, die genauso selten benötigt werden. Knapp zwanzig Jahre ist sie nun die Frau an der Seite von Clemens. Organisiert, putzt, strahlt, auch wenn es nichts zu strahlen gibt, und bleibt als Frau dennoch unsichtbar, denn ein Tierarzt im ländlichen Raum ist wichtiger als die Frau, die ihm den Rücken freihält.

Als sie ihm damals von der Stadt aufs Land gefolgt ist, hat sie sich ihr Leben wunderbar romantisch vorgestellt. Bald wurde sie jedoch von der Realität eingeholt. Hier in Windischgarsten ist alles verschlafener und auch altmodischer als anderswo. Aber dann ist ihr Oscar begegnet. Er interessierte sich für sie, unterhielt sich mit ihr. Über Kunst und Kultur konnte sie mit ihm plaudern. Außerdem war er einsam, weil seine Frau lieber im Ausland weilte als an der Seite ihres interessanten Mannes. Schon bald darauf trafen sie sich auch heimlich und fanden körperlichen Gefallen aneinander. Bis irgendwann seine Frau wieder angetanzt kam, worauf sich Senta zurückziehen musste. Fälschlich hatte sie gemeint, Oscar würde unter ihrem Rückzug leiden, von selbst auf die Idee kommen, dass sie die bessere Partie wäre, und sich von seiner Frau trennen. Senta durchdachte bereits ihre Scheidung, nahm dann aber Abstand davon, als sie merkte, dass Oscar es mit ihr nicht ernst meinte.

Jetzt aber ist alles anders. Die Karten wurden neu gemischt, das Blatt gerade erst gegeben. Oscars Frau ist tot. Er ist frei, allerdings nicht mehr an ihr interessiert. Gut, dann wird sie ihm eben ihre Tochter zuführen. Bianca ist gerade zwanzig Jahre alt geworden. Noch bräuchte sie das Einverständnis ihrer Eltern für eine Hochzeit. Sollte sich eine Ehe mit Oscar Schneeberg anbahnen lassen, wird dem jedoch nichts im Wege stehen. Und Senta will alles daransetzen, diese Ehe einzufädeln.

59

Oscar staunt. Er hat dem Maler nicht zugetraut, Elviras Charakter zu erfassen. Für einen Augenblick befällt ihn ein Anflug von Eifersucht. Hätte er Elvira zu Lebzeiten malen lassen, hätte er ihr und dem Maler eine Romanze unterstellt.

Beeindruckt steht er vor dem großformatigen Gemälde, entschuldigt sich und kommt mit zwei Gläsern Cognac zurück.

»Auf meine verstorbene Frau! Sie wäre zufrieden mit ihrem Abbild.«

Er stößt mit Vitus an. Sein Sekretär wird den Künstler gleich wieder zurück ins Dorf fahren und ihm vor dem Aussteigen ein

Kuvert mit Geld zustecken. Der Betrag wird deutlich höher ausfallen als ursprünglich vereinbart.

Senta ist die Erste, die von Oscars Großzügigkeit erfährt, was schlicht daran liegt, dass sie den Maler am Gartenzaun in Empfang nimmt, kaum dass er vom Sekretär des Hammerherrn abgesetzt wurde. Um nicht den Anschein purer Neugierde zu erwecken, schneidet sie Rosen. Ihr »Ich hätte das Bild der Verstorbenen gern gesehen, bevor du es in der Schneebergvilla abgeliefert hast« reißt Vitus aus seinen Träumereien.

Der Angesprochene zuckt mit den Schultern, lächelt und preist prompt die Freigiebigkeit seines Auftraggebers. Bevor sich Vitus in sein Atelier begibt, erklärt er Senta: »Wenn du magst, kannst du nächste Woche Marketenderin spielen. Ein Teil unserer Musikkapelle zieht von Haus zu Haus. Wir bitten um Spenden für die Statue des heiligen Jakobus. Der Holzwurm hat sich über ihn hergemacht. Es ist noch nicht sicher, ob wir ihn mit einer Reparatur retten können oder eine neue Figur anfertigen lassen müssen. Auf jeden Fall aber steht fest, dass auch in der Schneebergvilla aufgespielt wird. Vielleicht ergibt sich die Gelegenheit zu einem Blick in die große Halle. Dort wird das Porträt nämlich hängen.« Vitus sieht Senta abwartend an.

»Ich bin dabei.« Senta freut sich. Unerwartet hat sich eine Möglichkeit aufgetan. Sie wird diese Chance nutzen.

60

Die Menge meiner Besitztümer hat sich kaum vermehrt. Ich falte meine Kleidung und lege sie sorgfältig in die Truhe. Traurig betrachte ich den Flickenteppich, den ich erst vor wenigen Monaten mitgebracht habe, und entscheide, ihn später ordentlich auszuklopfen und wieder mitzunehmen. Meine Hühner und den Hahn werde ich holen, sobald ich weiß, wo ich unterkommen kann. Unglücklich schließe ich den Truhendeckel, setze mich darauf und überlege.

In der Gastwirtschaft habe ich bereits nachgefragt, mich als Aushilfe angeboten. Mit einem Kopfschütteln wurde ich von Blasius Trauthaler hinauskomplimentiert. In der Bäckerei scheiterte ich an der Bäckerin, deren missbilligender Blick mir klarmachte, dass sie keine andere Frau im Geschäft haben will. Als ich sie noch einmal bat, ihr bei der anstrengenden frühmorgendlichen Arbeit helfen zu dürfen, fand die Bäckerin deutliche Worte. Sie werde sich bestimmt kein Pfarrerliebchen ins Haus holen. Danach verwies sie mich scharf des Ladens.

Am Gemeindeamt will man mich nicht putzen lassen. Auch der Tierarzt braucht keine Hilfe. Der Bürgermeister, dem ich die Tür des Pfarrhofs öffnete, als er den neuen Seelsorger zu einem Ortsrundgang abholte, versprach zwar, sich umzuhören. Sein Gesichtsausdruck sagte jedoch etwas anderes, nämlich: Lass mich in Ruhe!

»Morgen muss ich draußen sein«, seufze ich meine Holztruhe an, hoffe auf ein Wunder und zähle mein Geld. Sorgfältig verberge ich mein Angespartes in der eingenähten Tasche meines Kleides, bevor ich mich auf den Weg mache.

Mein sehnsüchtiger Blick geht die Kastanienallee entlang. Dort, am Ende der Allee, gäbe es bestimmt Arbeit für mich. Doch erst wenn ich wirklich nichts anderes finde, will ich diesen letzten Schritt tun. Ich will nicht, dass Oscar glaubt, mir einen Gefallen erweisen zu müssen. Ich schaffe das auch ohne seine Hilfe.

Dass mir die Hebamme über den Weg läuft, die gerade von den neugeborenen Zwillingen des Tischlers und seiner Frau kommt, ist ein Glücksfall. Die Geburtshelferin erzählt begeistert von den Kindern, einem Buben und einem Mädchen, die sich gut entwickeln. Das Gespräch stockt plötzlich, denn sie scheint sich zu erinnern, dass sie mich erst kürzlich gebeten hat, beim Pfarrer wegen eines Tauftermins nachzufragen. Nun ist der eine Pfarrer tot und der andere noch nicht über die Geburt der Zwillinge informiert.

»Wo kommst du unter?«

»Franziska, ich weiß es nicht. Gerade bin ich unterwegs nach Roßleithen. Den Schranzbichlerischen ist die Magd davon. Vielleicht brauchen die mich.«

»Magdalena, die suchen keine Magd. Die suchen eine Sklavin, mit der sie verfahren können, wie sie wollen.«

»Das dachte ich mir schon, aber ich will nicht ohne Dach überm Kopf sein. Essen muss ich auch.«

»Weißt du, was?« Franziska hakt sich bei mir unter. »Ich habe ein Zimmer frei. Nur neun Quadratmeter. Besser als nichts. Trocken ist es auch.« Sie wirft einen kritischen Blick in den Himmel. »Es herbstelt schon. Komm zu mir. Nach Arbeit suchen kannst du dann in aller Ruhe.«

Tränen steigen mir in die Augen. Um die Hebamme habe ich mich nie besonders gekümmert, kaum jemals mit ihr gesprochen. Es gab keine Berührungspunkte, außer den Taufen, die fallweise von ihr angekündigt wurden. Und jetzt erweist mir genau diese Frau einen großen Gefallen.

Dankbar nicke ich. »Morgen muss ich raus. Dein Angebot ist sehr großherzig, Franziska, und es kommt gerade recht.«

Senta beobachtet die beiden Frauen. Arm in Arm, miteinander tuschelnd und lachend, gehen sie an ihrem Garten vorüber. Sie kneift die Augen zusammen und versucht zu hören, was sie reden. Zu ihrem Verdruss versteht sie kein Wort.

61

Von Haus zu Haus ziehen sie. Zwei Marketenderinnen, Senta und ihre Tochter Bianca, schenken Schnaps aus. Gegen eine

Spende wird Musik nach dem Geschmack der Hausbewohner gespielt. Und so kommt es, dass volkstümliche Weisen, Volksmusik und regionales Liedgut erklingen. Eine bunte Mischung. Was dem einen Humtata ist, ist dem anderen gerade das, was er am liebsten hört.

Am Ortsplatz, unmittelbar vor dem Gemeindeamt, wird besonders laut und intensiv musiziert, bis sich der Bürgermeister endlich sehen lässt. Mit zwei Schnapsflaschen bewaffnet, wirft er eine Spende in Biancas Kassette. Großzügig gießt er den Musikern ein, die in weiser Voraussicht ihre Schnapsgläser in den Hosentaschen mitführen. Der Wirt und seine Frau geben genauso wie die Holzfäller, die Maurer, der Lehrer, überhaupt alle Familien rundum. Manche Beträge fallen raschelnd in Biancas Kassette, andere scheppern laut. Am Sonntag, so wird spontan vereinbart, werde man noch einmal spielen. Unmittelbar nach der Messe, direkt vorm Kirchenportal. Dann kämen auch die Bauern mit ihren Familien. Auch denen will man eine Kleinigkeit abknöpfen. Alles im Dienst der guten Sache natürlich.

Am Ende macht sich der inzwischen recht lustige Zug auf den Weg zur Villa des Hammerherrn. Bianca wird von ihrer Mutter noch einmal scharf instruiert. Sie soll sich natürlich geben, vor allem aber den Mund halten und hübsch aussehen. Die junge Frau trägt ihr bestes Dirndlkleid und zieht dadurch die Blicke der Männer auf sich. Deren Starren schenkt sie keine Beachtung, ahnt sie doch, was die Mutter plant. Den Gedanken, einen alten Mann zu heiraten, fand sie anfangs ekelerregend. Nachdem sie mehrere Nächte schlaflos verbrachte und Zeit zum Nachdenken hatte, erscheint Bianca die Idee, reich zu heiraten, nun äußerst aufregend. Es gibt schlechtere Schicksale, denkt sie und fügt sich dem Wunsch ihrer Mutter.

Lotti hört sie zuerst, tritt neugierig ins Freie, steigt die Treppe hinunter und geht hinaus auf den Vorplatz. Sie späht angestrengt in die Allee und vernimmt Gelächter, die Stimmen von Menschen und das Klatschen von Schuhsohlen auf den Boden.

Es klingt nach vielen Menschen. Langsam kommen sie näher. Unerwartet ertönt Musik. Lotti lächelt. Ihr Fuß tippt wie von selbst im Rhythmus auf den gekiesten Vorplatz. Als die Musik immer lauter wird, ist ihr plötzlich unheimlich zumute. Rasch läuft sie zurück, die Stufen hinauf und hinein ins Haus, in die Küche zur Köchin, die ihr nach dem Herrn Schneeberg der liebste Mensch hier ist. Aufgeregt berichtet sie von der Musik und von den Menschen, die sich aufs Haus zubewegen.

»Lotti, beruhig dich. Es sind nur die Musiker aus dem Ort. Heute hat zwar niemand Geburtstag, und ich wüsste auch sonst nicht, warum sie uns unterhalten möchten, aber lass sie nur kommen. Sag dem Herrn Bescheid. Er soll informiert sein, wenn er die Klänge nicht ohnehin schon gehört hat.«

Herr Schneeberg ist in seinem Büro. Das weiß Lotti. Vor wenigen Minuten war sie noch oben, brachte ihm etwas. Ein Foto, das unter einem Sessel im Wohnzimmer lag. Eines von der letzten Feier. So viele Menschen rannten im Haus und im Garten herum. Die Leute machten sie beinahe verrückt mit ihrem Gerede und Gekicher. Ein Fräulein war auch unter den Gästen. Eines mit lockigen Haaren. Kurz wie die eines Buben. Die Bubenfrau war eigentlich kein Gast, sondern half in der Küche aus und verschwand während des Festes mit ein paar anderen Frauen. Irgendwohin in eines der Gebäude des ehemaligen Hammers. Getränke haben sie dort ausgeschenkt. Daran erinnert sich Lotti. Frauen und Männer haben sich vergnügt. Bestimmt war dieses Fest teuer, aber Herr Schneeberg hat alles bezahlt.

Lotti klopft an die Bürotür und wartet. Herr Schneeberg ruft »Herein!«, und Lotti tritt ein.

»Ich habe den Krawall gehört«, schmunzelt er. »Ich komme schon. Die wollen sicher Geld. Für irgendein Dach oder einen Fußboden oder sonst etwas.«

Lotti zeigt auf das Foto, das sie ihm gebracht hat. Es liegt noch auf dem Schreibtisch, neben einem ganzen Stapel weiterer Bilder.

»Die sind alle von der Feier. Das sind die Fotos von den

geladenen Gästen aus dem Ort. Wenn du magst, begleitest du mich nach Windischgarsten, wenn wir sie demnächst austeilen. Vielleicht am Sonntag?« Oscar sieht Lotti fragend an.

Lotti schüttelt energisch den Kopf. Ihr Nein ist eindeutig. Daran gibt es nichts zu rütteln.

»Hübsch!« Lotti zeigt auf das eine Bild, das sie im Wohnzimmer auf dem Boden gefunden hat.

»Sehr. Möchtest du bestimmt nicht, dass Magdalena das schöne Foto bekommt? Ich denke, sie würde sich freuen, wenn du es ihr gibst.«

»Doch. Ich bringe es ins Pfarrhaus.«

Oscar ist immer wieder erstaunt, wie viel Lotti weiß. Sie geht selten ins Dorf, ist sie doch meist das Ziel von Spott. Aber sie hört zu, wenn andere glauben, sie befinde sich in ihrer eigenen Welt.

Er gibt ihr das Foto. »Pass gut darauf auf, und wenn du es Magdalena gibst, sagst du ihr bitte einen schönen Gruß von mir.«

Im Freien ertönt eine Fanfare. Oscar grinst. »Ich werde gerufen. Du entschuldigst mich?«

Lottis Gesichtsausdruck wirkt würdevoll. Sie nickt. Hinter Herrn Schneeberg huscht sie aus dem Büro, läuft die Treppe hinunter, verschwindet dann aber durch den Hinterausgang ins Freie. Sie wird nicht warten. Sie wird sich jetzt gleich auf den Weg zu Magdalena machen.

Senta wechselt einen Blick mit Bianca. Die tritt vor und bietet dem Hammerherrn einen Schnaps an, den dieser dankend annimmt.

Er hebt das Glas. »Was verschafft mir die Ehre?«

Die Männer lachen, einer schlägt auf seine Trommel, ein anderer quietscht einen furchtbaren Ton auf seiner Klarinette. Wieder ein Blickwechsel.

»Herr Schneeberg«, Bianca meldet sich zu Wort, »wir sammeln für unseren wurmstichigen heiligen Jakobus.«

»Der arme Heilige hat Würmer. Ist ja grauenhaft!«

Gelächter brandet auf. Bianca lächelt charmant und befeuchtet ihre Lippen. Nervös streicht sie sich eine Haarsträhne aus der Stirn. »Die Dörfler haben schon viel gegeben, und da dachten wir, Sie möchten sich vielleicht auch mit einer Geldspende an der Reparatur oder – falls eine Sanierung nicht mehr möglich ist – an der Herstellung einer neuen Statue beteiligen.« Mit großen Augen sieht Bianca den Hammerherrn an und lächelt fein. »Die edlen Spender werden natürlich namentlich genannt. Wir werden Täfelchen auf dem Heiligen anbringen.«

»Wo denn?« Oscar sieht sie neugierig an.

Das Mädchen wird rot. »Vermutlich am Rücken der Figur oder am Sockel, kommt darauf an.«

Senta unterbricht ihre Tochter, mit deren Wortwitz es nicht weit her ist. »Wenn Sie, Herr Schneeberg, ordentlich spenden, werden sich am Ende nur wenige Täfelchen am Sockel der Statue befinden.«

Die Männer in ihrem Rücken lachen. Oscar sieht sich um. Seine Angestellten haben sich längst auf der Treppe hinter ihm versammelt. Erste Takte eines Liedes ertönen. »An der schönen blauen Donau«. Sein Sekretär ist zwischenzeitlich an ihn herangetreten und hat ihm die Geldtasche unauffällig in die Hand gedrückt.

Der Donauwalzer verklingt.

Schnaps wird ausgeschenkt, und Oscar Schneeberg spendet großzügig. Er wartet. Bianca betrachtet zuerst die Geldscheine, die Oscar in die Kassette legt, und starrt den Mann dann verblüfft an. Sie atmet scharf ein. Offenbar will sie etwas sagen, bringt aber keinen Ton heraus, bis ihn doch ein geflüstertes »Danke« erreicht.

Oscar ist bewusst, dass er die junge Frau einen Augenblick zu lang angesehen hat. Sie ist jünger als seine Töchter aus erster Ehe. Ist es möglich, dass ihm Senta ihr Kind anbieten will? Oscar blinzelt, die Musik will gerade neu ansetzen, als er das laute Räuspern seiner Köchin hört.

»Gnädiger Herr, ich habe heute reichlich Kuchen gebacken. Wenn Sie erlauben, kann sich jeder ein Stück nehmen.«

Oscar sieht den Tisch, der in aller Eile unmittelbar vor der Eingangstür zur Halle aufgebaut wurde. Er begreift. Sie sollen alle die Treppe hinaufgehen, sich Kuchen holen, einen Blick in die Eingangshalle werfen, um dann zu Hause sagen zu können, sie seien bei Herrn Schneeberg empfangen worden. Er nickt zufrieden und bittet mit einladender Geste zu Kuchen und Wein, denn auch zahlreiche Flaschen stehen bereit.

Unter Gejohle werden die Stufen zur Villa gestürmt. Seine Köchin und zwei Hausmädel helfen beim Austeilen der Kuchenstücke. Jakob schenkt Wein ein. Senta schiebt Bianca vor sich her und erteilt ihr wispernd Anweisungen.

Bianca fällt als Einzige zurück. Anfangs bemerkt das niemand, denn der Radetzkymarsch fordert jegliche Aufmerksamkeit. Die Atmung wird dabei auf eine schwere Probe gestellt, sodass sich jeder Musiker in tiefer Konzentration befindet. Erst als der Marsch zur Zufriedenheit aller abgespielt ist, wird Bianca vermisst. Zumindest eine kurze Weile, bis schließlich ein Wildschützenlied ertönt. Die Leute in der Villa lauschen der entschwindenden Musik und gehen dann zurück an ihre Arbeit. Nur Oscar stellt fest, dass ihm ein unerwarteter Gast geblieben ist. In der Halle steht Sentas Tochter und starrt Elviras Gemälde an.

»Das Bild ist wunderschön. Ich hätte Vitus nicht zugetraut, Ihre verstorbene Frau derart gekonnt zu malen. Irgendwann wird auch mich ein wahrer Künstler verewigen.« Sie dreht sich zu Oscar, der sie stirnrunzelnd betrachtet.

»Mein Sekretär wird Sie ins Dorf bringen.«

Jakob ist zur Stelle, kaum dass sein Name gefallen ist. »Es ist mir eine Ehre.«

Er nimmt den Arm der jungen Frau, wirft Oscar einen Seitenblick zu und schiebt eine sich erkennbar sträubende Bianca zur Tür hinaus.

Kaum befinden sich die beiden auf der Treppe, hört Oscar

das Gezeter der jungen Frau, läuft neugierig zur Tür und sieht, wie sie sich von Jakob losreißt und erbost davonstürmt. Der zuckt nur mit den Achseln, wendet sich zu seinem Arbeitgeber um und hebt entschuldigend die Arme.

62

Lotti kann Magdalena nicht finden. Die Tür des Pfarrhofs öffnet sich auf ihr Läuten hin nicht. Eine Weile sitzt sie also auf der Hausbank und wartet. Als ihr langweilig wird, geht sie eine Runde durch den Garten, bewundert die vielen Blumen und macht sich letztlich wieder auf den Weg nach Hause. Unterwegs begegnet ihr niemand, nur ein paar Dörfler, die im Freien vorm Gasthaus zur Sonne sitzen, spotten ihr hinterher. Lotti sieht deshalb angestrengt in die andere Richtung und beschleunigt ihre Schritte. Erst nachdem sie ordentlich Abstand zwischen sich und die Männer gebracht hat, wird sie traurig und weint ein bisschen. Sie findet es dumm von den Leuten, dass sie Freude daran haben, sie zu sekkieren.

In der Villa sind alle nett zu ihr. Niemand kommt auf die Idee, sie zu hänseln. Schließlich setzt sie sich auf halbem Weg auf einen Haufen Holz, rastet und nimmt das Foto aus ihrer Tasche. Es ist hübsch geraten. Wieder und wieder betrachtet Lotti es. Vorsichtig streicht sie mit den Fingerspitzen über das Bild. Wie gern würde sie auch so schön aussehen. Wie gern würde sie mit der Frau tauschen. Wieder laufen Tränen ihre Wangen hinunter, und dann hört Lotti Schritte. Bianca, die Tochter des Tierarztes, eilt an ihr vorüber. Sie hat keine Augen für ihre Umgebung. Auch die Hebamme, die kurze Zeit später in Gedanken versunken die Allee entlanggeht, nimmt keine Notiz von der auf dem Holzstoß sitzenden Lotti.

Bianca hat den gesamten Rückweg über Zeit, sich Gedanken zu machen. Von ihrer Mutter wird sie Ohrfeigen kassieren, weil sie es nicht zuwege gebracht hat, in der Schneebergvilla zum Kaffee eingeladen zu werden. Dabei hat sie sich wirklich große Mühe gegeben. Biancas Wut wird mit jedem Schritt, den sie zurücklegt, größer. So bemerkt sie kaum den Gruß der Hebamme. Sie bemerkt auch die abseits auf einem niedrigen Holzstoß sitzende Lotti nicht, der Tränen über die Wangen rollen, während sie ein Foto in der Hand hält. Bianca ist blind für alles rundum. Was soll sie nur der Mutter erzählen?

Als sie ihrem Elternhaus näher kommt, schlägt Biancas Herz heftig. Sie bemerkt, dass sich der Vorhang in der Küche bewegt. Nicht vom Wind, sondern sicher ist das die Mutter, die ihre Neugier nicht unter Kontrolle hat.

Seufzend öffnet Bianca die Haustür. Abgestandene Luft schlägt ihr entgegen. Es riecht nach Hund und Kühen. Sie hasst diesen Gestank. Ständig hängt der Mief an ihr, was vermutlich auch der Grund ist, weswegen der Hammerherr sie aus seiner Villa geschmissen hat.

Wütend wirft Bianca die Tür hinter sich zu, sieht ihre Mutter im Flur stehen und weint los.

»Nachdem alle weg waren, hat er sich sofort über mich hergemacht. Hat mich betatscht und wollte mir die Kleider vom Leib reißen. Ich bin davongelaufen.«

»Ich glaub dir kein Wort«, kommt es kühl von der Mutter.

»Er interessiert sich nicht für mich.« Bianca wischt sich die Krokodilstränen ab und setzt sich auf eine der unteren Treppenstufen.

»Aber das, was du gesagt hast, bringt mich auf eine Idee. Vielleicht können wir den gnädigen Herrn doch noch umstimmen.«

Senta tritt auf Bianca zu, schlägt ihrer Tochter mehrfach heftig ins Gesicht, sodass diese ihre Arme schützend über ihren Kopf reißt. Blut tropft aus Biancas Nase.

»Wir gehen jetzt zum Arzt. Sofort.«

Senta zerrt ihre Tochter hoch und schiebt die heftig Weinende zur Tür hinaus.

63

Erschüttert betrachtet der Gemeindearzt die junge Frau. Gleichzeitig fragt er sich, ob es wahr ist, was die Mutter über das gerade erlittene Schicksal ihrer Tochter berichtet. Nicht dass er Oscar Schneeberg gut kennen würde, doch derartige Übergriffe traut er dem Mann eigentlich nicht zu. Der Hammerherr ist nicht diese Art Mensch. Betreten lehnt sich der Arzt im Sessel zurück. Eine heikle Angelegenheit, befindet er insgeheim.

»Ist noch mehr geschehen?« Jetzt ist es heraus.

Bianca schüttelt den Kopf.

Dem Arzt ist die Situation mehr als unangenehm. Er starrt die beiden Frauen an. Die eine wagt nicht, ihn anzusehen. Die andere hingegen schnaubt wie ein Ross und wird bestimmt gleich eine ihrer bekannten Tiraden loslassen. Bevor dies geschehen kann, macht er Bianca einen Vorschlag: »Wenn du geschlagen wurdest, ist es Körperverletzung, und wir müssen das der Gendarmerie melden.« Er wartet.

»Bitte nicht«, flüstert Bianca mit rauer Stimme und hebt endlich ihren Kopf, damit der Arzt ihren leidenden Blick sehen kann. »Komm, Mama.«

»Das sollte genügen«, befindet Senta auf dem Heimweg. »Das hast du gut gemacht, Bianca.«

64

Ich betrete die Kirche am frühen Sonntagmorgen. Ekel befällt mich, als ich mich dem Beichtstuhl nähere. Erinnerungen an die vergangenen Geschehnisse geistern durch meinen Kopf. Der Geruch des Holzes und auch der von Weihrauch, den ich immer mochte, üben nun keine beruhigende Wirkung mehr auf mich aus. Das Wissen um die Dunkelheit in der Kabine, der Körpergeruch des Mannes, der sich mir mit Gewalt aufzwang, alles ist plötzlich wieder da.

Ich zittere, bleibe stehen und halte mich am geschwungenen Seitenteil einer Kirchenbank fest. Mit geschlossenen Augen atme ich einige Male tief ein und aus, fühle die Form des Holzes unter meinen Fingern und warte, bis ich meine Unruhe wieder einigermaßen unter Kontrolle habe. Etwas Befriedigung verschafft mir nur die Gewissheit, dass der Jäger niemals wieder irgendeiner Frau ein Leid antun wird.

Ich seufze, öffne die Augen und strebe einer Sitzreihe zu, die sich nur wenige Schritte vom Beichtstuhl entfernt befindet. Erschrocken pralle ich zurück. Ich bin nicht allein. Das ist nicht ungewöhnlich, aber dass ich Bianca hier begegne, verblüfft mich doch. Die junge Frau hält den Kopf gesenkt. Rosenkranzperlen gleiten durch ihre Finger. Ihr Mund bewegt sich im Gebet.

Ich lasse eine Reihe Abstand zwischen Bianca und mir und warte. In Gedanken forme ich bereits die Worte, die ich später sagen will.

65

Pfarrer Bernhard Wildgang erwartet nicht, dass die Schäflein fleißig zur Beichte strömen. Jede neue Pfarre braucht stets eine

Weile, um auf Kurs gebracht zu werden. Am Ende liegt es vor allem an den Redekünsten von der Kanzel herab, die auch in Windischgarsten ihr Ziel erreichen werden. Alle werden sie kommen und beichten.

Er späht nach draußen. Heute sitzen nur zwei Frauen in den Bänken.

»Weiber«, faucht er leise. Es bleibt ihm also wieder einmal nicht erspart, sich zänkisches Zeug anzuhören.

Bernhard betet ein letztes Vaterunser und öffnet dann zum Zeichen des Einlasses die Tür zur Nebenkabine, indem er das trennende Gittergeflecht zur Seite schiebt, ächzend seine Hand ausstreckt und den Drücker von innen betätigt. Die Tür springt auf.

Eine hübsche Blonde rumpelt aus der Kirchenbank und fällt fast in die Kabine, wo sie sich zerknirscht entschuldigt. Bernhard seufzt und eröffnet die Beichte. Schließlich fordert er die junge Frau, die sich ihm als Bianca vorstellt, dazu auf, ihre Sünden zu beichten.

»Sprich frei, mein Kind.« Seine Stimme, das weiß Bernhard, hat einen tiefen, vertrauensvollen Klang. Wie geschaffen, um sich ins Gehör der Sünder zu schmeicheln.

»Herr Pfarrer, ich weiß nicht, wie ich beginnen soll, denn ich schäme mich.«

»Wofür schämst du dich, Mädchen?«

»Meine Mutter hat mich fromm erzogen. Mir liegt nicht an der Aufmerksamkeit der Männer. Aber …« Bianca stockt.

»Aber?«

»Der Hammerherr, Oscar Schneeberg«, ihre Stimme ist nur noch ein Flüstern, »hat mich an Stellen berührt, an denen nur ein Ehemann seine Frau berühren sollte.« Hastig fügt sie hinzu: »Ich habe mich heftig gewehrt.«

»Hat dir der Mann etwas angetan oder etwas versprochen?« Bernhards Interesse ist geweckt. Völlig gleichgültig, in welcher Kirchengemeinde er seinen Dienst versieht, die Abgründe sind überall ähnlicher Natur. Lauernd fordert er: »Erzähl!«

»Geküsst hat er mich, und seine Hände waren überall. Ich …« Sie stockt erneut.

»Ja?«

»Ich habe mich losgerissen und bin weggelaufen. Herr Pfarrer, ich bin verzweifelt. Nun weiß ich nicht, wie ich mich künftig verhalten soll. Am liebsten würde ich in ein Kloster gehen.«

Bernhard ist sich unsicher. Kann es sein, dass die junge Frau übertreibt? Er bleibt länger stumm als üblich. Normalerweise ist ein ausgedehntes Schweigen hilfreich, wenn es darum geht, Zusatzinformationen zu erhalten. Menschen ertragen Stille nur schlecht.

Doch die Pause auf der anderen Seite des hölzernen Trenngitters hält an, deswegen fährt er fort

»Mein Kind, mach dir keine Sorgen. In meiner heutigen Predigt werde ich auf sündiges außereheliches Verhalten eingehen. Ich werde meine Worte klug wählen, sodass sich der feine Herr auskennt. Sicher wird er sich künftig zu benehmen wissen. Vor allem, weil du nicht mit deinen Reizen spielst.«

Wieder setzt Pfarrer Bernhard das Gespräch aus. Die neuerliche Unterbrechung liegt schwer zwischen ihnen.

»Du spielst doch nicht etwa mit deinen Reizen?«, fragt er dann scharf.

»Nein, Herr Pfarrer. Daran liegt mir nicht. Gott behüte!«

»Nimm den Namen Gottes nicht sorglos in den Mund. Das dürfen nur Unschuldige.«

»Ja, Herr Pfarrer.«

»Hast du dein Gewissen ausgiebig erforscht? Oder gibt es noch etwas, was du mir sagen willst?«

»Ich weiß, dass ich eine Sünderin bin, Herr Pfarrer. Ich bereue meine Sünden.«

Bernhard verkündet die Anzahl der Vaterunser und ebenso die Anzahl der Ave-Marias, die Bianca beten soll. Schließlich erteilt er ihr die Absolution. »Deine Sünden sind dir vergeben. Ich spreche dich los. Gehe hin in Frieden.« Seine Worte erleichtern offenbar tatsächlich ihr Gemüt, denn er hört einen erlösten Seufzer.

»Amen. Dank sei Gott«, flüstert Bianca und verlässt den Beichtstuhl fluchtartig.

Ich habe dem Gemurmel gelauscht. Das Holz der Kabinen schluckt jedoch vortrefflich die Stimmen der Büßer. Mäuschen müsste man sein, denke ich und warte auf das vertraute Klicken der Tür, die sich gleich für mich öffnen wird.

Mir liegt nicht an lauwarmem Gerede. Kaum fordert mich der neue Pfarrer dazu auf, beginne ich das Beichtgespräch. Ich spucke meine Sünde sofort aus. »Im Namen des Vaters und des Sohnes und des Heiligen Geistes. Amen. Herr Pfarrer, ich bin schwanger.«

Ein scharfes Einatmen ist die Folge. Ich senke den Kopf und warte auf das Donnerwetter. Beinahe bin ich enttäuscht, nur ein zartes Flüstern zu hören.

»Wer?«

»Ich will es nicht sagen. Es würde mir keiner glauben, und es würde meine Verfehlung auch nicht mindern.«

»Wer? Sprich frei, oder willst du deine Schuld ewig herumtragen und das Kind damit beflecken?«

Ich hebe den Kopf und erkenne zwei brennend interessierte Augen, die mich durch das Gitter ansehen. Prompt werde ich wütend. Als ob es nur meine Verantwortung wäre. Als ob nicht zwei dazugehörten, um ein Kind zu zeugen. Schon will ich meinen Vorwurf verkünden, atme tief ein, stoße dann einen Laut der Verzweiflung aus und halte mich gerade noch zurück. Es würde meiner Sache nicht dienen.

»Wer? Rede gefälligst, Sünderin!«

»Der Hammerherr.«

66

Pfarrer Bernhard wettert von seiner Kanzel herab. Er bemüht alle Bilder, die es zu bemühen gibt. Er spießt die Sünder auf, brät sie über glühenden Kohlen, peitscht ihre Fußsohlen und schneidet ihnen Geschlechtsteile, Ohren, Lippen und Zungen ab. Er beschwört die Tugendhaftigkeit seiner Schäflein. Erklärt, dass sich niemand der Leiber seiner Schutzbefohlenen bedienen dürfe und dass Vertrauen, Gerechtigkeit und Keuschheit wichtige Grundpfeiler jeder Gemeinschaft seien. Sein Schlusssatz – »Das Leid in der Hölle ist immerwährend und unendlich größer als die kurze Freude fleischlicher Lust« – sorgt für ein Raunen unter den Anwesenden.

Mein Blick hängt an Pfarrer Wildgangs Gesicht, das fratzenhaft verzerrt ist. Er steht über uns in seiner prunkvollen, mit allerlei goldenen Details verzierten Kanzel. Am Schalldeckel, direkt über dem Geistlichen, befindet sich der Heilige Geist, der dem Prediger die richtigen Worte eingeben soll. Bestimmt ist dieser Predigtstuhl der perfekte Platz, um den Überblick über die Kirchenbesucher zu behalten, sinniere ich und suche die neue Pfarrhaushälterin, die wenige Reihen vor mir sitzt und durch beständiges Nicken ihren tiefen Glauben bekundet. Mein Blick wandert weiter zu der schräg vor mir sitzenden Bianca, die sich nicht für die Predigt, sondern für eines der Kreuzwegbilder interessiert. »Veronika reicht Jesus das Schweißtuch« steht auf dem Schild, das am Rahmen befestigt ist. Bianca wirkt gelangweilt. Auf der Männerseite sehe ich den breiten Rücken von Oscar. Ich frage mich, ob er sich vom Inhalt der Predigt angesprochen fühlt, und hoffe, dass ich mit meiner hinterhältigen Vorgehensweise Erfolg haben werde.

Am Schluss, als die Windischgarstner die Kirche bereits verlassen und auch ich darauf warte, aus meiner Bank treten zu können, drehe ich mich noch einmal um. Ich beobachte, wie sich der neue Pfarrer dem Hammerherrn zuwendet. Beide lächeln einander freundlich distanziert an, sprechen miteinander und verschwinden dann zusammen in der Sakristei.

Nun heißt es abwarten.

67

Oscar weiß nicht, ob er gleich explodieren soll oder besser seinen Rechtsanwalt einschalten. Er hat sich dem neuen Pfarrer vorgestellt, eine Messe für seine verstorbene Frau vereinbart, und kaum ist das Geld im Säckel des anderen verschwunden, wird ihm auch schon Unsägliches an den Kopf geworfen. Oscar muss sich heftige Beschuldigungen anhören. Der Inhalt strapaziert seine Geduld arg. Er sei ein Frauenschänder, vergreife sich gegen deren Willen an ihnen, könne offenbar von keiner die Finger lassen. Er habe eine junge Frau derart bedrängt, sie an Stellen ihres Leibes berührt, die nur ein Ehemann berühren dürfe, sodass das arme Weib sich in ihrer Verzweiflung an den Pfarrer gewandt habe. Eine andere habe er sogar geschwängert. Der Geistliche faselt weiter etwas von Leibesfrucht, Unzucht und moralischem Verfall, erwähnt die Todsünden und den Teufel, sodass sich Oscar fragt, ob der Mann glaubt, einen dummen Rotzbuben vor sich zu haben und nicht einen erwachsenen Mann, der täglich sein Leben als Unternehmer zu meistern hat.

Es fällt Oscar schwer, aber er bemüht sich, Ruhe zu bewahren. Als der Pfarrer endlich schweigt und ihn nur noch mit Blicken durchbohrt, hält der Hammerherr stirnrunzelnd fest, dass in Windischgarsten das Beichtgeheimnis wohl anders ausgelegt werde als in Rom. An der Gesichtsfarbe des Pfarrers erkennt Oscar, dass er richtigliegt. Der zurechtgewiesene Pfarrer bleibt mit hochrotem Gesicht zurück, während Oscar noch im Weggehen jegliche Anschuldigungen als falsch von sich weist. Die Tür zur Sakristei schlägt er allerdings heftiger zu, als es nötig gewesen wäre.

Oscar Schneeberg ahnt, aus welcher Richtung die Anschuldigungen kommen. Die niederträchtige Verleumdung wird sich rasch aus dem Weg räumen lassen. Und zur Schwangerschaft fällt ihm nur eine ein, mit der er intim war. Aber warum hätte sich Magdalena dem Pfarrer und nicht ihm öffnen sollen?

68

Vitus bietet sich Bianca als Seelentröster an. Außerdem ist er froh über jede halbwegs ansehnliche Frau, die für ihn die Muse spielen oder sich als Modell für seine pikanten Bilder zur Verfügung stellen will. Als sich Bianca ihm nahezu aufdrängt, weist er sie nicht ab. Sie ist eine aufregende Frau. Ursprünglich kam sie wegen eines Porträts zu ihm. Sie wollte, dass er ein kleines Bild von ihr anfertigt. Als Geschenk. Nicht für ihre Eltern. Auf keinen Fall. Es sei für den Geliebten, der ihr Gesicht dann jederzeit zärtlich betrachten könne. Welcher Geliebte damit überrascht werden soll, ist Vitus unklar, weiß er doch, dass Biancas Jungfräulichkeit von ihrer Mutter streng bewacht wird. Doch da sich Bianca besonders neckisch zeigt, kaum dass Vitus die Tür seines Ateliers hinter ihnen schließt, genießt er die Situation einfach und schweigt.

Auch heute schummelt sich Bianca wieder zu ihm ins Atelier. Die herbstliche Hitze in seiner Dachkammer ist anstrengend. Bald bittet ihn Bianca um ein Tuch, das sie anfeuchten könne, um sich damit abzukühlen. Dass sie sich den nassen Stoff um den nackten Körper wickeln würde, damit hat Vitus nicht gerechnet. Auch dass sie nackt gemalt werden will, ihr Gesicht allerdings nicht erkennbar sein soll, überrascht ihn.

»Berühmt soll dein Bild werden. Und ich will es sein, die

darauf zu sehen ist«, flüstert sie ihm schließlich ins Ohr und lässt aufreizend das kühlende, ihren Körper umschmeichelnde Laken fallen.

Vitus ergreift die Chance, und schon bald drängen sich ihre Körper aneinander, sie wälzen sich in ihren Gerüchen, steigern sich hinein in eine ungekannte Leidenschaft und gehen doch den letzten Schritt nicht. Nicht, weil Vitus nicht zu jeder lustvollen Tat bereit gewesen wäre. Es liegt an Bianca. Sie entzieht sich ihm, hält ihn hin, beherrscht es aber dennoch, ihn zu befriedigen. Nahezu schockierend findet Vitus ihr Verhalten. Dieses scheinbar unschuldige Ding versteht sich auf Erotik. Bianca verschafft ihm Genuss, ohne für sich selbst etwas zu verlangen. Und das ist noch nicht alles, was sie ihm zugestehen will.

»Ich werde mich dir ganz hingeben«, verspricht sie, »wenn du mir einen kleinen Wunsch erfüllst.«

»Jeden«, sprudelt es aus Vitus vorschnell heraus. Bereits im selben Augenblick bereut er seine Zusage.

»Male meinen ganzen Körper. Male mich nackt und dunkelhaarig. Mit Locken anstelle meiner glatten blonden Haare und mit dunklen, feurigen Augen anstelle meiner blauen. Tu es für mich!«

Vitus ist klar, dass sie auf dem Bild auf keinen Fall erkannt werden will, und so verspricht er ihr: »Ich porträtiere dich, wie du es gern möchtest.«

»Zeig mir, wie das Gemälde aussehen wird«, flüstert sie, legt sich nackt auf sein Bett und wartet, dass er die ersten Striche auf die Leinwand malt.

Bianca lächelt zufrieden, als er ihr wenig später die schnelle Skizze präsentiert. Sie stöhnt lustvoll, spreizt ihre Beine und streckt lockend ihre Arme nach ihm aus.

69

Die Gendarmerie wird für den frühen Nachmittag in die Villa gebeten. Der Postenkommandant ist darüber grundsätzlich erfreut, allerdings stört ihn die Order des Hammerherrn, die zwar freundlich, aber doch klar durch den Sekretär des Mannes durchklingt. Normal ist das nämlich nicht. Normal ist, dass man als ausführendes Organ der Exekutive selbst die Entscheidung trifft, wann man wo auftaucht. Allerdings ist Kommandant Waldemar Barfuß neugierig auf die Schneebergvilla. Bisher war noch nie Gelegenheit, sich darin umzusehen. Also schnappt er sich seinen Kompagnon Ewald Sattler. Gemeinsam machen sie sich auf den Weg.

Wenig später haben die beiden Gendarmen das imposante Anwesen erreicht. Sie läuten am großen Eingangstor, und es dauert nicht lange, bis es sich öffnet.

»Herr Schneeberg empfängt Sie.« Der Sekretär des Hammerherrn weist ihnen den Weg.

»Im großen Wohnzimmer?«, fragt Barfuß und hält inne.

»Salon sagt man wohl dazu«, meint Sattler leise und rempelt den Kommandanten an, der nun stocksteif in der Eingangshalle steht und andächtig das Bild der verstorbenen Elvira anstarrt. »Schöne Frau«, flüstert er, was Sattler peinlich ist, denn der Sekretär des Hammerherrn hört zu.

»Leider zu früh verstorben«, ergänzt der Sekretär und winkt die beiden Männer ungeduldig heran.

Kaffee steht bereit. Lotti rückt Stücke von Apfelstrudel auf Tellern zurecht. Sie schiebt einen Becher mit Schlagobers zu Oscar Schneeberg und strahlt ihn an. Der Sekretär deutet den Gendarmen, am Tisch Platz zu nehmen. Lotti schenkt ein. Behutsam, ohne auch nur einen Tropfen Kaffee zu verschütten.

»Meine Herren«, eröffnet der Hammerherr ohne lange Einleitung, »mir kam das Gerücht zu Ohren, dass ich mich einer jungen Frau unsittlich genähert haben soll.« Sein Gesicht zeigt

Anflüge von Unmut. »Was wissen Sie darüber?« Oscar sieht die beiden Gendarmen durchdringend an.

»Also«, stottert Sattler, »bei mir war niemand mit einer Anzeige, wenn Sie das meinen.«

Der Hammerherr wendet sich an Waldemar Barfuß, der daraufhin die Kaffeetasse wieder hinstellt. Gerade noch wollte sich der Gendarm offenbar einen Schluck gönnen und sich auch etwas von der angebotenen Mehlspeise nehmen, nun verharrt seine Hand stocksteif in der Luft über dem Teller mit dem sehr verführerisch duftenden Apfelstrudel. Oscar erkennt, dass Barfuß die Lust darauf vergangen ist.

Der Gendarm räuspert sich verlegen und erklärt dann: »Na ja, gestern war eine Frau bei mir. Sie hat mir erzählt, ihre Tochter sei mit einem zerrissenen Kleid nach Hause gekommen. Und sie sei …« Barfuß schweigt betreten.

»Aus meiner Villa gekommen. Sagen Sie es ruhig.« Oscar steht vom Sessel auf und tritt ans Fenster. »Es war Senta, die Frau des Tierarztes, nicht wahr?«

»Ja, Herr Schneeberg«, bestätigt Barfuß eilig.

»Das dachte ich mir. Meine Herren, dann erwarte ich jetzt von Ihnen, dass Sie die angebliche Tat aufklären. Mir liegt daran, meinen Namen nicht mit derartigen Anschuldigungen befleckt zu wissen. Übergriffe auf jegliche Personen sind mir fremd. Schon gar nicht verhalte ich mich Frauen gegenüber schändlich. Ich will, dass Sie herausfinden, wann das geschehen sein und was ich getan haben soll.«

»Wann es passiert ist, wurde von Senta Braunschmied zu Protokoll gegeben. Es war der Tag, an dem die Musik durchs Dorf zog. Der Tag der Spendensammlung für die Restaurierung irgendeines hölzernen Heiligen in unserer Kirche«, berichtet Barfuß weiter. »Unmittelbar nachdem die Musikkapelle bei Ihnen gespielt hat.« Barfuß wagt kaum, den Hammerherrn anzusehen.

»Und warum sind Sie nicht aktiv auf mich zugekommen, sondern halten einen ganzen Tag lang still?« Oscar runzelt die Stirn.

»Weil wir noch nicht mit Bianca geredet haben. Die soll ja das Opfer der unleidlichen Geschichte sein.«

»Ach? Und inzwischen wird mein Name in den Dreck gezogen.« Es gelingt Oscar nur mit Mühe, seinen Ärger einigermaßen im Zaum zu halten. »Wo ist das zerfetzte Kleid? Mir wurde zugetragen, ich hätte sie attackiert, ihr Blessuren verpasst, ihre Kleidung beschädigt, bevor sie endlich fliehen konnte.« Er übertreibt seine Darstellung bewusst und starrt den Kommandanten durchdringend an, dessen Kehlkopf sich nervös auf und ab bewegt.

Barfuß schluckt, will anscheinend etwas sagen, wirkt irritiert und sucht vergeblich nach Worten. Mehr als ein »Äh« kommt nicht. Sattler hingegen blickt seitlich an Oscar vorbei und fixiert einen Punkt hinter dessen linkem Ohr.

Schließlich räuspert sich Lotti. Ihre Fingerspitze streicht wie zufällig über das Schlagobers, sie verreibt die Creme in ihrer Hand. Oscar betrachtet das Mädchen.

»Ich hätte dich hinausschicken sollen«, sagt er, »es ist nicht gut für eine junge Frau, so etwas zu hören.«

Er betrachtet Lotti, die den Finger in den Mund steckt und das restliche Schlagobers ableckt. Ihre Unbesorgtheit entschärft die Situation. Oscar lächelt.

Neuerlich wandert Lottis Finger in den Schlagobersbecher und dann in ihren Mund. »Die Musik war da. Die waren laut«, sagt sie plötzlich. »Ich bin ins Dorf gelaufen. Wollte Magdalena das Foto bringen. Hab sie aber nicht gefunden.«

Barfuß wirft dem Mädchen einen kritischen Blick zu.

»Ja, das weiß ich. Erzähl weiter, Lotti.« Oscar nimmt einen Schluck Kaffee, verzieht das Gesicht und stellt die Tasse ab.

»Auf dem Nachhauseweg bin ich müde geworden. Geweint habe ich auch, weil die Leute böse Wörter zu mir gesagt haben.«

»Das tut mir leid, Lotti. Die Leute sind dumm«, versucht Oscar, sie zu trösten.

Lotti nickt. »Auf einen Holzhaufen hab ich mich gesetzt. Hinter einem der Kastanienbäume.«

Oscar lächelt aufmunternd. »Den kenne ich auch. Der Haufen modert vor sich hin.«

Lotti nickt wieder. »Bianca ist an mir vorbeigegangen. Sie hat mich nicht gesehen. Ihr Kleid war schön. Und dann ist die Hebamme auch noch an mir vorbeigegangen. In die andere Richtung. Auf die Villa zu.«

»Die war sicher auf dem Weg zu den Zwillingen des Tischlers«, erwidert Oscar und sieht Sattler an. Der wiederum wirft Barfuß einen aufmunternden Blick zu.

»Ich glaube«, verkündet Oscar, »gerade haben Sie eine interessante Information erhalten.«

Er betrachtet Barfuß eindringlich. Der Mann scheint allerdings noch nicht begriffen zu haben, dass soeben etwas gesagt wurde, das der Aufklärung dieser ungustiösen Angelegenheit dienlich sein wird. Oscar runzelt die Stirn und seufzt über die Begriffsstutzigkeit des Kommandanten. Sogar Sattler, das erkennt Oscar, hat inzwischen durchschaut, dass etwas an der Verleumdungsgeschichte nicht stimmen kann.

Endlich hebt Waldemar Barfuß den Kopf und strahlt. »Sattler, wir gehen«, ordnet er an. »Bianca kommt aufs Kommando, die Hebamme auch. Sofort.« Barfuß springt auf, salutiert, und schon ist er draußen bei der Tür.

Ewald Sattler verabschiedet sich, nicht ohne sich bei Lotti für die wertvollen Informationen zu bedanken, worauf ihm die junge Frau ein Stück Apfelstrudel einwickelt und mitgibt.

Zufrieden folgt Sattler seinem Kommandanten.

70

Vitus sortiert seine Werke. Immer wieder fällt sein Blick auf das zuletzt skizzierte Bild. Biancas Körper ist schön. Er ist gut getroffen. Ihm gefällt, dass sie sein Verlangen anstachelt und ihn befriedigt. Im Gegenzug erfüllt er ihr einen besonderen Wunsch. Zwar mit einem Anflug von schlechtem Gewissen, aber er liebt diese Art von Herausforderung. Und diese Arbeit ist durchaus eine, denn das Gesicht, das er auf ihren nackten Körper malen soll, wird Magdalenas Züge tragen. Das ist ihm im Laufe von Biancas Anweisungen klar geworden. Daraufhin beschloss Vitus, die nackte Frau so zu malen, wie er schon immer einen Akt malen wollte. Modern. Wild. Intensiv.

Energie durchströmt ihn plötzlich. Er stellt die Leinwand zurecht und übermalt die Pinselstriche wieder, die sich bereits darauf befinden. Schon länger versucht er sich im Stil von Henri Matisse und Kees van Dongen. Maler, deren Werke er in Büchern bewundert. Er liebt deren Ausdruck, die leuchtenden Farben, den Farbauftrag. Die eigenartige Linienführung sowie die ungewöhnlichen Farbkompositionen sprechen Vitus an. Es ist, als würden Empfindungen lebendig, wenn er sich in die Bilder dieser Künstler versenkt.

Erst kürzlich skizzierte er Bianca in Rückenansicht. Sie war auf seinem Bett eingeschlafen und präsentierte ihm ohne Argwohn ihre Nacktheit: Nacken, Schultern, Rückgrat, Hüften und Hintern, Schenkel, Knöchel, bis hinunter zu ihren runden Zehen. Vitus nützte die Chance und brachte ihren Körper in wenigen Strichen aufs Papier. Diesen Entwurf will er nun auf die Leinwand übertragen. Kraftvoll. In groben Zügen und stark vereinfachter Darstellung.

Im Hintergrund soll sein Atelier zu sehen sein: eine Kommode, auf der die Malutensilien stehen, daneben Papier in Rollen, Leinwände und Keilrahmen, offene Kisten, eine Staffelei, Kartons an der Wand. Zentraler Mittelpunkt wird die liegende Nackte sein, aber auch der wuchtige dunkelbraune Ofen, der den Raum dominiert und die Blässe der Nackten nur noch verstärkt. Dazu ihr zerzauster dunkler Schopf. Ihre sichtbare Wange, rosa überhaucht. Keine Augen. Kein Gesicht. Hauptsächlich der Hinterkopf einer Frau, die ihr Haar ungewöhnlich kurz trägt und nackt in seinem Atelier auf einem blauen Leintuch liegt. Ein starker Kontrast, der die Blicke unweigerlich auf das Gemälde ziehen wird.

Und sehen werden es die Windischgarstner, denn Vitus' erste Ausstellung steht an. Mit dem neuen Pfarrer hat er bereits eine Vereinbarung getroffen. Zwanzig Bilder darf er im Pfarrhof ausstellen. Es soll ein der Kunst gewidmeter Abend werden. Sollte sich jemand überwinden und seine Werke kaufen, hat Vitus versprochen, großzügig zu sein. Ein Teil des Erlöses wird an die Kirche gehen, schließlich gilt es, einen wurmstichigen Heiligen zu entwurmen.

Neunzehn seiner Gemälde zeigen Landschaften und Tiere, das zwanzigste wird die unbekannte Nackte sein. Das Bild wird er zuletzt aufhängen, es mit einem Tuch vor jeglichen Blicken schützen und erst dann zur Betrachtung freigeben, wenn alle Gäste anwesend sind. Die Frau auf dem Gemälde wird seine Provokation inmitten harmloser Malereien sein. Alle sollen seine Magdalena sehen, sie anstarren und sich echauffieren. Nie werden sie ihn und seine Kunst vergessen. Er hingegen wird nie vergessen, wie das Bild geschaffen wurde, denn für dieses besondere Werk opferte ihm Bianca ihre entzückende Jungfräulichkeit auf dem enzianblauen Laken.

Nach dem Skandal, den es auf jeden Fall geben wird, will Vitus aus dem Dorf verschwinden. Mit ihm kommen werden Bianca und das enzianblaue Laken. Diese Vereinbarung wurde bereits mit einem innigen Kuss besiegelt.

71

Oscar will nicht mehr länger an die Unannehmlichkeiten denken, die ihm Bianca verursacht hat. Alles wird sich bald als dummes Hirngespinst einer jungen Frau oder als Ausgeburt der Phantasie von deren Mutter herausstellen. Lieber denkt er an Magdalena. Außerdem geht ihm die Anklage des Pfarrers nicht aus dem Kopf. Der Mann erwähnte in seinen Anschuldigungen etwas Wesentliches. »Leibesfrucht« war das altmodische Wort, das ihm der Kirchenmann an den Kopf geknallt hat.

Oscar schmunzelt. Da ist dem Pfaffen doch die Unterstellung einer Vergewaltigung deutlich leichter über die Lippen gerutscht als die Bezeichnung für ein ungeborenes Kind. Aber wenn Magdalena tatsächlich schwanger ist, warum hat sie sich dem Pfarrer anvertraut und nicht ihm? Gibt es etwa noch einen anderen Mann in ihrem Leben? Oscar kneift die Augen zusammen. Der Gedanke stößt ihm sauer auf. Er möchte nicht, dass Magdalena einem anderen gehört. Er erkennt, dass ihn Eifersucht plagt. Er will die Frau für sich haben.

Plötzlich erinnert er sich an Senta. Die Tierarztgattin spottete erst vor Kurzem hinter Magdalenas Rücken am Kirchenplatz. Sie verspritzte ihr Gift gerade so laut, dass es bestimmt von allen Umstehenden gehört wurde. »Hure« und »Pfaffenliebchen« hat sie sie genannt. Mit Sicherheit wurden diese verletzenden Einflüsterungen bereits eifrig weitergetragen. Wahrheit oder Verleumdung? Oscars Gedanken rotieren. Ist es nicht durchaus möglich, dass er Magdalena ein Kind gemacht hat? Vor wenigen Wochen, anlässlich der Feier? Einmal Sex und schon schwanger? Oder war sie tatsächlich das Liebchen des toten Pfaffen? Oscar stützt den Kopf in die Hände und denkt nach.

Es klopft an der Salontür. Sein Sekretär unterbricht seine Gedanken, die ohnehin nur im Kreis laufen. Er überreicht ihm ein Blatt Papier. Eine Einladung.

Pfarrer Bernhard Wildgang lädt zur ersten Windischgarstner Kunstausstellung. Maler Vitus Donner präsentiert am Samstag seine Werke im Pfarrhof. Die Veranstaltung beginnt um 18 Uhr.

»Mostverkostung« steht als Schlusswort unter der Einladung.

Oscar schüttelt den Kopf und fragt sich, ob dem neuen Pfarrer das Zugeständnis zur Mostverkostung leichtgefallen ist. Es gehen Gerüchte um, Pfarrer Bernhard sei ein strenger Asket. Einer der Ministranten will tatsächlich beobachtet haben, wie der Rotwein im Kelch, aus dem der Geistliche im Zuge der Wandlung trinkt, durch Wasser ersetzt wurde. Dieses dumme Gerede glaubt jedoch niemand, denn schließlich hat Jesus beim letzten Abendmahl Wein zu seinem Blut erklärt und nicht Wasser. Dieses Ritual zu verändern wäre purer Frevel.

Oscar streicht die Einladung glatt. »Das sehe ich mir an«, entfährt es ihm. »Ich bin gespannt auf die Landschaften, die Vitus malt. Dass er meine verstorbene Frau wunderbar verewigt hat, wissen wir ja bereits.«

72

Ich lese die Einladung, die mir Franziska mitgebracht hat. Eine Kunstausstellung. So etwas hat hier seit Ewigkeiten nicht mehr stattgefunden. Eigentlich kann ich mich nicht erinnern, dass es je eine derartige Veranstaltung gab. Ich finde die Idee aufregend.

»Ich gehe wegen der Mostverkostung hin«, verkündet Franziska und lacht herzhaft. »Und wenn Vitus ein hübsches Schneerosenbild ausstellt, dann kaufe ich es ihm ab. Als Ergänzung zu meiner Sammlung.«

Ich werfe einen Blick zur Flurwand. Etwa zehn Schneerosenbilder hängen dort. In unterschiedlichen Größen.

»Die brauch ich nicht zu gießen. Sollte Vitus jemals berühmt werden, verkaufe ich seine Erstlingswerke zu einem Wahnsinnspreis.«

»Franziska, ich glaub, ich brauch dich in ein paar Monaten«, entfährt es mir. Dann richte ich mich auf, starre auf den Becher mit warmer Milch, den Franziska gerade vor mich hingestellt hat, renne zur Haustür, reiße sie auf und übergebe mich ins Freie.

Franziska läuft mir hinterher, streichelt meinen Rücken und wartet mein Würgen ab.

»Milch bekommst du nicht mehr, zumindest keine warme. Offenbar behagt sie dir nicht.« Sie führt mich zurück in die Küche und reicht mir ein Glas Wasser. »Übrigens, ich war heute bei der Gendarmerie. Ich wurde hinzitiert und gebeten, eine Aussage zu machen. Waldemar Barfuß wollte wissen, ob ich am Tag des Musikkapellen-Aufmarsches etwas Ungewöhnliches beobachtet hätte. Bianca Braunschmied war auch da. Sie hat mich ganz komisch angesehen, war etwa gleich käsig im Gesicht wie du.« Franziska schenkt mir ein schiefes Lächeln und zwinkert mich verschwörerisch an. »Ihr seid doch am Ende nicht etwa vom selben Mann schwanger?«

So wie Franziska mich gerade ansieht, meint sie das Gesagte als Scherz. Ich hingegen nehme das, was sie ins Blaue hinein mutmaßt, für bare Münze und frage mit großen Augen: »Doch nicht etwa Bianca und Oscar?«

Franziskas Augenbraue zuckt interessiert nach oben, denn gerade habe ich mich ihr gegenüber mit der Nennung von Oscars Namen verraten. Zwar ist Franziska keine Plaudertasche, daher wird meine Bemerkung in diesen vier Wänden bleiben, aber schließlich weiß man nie. Soll sie ruhig mutmaßen, dass Oscar der Vater meines Kindes ist.

Franziska räuspert sich, sieht mich mit gerunzelter Stirn an und fährt fort: »Bianca war auf der Gendarmerie bleich wie eine Made, die noch nie die Sonne gesehen hat. Sie sah aus, als ob sie gleich kotzen würde. Eigentlich genauso wie du jetzt. Es könnte natürlich auch an der Befragung gelegen haben. Aber ich habe Erfahrung in solchen Angelegenheiten, es könnte auch die männliche Lust daran schuld sein.«

Ich stoße einen jämmerlichen Laut aus, rutsche langsam

vom Sessel und lege mich auf den Küchenfußboden. Franziska eilt sofort an meine Seite. Ich verhalte mich, als würde mein Kreislauf gleich versagen. Mein Theaterspiel beeindruckt mich selbst.

73

Die Ausstellung interessiert die Windischgarstner nur mäßig. Die Mostverkostung dagegen sehr. Mit Begeisterung macht man sich also am frühen Abend auf, um den Pfarrhof zu besuchen und, wenn es sein muss, ein paar Bilder zu bestaunen, vor allem aber, um zu prüfen, ob der Most der Nachbarn besser ist als der eigene, was – Gott behüte – hoffentlich nicht der Fall sein wird.

Durch den Alkoholgenuss kommen die gemalten Landschaften und Tiere zu kurz. Es geschieht genau das, was Vitus befürchtet hat. Von den Windischgarstnern Feinsinn zu erwarten, wäre aber auch wirklich übermütig gewesen. Einzig der Hammerherr wirkt interessiert, verweigert nach dem dritten Glas Most noch ein weiteres und betrachtet in aller Ruhe die Gemälde. Die Mühle – Vitus war schlau und malte auch Gebäude der ehemaligen Sensenschmiede – weckt Oscar Schneebergs Aufmerksamkeit sofort. Der Hammerherr zeigt auf das Bild, wendet sich Vitus zu und bittet ihn, es für ihn zu reservieren.

In diesem Augenblick bummelt die Hebamme mit einem gut befüllten Krug Most an den beiden Männern vorüber, wirft einen Blick auf die Wände und murmelt: »Keine Schneerosen, wie schade.«

Damit kann allerdings nur Vitus etwas anfangen, der um die spezielle Sammelleidenschaft der Frau weiß. Er bemerkt außerdem, dass sich der Hammerherr suchend umsieht, lässt sich dann aber vom Pfarrer in Beschlag nehmen und bekommt daher nicht mit, wie die Hebamme Oscar Schneeberg zur Seite bittet und ein Gespräch mit ihm führt.

74

Ein Bild ist noch verhüllt. Es soll wohl besondere Aufmerksamkeit erhalten, sinniert Oscar und beobachtet den nervösen Blick des jungen Künstlers, der sein geheimes Werk stets im Auge hat. Vitus' Lächeln wirkt angespannt. Die Lässigkeit, die der Mann sonst an den Tag legt, ist wie weggewischt. Einmal nähert sich eine junge Frau, hebt den Vorhangstoff neugierig an und wird sofort zurechtgewiesen. Sie kassiert sogar einen Klaps auf die Finger, worauf sie einen zornigen Schrei von sich gibt und wütend abdampft.

Oscar schmunzelt, wendet sich ab und sieht in diesem Augenblick Magdalena bei der Tür stehen. Perfekt, denkt er, sie kommt ihm gerade recht. Er geht zwischen den Gästen durch und steuert direkt auf sie zu. Da bemerkt er aus dem Augenwinkel, wie der Pfarrer in die Mitte des kleinen Veranstaltungssaals tritt. Er hört, dass der Geistliche mit einem Löffel an ein Glas klopft und um Aufmerksamkeit bittet. Die Besucher werden zur Traube, schieben sich in Richtung des Sprechers, und Oscar verliert Magdalena aus den Augen.

»Noch haben wir nicht alle Gemälde gezeigt. Ein besonderes …«, der Pfarrer wirft einen freundlichen Blick zu Vitus, der stocksteif dasteht und Schweißperlen auf der Stirn hat, »… ein besonderes Werk haben wir noch. Es sei modern, völlig anders als die anderen Bilder, erklärte mir der Künstler. Ich habe es selbst noch nicht gesehen. Wir alle gehören also zu den ersten Kunstgenießern, die es begutachten dürfen.«

Im Hintergrund kichert ein Gast. Zögernd wird das noch

verhüllte Werk beklatscht. Jemand bedient sich noch rasch am Most. Flüssigkeit plätschert in ein Glas. Ein Mann niest herzhaft.

»Vitus hat mir berichtet, dass es sein Atelier zeigt, in dem wohl die wenigsten von uns bisher waren. Aber«, Pfarrer Bernhard erhöht die Spannung durch eine gekonnt eingelegte Pause und zieht dann sanft am Tuch, »lassen Sie sich einfach überraschen.«

In der nun folgenden Stille hört man tatsächlich das Knacken vom Holz der Saalvertäfelung, und irgendein Besucher entlässt einen Furz ins Ambiente.

Dem Tierarzt entkommt ein überraschtes »Ohooo!«.

Seine Frau dagegen wendet sich ab und zischt: »Hure. Hab ich's nicht gesagt.«

Oscar betrachtet das großformatige Bild, dann mustert er Vitus, der verlegen von einem Fuß auf den anderen steigt, und vermeldet laut: »Es ist grandios. Ich kaufe es.«

75

Gerade war ich noch im Gespräch mit Wirtin Emma Trauthaler, und plötzlich ist es mucksmäuschenstill. Emma hebt erschrocken die Hand vor den Mund und sieht mich mit großen Augen an. Ich drehe mich zur Menge um und begreife den Grund für die Aufregung: das Bild.

Ungläubig öffne ich den Mund, während die Anwesenden lauernd auf meine Reaktion warten. Ich will schreien, reiße mich aber zusammen, weiß ich doch genau, dass das nicht ich sein kann. Vitus kann mich nicht gemalt haben. Ich war nie bei ihm im Atelier, er nie bei mir.

Mit hocherhobenem Kopf und zusammengebissenen Zähnen lasse ich meinen Blick über die versammelte Schar gleiten und nehme dabei vor allem Verachtung wahr, aber auch Hohn und Schadenfreude. Sogar Geilheit sehe ich in den Augen einiger Männer. Nur Bianca, die sich völlig unbefangen neben dem Bild positioniert hat, strahlt eine eigenartige Unberührtheit aus. Es ist der Gleichmut einer Beobachterin, die bereits wusste, was kommen würde. Biancas Blick begegnet meinem. Für den Bruchteil einer Sekunde blitzt nicht nur Schadenfreude in ihrem Gesicht auf, sie wirkt auch eigenartig siegessicher.

»Das bin ich nicht«, verkünde ich energisch. »Und wenn ihr mich noch so anstarrt, das da«, ich zeige auf das Gemälde an der Wand, »mag zwar meine Frisur sein, aber ich habe dafür nicht als Modell zur Verfügung gestanden.« Ich werfe Vitus einen scharfen Blick zu. Der verschränkt die Arme vor der Brust und sieht mich trotzig an.

»Du willst doch nicht etwa behaupten, ich sei bei dir im Atelier gewesen?« Scharf ziehe ich die Luft ein.

Die Umstehenden hören meinem Monolog gespannt zu. Sie warten darauf, dass die Situation eskaliert. Mir ist furchtbar übel. Ich finde es grausam, dass in den Gesichtern vor allem Zweifel zu sehen sind, und ich erkenne: Die Windischgarstner glauben mir kein Wort.

76

In diesem Moment tritt Pfarrer Bernhard einen Schritt auf das Gemälde zu. Er hebt seinen Arm. In seiner Hand hält er ein Messer. Oscar steht unmittelbar neben dem Priester. Rasch biegt er dessen Hand nach hinten, verdreht sie in einem unangenehmen Winkel auf den Rücken des Mannes, sodass der schmerzhaft keucht, das Bild aber nicht beschädigen kann. Das Messer hält der Geistliche allerdings immer noch fest.

»Haben Sie nicht verstanden? Es ist bereits mein Eigentum. Ich habe ein Kaufangebot gemacht, das ich nicht zurückziehen werde.« Oscar hebelt die Hand des Pfarrers weiter nach oben.

»Der Teufel soll Sie holen«, zischt Pfarrer Bernhard und lässt das Messer endlich los. Klirrend landet es auf dem Boden. Die Besucher sehen sich betreten an. Niemand eilt dem Priester zu Hilfe.

»Ja, das wird der Teufel eines Tages bestimmt tun, Herr Pfarrer«, knurrt Oscar. »Sie sollten allerdings vorsichtig sein, nicht dass er Sie dann gleich mitnimmt. Und wenn wir schon vom Teufel und seinen Spielchen sprechen ...«, er wendet sich an Magdalena, »... ich will dich heiraten.«

Die schnappt nach Luft und schüttelt den Kopf.

»Und Sie«, Oscar blickt Vitus durchdringend an, »haben Magdalena bestimmt niemals in Ihrem Atelier empfangen. Das ist keinesfalls der Körper meiner zukünftigen Frau.« Er lacht den Künstler spöttisch an und fügt hinzu: »Morgen kommen Sie in die Villa und nennen mir den Preis für das Gemälde, und dann will ich Sie nie mehr sehen. Ist das klar?«

Oscar stößt den Pfarrer von sich und nimmt das Bild von der Wand. Auf dem Weg nach draußen bleibt er vor Magdalena stehen. »Du kommst mit. Sofort!« Er packt sie am Handgelenk und zieht sie einfach mit sich.

Unerwartet greift Senta nach dem am Boden liegenden Messer und stürzt Magdalena hinterher. »Er wird dir niemals gehören!«, ruft sie schrill.

Magdalena dreht sich erschrocken um und stolpert einen Schritt zur Seite. Ein Glücksfall, denn statt Magdalenas Rücken zu treffen, fährt das Messer durch die Haut ihres Oberarms. Sofort wird Senta von den umstehenden Männern entwaffnet und niedergerungen. Einer Irren gleich stößt sie durchdringende Schreie aus und schlägt auch dann noch heftig um sich, als sie bereits am Boden liegt.

Oscar greift nach einem Tischtuch und zerrt daran. Gläser und Krüge fallen zu Boden und zerbrechen. Rasch bindet er das Tuch um Magdalenas Oberarm, die plötzlich schwankt und dann bewusstlos in seine Arme sinkt.

77

»Du hast eine lange Narbe auf dem Rücken. Unterhalb deines Schulterblattes«, flüstert Oscar, schiebt einen Polster unter Magdalenas Kopf und streicht über die weiche Haut an ihrem Hals. »Die Narbe hebt sich deutlich ab, sie ist dunkler als deine restliche Haut.«

»So genau hast du mich damals angesehen?«

»Nicht nur angesehen.« Er lächelt. »Mit den Fingerspitzen konnte ich die Narbe fühlen. Sie ist ja nicht gerade unauffällig.« Seine Finger berühren Magdalenas Nasenrücken, ihre Lippen, ihre Wangen.

»Vor langer Zeit hat Gustav seine Peitsche an mir ausprobiert.« Müde sieht sie Oscar an. »Damals habe ich zwei Wochen lang nicht richtig schlafen können. Die erste Woche war besonders schlimm, ständig ist die Haut wieder aufgerissen. Es ist aber gut verheilt und tut nicht mehr weh.« Magdalena betrachtet ihren bandagierten Oberarm. »Das tut auch nicht weh.« Verwundert blickt sie Oscar an.

»Franziska hat dir etwas gegeben, damit die Schmerzen verschwinden, außerdem auch ein Mittel gegen eine mögliche Entzündung. Aber eine Narbe wird wohl bleiben.«

»Mein Hirn ist komisch. Ich bin furchtbar müde. Und ich muss dir noch etwas Wichtiges sagen.« Magdalena betrachtet Oscar aus halb geschlossenen Augen. »Willst du mich wirklich heiraten?«, fragt sie dann leise, und schon fallen ihr die Augen zu.

»Wenn du von mir geheiratet werden willst.« Oscar spricht bereits mit einer Schlafenden. Er beugt sich über Magdalena, küsst sie und spürt Begehren. Neugierig schiebt er die Tuchent zur Seite, um sich seine künftige Frau in aller Ruhe anzusehen. Er zieht ihr Nachthemd hoch und betrachtet die helle Haut am Bauch und an den Oberschenkeln. An diesen Stellen fühlt sich Magdalenas Haut samtweich an. Oscar streichelt Magdalena und legt dann seine Hand auf ihren Bauch.

Er ist froh, dass ihm die Hebamme bestätigt hat, dass er der Vater des Kindes ist. Sein Heiratsantrag war nicht frei von Hintergedanken, denn in dieser Frau wächst sein künftiger Erbe heran. Zumindest will er glauben, dass es ein Junge wird. Vor allem aber will Oscar, dass dieses Kind seinen Namen trägt. Magdalenas »Und ich muss dir noch etwas Wichtiges sagen« stimmt ihn heiter, weil er schon ahnt, was sie ihm gestehen wird.

Gerade will Oscar den Bauch der Schlafenden küssen und ihre Brüste erforschen, als es an der Tür klopft, wodurch er in seinem Vorhaben empfindlich gestört wird. Er schnaubt enttäuscht. Rasch deckt er Magdalena wieder zu. Einen Atemzug später betritt Franziska den Raum und lächelt ihn an.

78

Er hat sie auf dem Bett liegend gemalt.

Das Gesicht der Frau ist dem Maler zugewandt. Ihre Augen sind geschlossen. Die markanten Locken fallen ihr weich ins Gesicht. Sie schläft auf einem weißen Laken, das mit blauen und lilafarbenen Blumen an hellgrünen Ranken bestickt ist. Ein dünnes, beinahe transparentes Tuch bedeckt ihren Oberkörper, liegt in Falten über ihren Hüften und wirkt, als würde es gleich auf den Boden gleiten. Noch verhüllt das Tuch, was es verhüllen soll. Nur der Ansatz ihrer hübschen Brüste ist erkennbar. Ihre Hand ruht entspannt an ihrer Seite, zwischen den

Fingern hält sie einen Spiegel. Fast muss man fürchten, dass er gleich hinunterfallen und zerbrechen wird. Ein Blumenstrauß ist am Boden vor dem Bett drapiert. Einzelne rote Blütenblätter haben sich gelöst und liegen verstreut am Laken. Blaue Blütenblätter befinden sich in Bauchhöhe am Tuch. Die blauen Blüten auf dem Bauch seiner halb nackten Frau wurden als besonderes Detail hinzugefügt. Als Symbol für das Geheimnis, das ihm Magdalena noch während ihrer Genesung mitteilte: ihre Schwangerschaft.

Oscar kennt die Figur seiner Frau inzwischen gut. Wenn er sie sieht, kann er sich kaum zurückhalten, hat ständig das Bedürfnis, sie zu berühren. Er ist süchtig nach ihr. Magdalenas Leib ist wie ein Jungbrunnen für ihn.

Er betrachtet das Bild, das seit Kurzem im gemeinsamen Schlafzimmer hängt. Nach ihrer Hochzeit überreichte sie ihm dieses wunderschöne, sehr erotische Gemälde. Er liebt es, aber er hasst den Maler. Oscar erinnert sich, wie sehr er tobte, als er es das erste Mal sah. Sie wiederum beschwor ihn, ihr zu verzeihen, dass sie sich nun doch von Vitus habe malen lassen.

Kaum verheiratet, gab es also schon den ersten Krach, dem der nächste Unmut bald folgte, denn eine seiner Töchter warnte ihn vor seiner jungen Frau: »Vater, erkennst du es nicht? Sie ist eine Glücksritterin.«

Oscar schob die gehässige Bemerkung weg. Dennoch zündete ein Funken Misstrauen in ihm, und er fragte sich, ob Magdalena von Anfang an nur auf sein Geld aus war.

Seitdem beobachtet er sie, findet jedoch keinen Fehl an seiner Frau. Immer wenn sich seine Stirn auch nur ansatzweise runzelt, sorgt sie für Entspannung. So nimmt sie beispielsweise seine Hände, legt sie auf ihr anschwellendes Bäuchlein, und seine Zweifel verrauchen schlagartig, denn dadrin wächst sein Kind. Er ist für diesen Zustand verantwortlich. Oscar fühlt sich wie ein verliebter Narr.

Am liebsten würde er die Nachricht, dass er Vater wird, sofort in die Welt hinausbrüllen, doch seine Frau hat es ihm untersagt. Noch sei es zu früh. Es reiche vorerst, wenn der Pfarrer von ihrem unmoralischen Verhalten wisse, denn das Kind sei ja bereits vor der Hochzeit gezeugt worden und nicht erst im Schutz ihrer Ehe.

»Wenn der Pfarrer es weiß, dann weiß es bald ganz Windischgarsten. Bis nach Rom wissen sie es dann, dass ich Vater werde«, ergänzte Oscar und kassierte dafür einen fassungslosen Blick seiner Frau, bevor sie schließlich die Arme nach ihm ausstreckte und er sie auf seinen Schoß zog.

Sie küsste ihn und meinte: »Du weißt aber schon, dass das Geschlecht des Kindes bereits feststeht, du es mit deinen Schmeicheleien nicht mehr beeinflussen kannst? Und«, ernst sah sie ihn an, »mach dir nicht zu viel Hoffnung auf einen Nachfolger. Es könnte auch eine Nachfolgerin werden. Am Ende bist du womöglich enttäuscht, wenn es ein Mädchen und kein Junge ist.«

»Niemals werde ich darüber enttäuscht sein«, flüsterte er ihr ins Ohr und wusste, dass er log. »Niemals! Du bist auch eine Frau und mir sehr wertvoll«, schmeichelte er sich bei ihr ein. Er sagte exakt das Richtige. Oscar erkannte es an Magdalenas zufriedenem Gesichtsausdruck.

Wenig später sorgte Oscar dafür, dass Vitus aus Windischgarsten verschwand. Er hat ihm gerade so viel Geld gegeben, dass der junge Mann damit ein Jahr über die Runden kommen wird. Nun kann er seine Künste verfeinern. Irgendwo. Zurückzukommen brauche er nicht, hat ihm Oscar eindringlich erklärt, worauf Vitus mit seiner bereits erkennbar schwangeren Bianca fortlief, was wiederum Biancas Mutter einen Sanatoriumsaufenthalt bescherte. Aus dem Sanatorium wird Senta noch eine Weile nicht entlassen werden, was ganz gut ist, schließlich ist da noch ihr Angriff auf Magdalena, der nicht ungestraft bleiben soll. Senta wird sich irgendwann für die Körperverletzung verantworten müssen. Allerdings lässt der aktuelle geistige Zustand der Frau weder eine Befragung noch einen Prozess zu.

Sentas Abwesenheit hat aber auch ihre guten Seiten. Zumindest für den Tierarzt und seine Helferin. Seit langer Zeit ein eingeschworenes Team, sind die beiden nun auch ein verliebtes Paar, hinter dessen Rücken man ordentlich tuschelt. Und natürlich wettert Pfarrer Bernhard von der Kanzel. Derart leidenschaftlich, dass die Sonntagspredigten inzwischen überaus beliebt sind, da sie als erfrischendes Unterhaltungsprogramm verstanden werden.

Noch immer betrachtet Oscar das aufregende Gemälde an der Schlafzimmerwand. Er lächelt, verlässt den Raum und lauscht in den Gang. Er hört das Plätschern von Wasser. Oscar macht sich auf den Weg ins gemeinsame Bad. Sicher braucht Magdalena seine Hilfe beim Rückenwaschen.

79

Frühling 1953: Das Gemälde ist ein Verstoß gegen die guten Sitten des Hauses, und genau deswegen kann Oscar nicht genug davon bekommen.

Vitus, der nun bereits im dritten Jahr Kunst studiert, hat sich selbst übertroffen. Wer beim Anblick von Magdalena, die selbstbewusst von der Wand blickt, nichts zu tuscheln hat, muss blind sein. Anfangs wollte er seine Frau überzeugen, sich in ihrem silberfarbenen Abendkleid malen zu lassen. So einfach das Kleid auf den ersten Blick wirkt, so phantastisch ist es gefertigt. Aus Seide. In der Taille raffiniert geschnitten. Der Rock besteht aus nahezu dramatisch ausufernden Stoffbahnen. Der Ausschnitt ist Verführung pur. Dazu besitzt Magdalena schwarze Handschuhe, die ihr beinahe bis zu den Achseln reichen und üppig mit Perlen und Pailletten bestickt sind. Sie so prunkvoll auf ihrem Porträt dargestellt zu sehen, hätte Oscar gefallen.

Magdalena hat zu seinem Vorschlag nur gelächelt, sich auf seinen Schoß gesetzt und gemeint: »Willst du mich und Elvira in ähnlicher Pose vis-à-vis ausstellen, damit wir uns jahrhundertelang belauern können?«

Anschließend glitt sie von seinem Schoß, zupfte an ihrem langen Rock herum und hob ihn unanständig hoch an, sodass er ihre Strumpfhalter sehen konnte. Oscar griff nach ihr, wollte sie an sich drücken, doch Magdalena entzog sich ihm und trat in die Mitte des großen Salons, dorthin, wo das Licht sie perfekt umschmeichelte. Keck drehte sie sich auf die Seite und nahm ihren Rock noch weiter hoch. Aufreizend lächelnd machte sie weiter und präsentierte ihm ihr schlankes Bein. Er durfte einen Blick auf ihre seidige Unterwäsche werfen, auf ihre helle Haut und auf die schöne Spitze aus Brüssel. Die andere Hand legte Magdalena in die Seite und sah ihn verführerisch an. »So etwa soll mich Vitus malen. Elvira wird Augen machen.«

Oscar hat an jenem Tag seine Missbilligung mit hochgezogenen Augenbrauen bekundet und auf seine Oberschenkel geklopft. Folgsam kam seine Frau näher. Er schob ihr den Rock bis zur Taille hoch, worauf sie es sich mit gespreizten Beinen auf seinem Schoß bequem machte. Schon das zweite Mal wölbte sich ihr Bauch. Schneller dieses Mal. Nach der Geburt von Valentina hat sich Magdalena eine Kinderfrau erbeten. Er hat ihr den Wunsch gern erfüllt, was ihrer Ehe gutgetan hat. Das Ergebnis aus dieser Zufriedenheit wächst nun im Leib seiner Frau heran.

Auch heute sitzen sie wieder im Salon. Magdalena streckt ihre bestrumpften Beine auf der Couch aus. Ihr Bauch gleicht inzwischen einem Globus. Ihren Rücken stützen Kissen. Sie seufzt. Ihre Lektüre fällt zu Boden. Erich Kästners »Die Konferenz der Tiere«.

Oscar bückt sich, hebt das Buch auf, lässt sich dann direkt neben seiner kugelrunden Frau nieder und massiert ihre Beine. Fasziniert streicht er über die Strümpfe. Das Material gefällt ihm. Außerdem mag er es, wenn ihn seine Frau reizt. Und Magdalena weiß wohl, dass sie ihn ständig ködert. Seine Finger folgen dem glatten Material bis hinauf zu den Strumpfhaltern. Er streichelt ihre weiche Haut, tastet sich frech weiter.

»Deine Wäsche fühlt sich gut an.« Oscars Finger zupfen bereits am Wäschestück. »Die Unterwäsche muss sündteuer gewesen sein.« Seine Finger berühren die Spitze, heben den feinen Stoff an und suchen die Nässe zwischen ihren Beinen. Oscar sieht Magdalena an. »Meine Liebste«, verkündet er, »ich werde dich jetzt verführen«, und dann lässt er sich mit seinem Vorhaben ausgiebig Zeit.

In der Halle steht der Sekretär. Jakob betrachtet die Bilder an der Wand. Während Elvira auf ihrem Gemälde mit ihrem getupften Tuch um den Hals überaus französisch aussieht, fröhlich und unbekümmert – man hätte den Eiffelturm im Hintergrund erwarten können –, wurde Magdalena völlig anders gemalt.

Selbstbewusst blickt sie auf den Betrachter. Mit einer gewissen Überheblichkeit. Sie trägt ein dunkelgrünes Kleid mit Stehkragen und einem schmalen Ausschnitt. Die Ärmel sind eng geschnitten und an den Handgelenken breit umgeschlagen. Das gesamte Oberteil folgt ihrer Figur und betont ihre Brüste, die appetitlich rund aussehen. Nur die Perlenkette, die sie offenbar von Elvira ausgeborgt hat, lenkt von Magdalenas Dekolleté ab.

Jakob empfindet eine eigenartige Eifersucht auf den Maler, der viele Stunden mit Magdalena verbringen durfte. Zum grünen Kleid passen die schwarzen Raulederhandschuhe. Ein Gürtel betont die ohnehin schmale Taille. Die Strenge des Oberteils wird entschärft durch die Leichtigkeit des Rocks, der im oberen Bereich etwa zwei Handbreit knapp sitzt und sich dann schwungvoll weitet. Sie trägt keine Strümpfe, nur schlichte schwarze Pumps an den Füßen.

Das alles ist hübsch, aber nicht spektakulär. Aussagekraft besitzt das, was Magdalena umgibt. Sie lehnt an einem Tisch, auf dem ein Tuch im Leopardenmuster liegt. Darauf stapeln sich Bücher und Papiere. Dahinter befindet sich eine ungewöhnlich geformte Vase aus Glas, darin Zweige mit Kirschblüten. Magdalenas rechte Hand stützt sich auf den Druckwerken ab, die – Jakob erkennt die Symbolik – Geschäftsunterlagen darstellen. Die Tischwäsche steht für Afrika, seine Metalle und die Geschäftsbeziehungen zu diesem Kontinent. Die gläserne Vase ist eine raffinierte Andeutung ihre Herstellung betreffend. Zwar wird Glas aus Sand gefertigt, aber Sand wird schließlich auch für die Betonerzeugung benötigt, ein wichtiger Bereich im Unternehmen der Schneebergs.

Magdalena wählte diese Symbole bewusst. Am zartesten sind die Kirschblüten als Sinnbild für das Leben, das die Frau des Hammerherrn zum Zeitpunkt der Anfertigung des Porträts wieder in sich trägt. Ob es dieses Mal wohl ein Nachfolger für den Hammerherrn wird? Die Enthüllung dieses Geheimnisses wird noch ein bisschen auf sich warten lassen.

Nur die Zigarre in ihrer erhobenen linken Hand irritiert Jakob. Die wirkt auf ihn wie eine Kampfansage. Sogar Oscar Schneeberg stört dieses Requisit. Dabei, so erklärt ihm Magdalena immer wieder, musste die Zigarre nur deswegen mit aufs Porträt, um den Blick auf ihre roten Lippen und ihre herausfordernd blickenden Augen zu lenken.

»Eine Geschäftsfrau durch und durch«, seufzt Oscar dann stets und freut sich innerlich, dessen ist sich Jakob sicher, über seine aufmüpfige Frau.

80

1970: »Gräfin« titulieren sie mich, wenn sie etwas von mir erbitten. »Schwarze Gräfin« sagen sie, wenn sie mir Ehre erweisen wollen. »Teufelsweib« nennen sie mich, wenn sie abfällig spotten. Damit komme ich zurecht, denn ich kenne die Spötter. Ich weiß, welche gequälten Seelen sich hinter dem Hohn verbergen. War ich doch selbst einmal eine solche Seele, mit genügend Raffinesse gesegnet, die mir ein schönes Leben ebnen sollte.

Von wem meine Tochter Valentina gezeugt wurde, kann ich nicht mit Gewissheit sagen. Sie sieht mir ähnlich, was ein Segen ist. Matthias könnte ihr Vater sein, genauso der Jäger. Doch offiziell ist es Oscar, der niemals Zweifel an seiner Vaterschaft hegte und sie auch nie hegen soll. Meine Sünden werde ich irgendwann büßen. Bestimmt ist später noch genug Zeit dafür.

Einzig bei meinen Zwillingssöhnen Johannes und Alexander kann ich den Erzeuger klar benennen. Allerdings weiß Vitus nicht, dass er der Vater der Buben ist. Und Oscar muss es nicht wissen. War es nicht auch im englischen Adel immer schon wichtig, die Gene zwischendurch aufzufrischen?

Vermutlich wird auf meinem Grabstein einmal stehen: *Magdalena Schneeberg, Schwarze Gräfin, geboren 1920. Der Teufel wird den Kopf schütteln, wenn sie kommt.*

EPILOG

Oscar war 1914 zehn Jahre alt, als die dunklen Zeiten gerade begannen. Die folgenden Jahre sollten die Menschen prägen. Mit dem Ersten Weltkrieg wurden Kaiserreiche gestürzt, am Ende war der Boden mit viel Blut getränkt worden. Der Zerstörung menschlichen Lebens folgte die Zerstörung der Natur, die mit der immer rascher fortschreitenden Industrialisierung einherging.

Dampfmaschinen liefen in seines Vaters Unternehmen. Sie bohrten, frästen, sägten. Es war eine von zaghaftem Fortschrittsoptimismus geprägte Epoche. Die Menschen befanden sich in Aufbruchstimmung. Die Hygienestandards besserten sich. Langsam wurde Wohlstand spürbar. Eine neue Zeit brach an. Ein Wirtschaftsbürgertum bildete sich. Mit ihm kamen industrielle Paläste. Mit dem Aufschwung entwickelten sich die ersten Vorsorgemaßnahmen für Arbeiter. Unterkünfte wurden für sie gebaut. Dennoch lebten weiterhin zahlreiche Menschen auf engstem Raum. Die meisten Wohnungen waren nicht mehr als Wohnküchen, in denen gleichzeitig auch geschlafen wurde. Die finanziell Bessergestellten leisteten sich hochwertigere Wohnungen. Heller, freundlicher, doch eben nicht für jeden erschwinglich.

Die Unternehmer waren die Herren ihrer Häuser, aber auch im Betrieb. Dort fühlten sie sich wie Väter, die ihre Kinder anleiten mussten, auch wenn diese oft genauso alt waren wie sie selbst. Die Arbeiterschaft war abhängig vom guten Willen des jeweiligen Arbeitgebers. Unzufriedenheit sorgte bald dafür, dass Frauen und Männer für ihre Rechte kämpften.

Die Goldenen Zwanziger, die für eine kurze Weile Hoffnung machten, Investitionen und Freude brachten, die Aktienmärkte explodieren ließen und eine Ahnung verströmten, wie rosig die Zukunft aussehen könnte, brachen mit einem Börsencrash ein.

Es folgten Arbeitslosigkeit, Manipulation, Rassenhass und der Zweite Weltkrieg.

Wieder blutete das Volk. Einige wenige konnten sich vom Kriegsdienst freikaufen, so auch Oscar Schneeberg, nicht jedoch dessen Vater, der sein Blut für den eigenen Sohn opferte. In einem Krieg, in dem ein Menschenleben nichts zählte.

Die Nachkriegs- und Wiederaufbauzeit bot viele neue Chancen. Die Familie Schneeberg verstand, diese zu nutzen. In ihrem Familienbetrieb, der neben den Sägewerken auch Faserzementanlagen umfasste, wurden zeitweise sogar Mobilbagger hergestellt. Unter der Leitung von Oscar Schneeberg und seiner Frau Magdalena, die sich vor allem um das Budget, die Firmenkonten und den Einkauf kümmerte, konzentrierte sich die Produktion bald auf hochwertige Industrieanlagen. Das Unternehmen wuchs, ebenso der Mitarbeiterstab, der zügig durch Ingenieure und Techniker ergänzt wurde, darunter zahlreiche Männer und Frauen, deren Wissen neue Entwicklungen ermöglichte.

Zu Beginn der siebziger Jahre beteiligten sich bereits die jüngsten Familienmitglieder an der Firma. Valentina übernahm den Verkauf, die beiden Söhne Johannes und Alexander interessierten sich für Einkauf und Technik und wurden, um nicht nur im eigenen Unternehmen zu lernen, monatelang in die Betriebe anderer Fabrikanten geschickt.

Der Wunsch nach Einfamilienhäusern und der Bauboom nahmen kein Ende. Leichte Baustoffe mit guter Wärmedämmfähigkeit waren gefragter denn je. Allerdings wandten sich die Schneebergs von der Produktion von Baustoffen ab und entwickelten erste Anlagen zur Herstellung von Porenbetonblöcken. Bald wurden in ihren Fabrikhallen nicht mehr nur Mauersteine produziert, sondern auch Fertigbauteile wie Wand-, Decken- und Dachelemente. Automatischen Anlagen mit geringer Kapazität folgten Hochleistungsanlagen, und Oscar, der den

Beginn dieser neuen Industrialisierungswelle noch erlebte, konnte auf ein erfolgreiches Geschäftsleben zurückblicken.

Oscar starb 1975, wenige Tage nach seinem einundsiebzigsten Geburtstag. Seine Kinder standen bereits in den Startlöchern, um das Unternehmen weiterzuführen, und Magdalena gab die Zügel gelassen aus der Hand. Auf Oscars Grabstein findet sich folgende Gravur: *Du bist überall, wo wir sind.*

Jahrzehnte später – im Alter von sechsundneunzig Jahren – folgte ihm Magdalena nach. Sie nahm die Wahrheit über die Väter ihrer Kinder mit ins Grab, hielt sie es doch für unnötig, Staub aufzuwirbeln. Ein schlechtes Gewissen diesbezüglich hatte sich nie einstellen wollen. Außerdem hatte sie niemals wieder eine Beichtkabine betreten oder sich einem Pfarrer anvertraut.

Pfarrer Bernhard, der sie vor ewigen Zeiten einmal zu einem Beichtgespräch hatte bewegen wollen, erntete einen verständnislosen Blick, eine hochgezogene Augenbraue und eine derbe Abfuhr: »Neugierige Pfaffen sterben bald!«

Auf Magdalenas Seite des Schneeberg-Familiengrabes ist folgender Spruch in goldener Gravur auf grauem Granit zu lesen: *»Wird's besser? Wird's schlimmer?«, fragt man alljährlich. Seien wir ehrlich: Leben ist immer lebensgefährlich.*

Magdalena hatte Erich Kästners Humor stets geschätzt.

Im Testament, das die Mutter ihren Kindern hinterließ, befand sich ein letzter Gruß, der ihrer Tochter ein lautes Auflachen, ihren Söhnen ein Schmunzeln abrang. Der Notar, der mit dem Vorlesen der Zeilen beschäftigt war, wusste nicht, ob er lachen oder dezent hüsteln sollte, denn es lag ein Zettel dabei, auf dem stand: *Hoffentlich bemerkt der Teufel erst in vierzig Jahren, dass ich im Himmel bin, dann sind Reklamationen zu einer Überstellung in die Hölle längst verjährt.*

Danksagung

Schulterklopfen ist angesagt!

Ich danke allen, die dazu beigetragen haben, dass es »Die Schwarze Gräfin. Geheimnisse an der Eisenstraße« nun als Buch gibt.

Eine motivierte mich, den Ort der Handlung genauer zu definieren: Stefanie Rahnfeld.

Eine weitere freute sich tatsächlich auf die Zusammenarbeit mit mir: Julia Lorenzer, »meine« Lektorin.

Einen herzlichen Dank an Sophie Olk und Lorenz Knieriem, die mich vor etlichen Schnitzern bewahrten. Chapeau! Ich habe dazugelernt.

Herrin über den Erscheinungstermin und mehr ist: Jana Budde.

Termine, Termine, Termine und Organisationstätigkeiten sammeln sich rund um: Nora Dutz.

Eine teilte mir etwas mit, was mich in Hochstimmung versetzte, nämlich den Buchtitel: Hannah Naumann.

Und es gibt noch viele weitere Menschen, die im Hintergrund die Fäden in der Hand halten und Wesentliches zum Erscheinen des Buches beigetragen haben: Danke!

Und einer drückt regelmäßig zu Hause auf die Taste der Kaffeemaschine und serviert mir tiefschwarze Belebung, während ich energisch die Tastatur meines Laptops quäle.

Auch soll die große Gruppe meiner Leserinnen und Leser nicht unerwähnt bleiben: Schreiben macht noch mehr Spaß, wenn das Geschriebene jemand lesen will. Ich hoffe, meine Geschichte hat gefallen.

Gruß, Astrid Miglar

www.astridmiglar.at

Astrid Miglar

MÖRDERISCHES TRAUNVIERTEL

Broschur, 336 Seiten
ISBN 978-3-7408-1910-1

Gerade will Gruppeninspektor Georg Hammerschmied seine wohlverdiente Ruhe genießen, da wird im Nationalpark Kalkalpen am Fuße der Burgruine Losenstein ein Toter gefunden. Und zu seinem Unmut bleibt es nicht bei einem Todesfall. Es erweckt zunächst den Anschein, als seien die Personen verunglückt, doch Hammerschmied kommt das gehäufte Sterben im Ort mehr als eigenartig vor. Zumal alle Opfer eines gemeinsam haben ...

»Mit viel Humor und Liebe zum Detail macht sie ihren Wohnort Reichraming zum Schauplatz. Ein herrlich bitterböser Krimi, der zum Schmunzeln und Mitfiebern einlädt.« Tips Steyr

www.emons-verlag.de